INK INK INK INK INK INK
NK INK INK INK INK INK IN
INK INK INK INK INK INK
NK INK INK INK INK INK IN
INK INK INK INK INK INK
NK INK INK INK INK INK IN
INK INK INK INK INK INK
NK INK INK INK INK INK IN
INK INK INK INK INK INK
NK INK INK INK INK INK IN
INK INK INK INK INK INK
NK INK INK INK INK INK IN
INK INK INK INK INK INK
NK INK INK INK INK INK IN
INK INK INK INK INK INK
NK INK INK INK INK INK IN
INK INK INK INK INK INK
NK INK INK INK INK INK IN
INK INK INK INK INK INK
NK INK INK INK INK INK IN
INK INK INK INK INK INK
NK INK INK INK INK INK IN
INK INK INK INK INK INK
NK INK INK INK INK INK IN
INK INK INK INK INK INK

經商社匯
15

收視率萬歲
——誰在看電視？

劉旭峰・著

第2章 媒體大偵探，多是糊塗蛋

第3章 媒體，怎麼老是顧人怨？

第4章 從編排，談收視必勝密招

從反省到行動，從亂源到清流

葉樹姍
（大愛電視新聞部經理／新聞主播）

直心直言，一直是我對旭峰的印象，但「直」到這樣的程度，把電視新聞工作者，每天擺盪在收視率與新聞專業間的掙扎，在業務與政治壓力下尊嚴遭徹底踐踏，這樣赤裸裸地全部攤在讀者面前，也由不得我不心驚膽戰：還在線上以「社會正義守護者」自居的媒體記者，受得了嗎？已經是江河日下的媒體，還有救嗎？

曾經，我也是每天用盡各種手法——聳動話題、煽情畫面、口水衝突、黑色的、黃色的、桃色的……播報新聞主持節目，只爲留住觀眾、守住收視率，當然也爲保住高薪的飯碗、在各台收視率戰役中殺出一條生路以維持顏面。

曾經，我也在播報了一大堆既不營養又戕害身心的新聞內容後，深自懺悔，向人自承爲「社會亂源」，但第二天，我又毫無反抗能力地捲進搶奪收視率的漩渦中，原因無他：別台都在報的新聞，再怎麼無聊八卦，我，「漏」不起！

知識分子應有的「有所爲有所不爲」的風骨與擔當，一碰到廣告主錙銖必較的收視率競賽時，就全然瓦解片甲不留。

好在，我終於從這樣的惡性循環中脫身。

好在，終於有媒體有這樣的膽識：願意勇敢地對色羶腥新聞說「不」！

只是，目前這條路走來，仍然十分寂寞！大家讚許「清流」，卻怕成「非主流」！

所以，當我一口氣讀完旭峰這本充滿幽默與機鋒，卻又有深沉自省與期待的大作後，不由得發出「眞是深得我心」的讚嘆！

對於那一大群和我當年一樣，至今仍以各種理由說服自己，困在污濁淺灘無法自拔的同業，我不禁要大聲疾呼：

如果你自許是個有爲有守的媒體人，與其無止境地抱怨鬱卒，何不拿出具體行動？

對於那更大一群拿著選台器，一面罵新聞不道德，一面卻忍不住好奇心跟著一起偷窺名人隱私，加入八卦討論的電視觀眾，我也有話要說：

如果你自許是個有品味有格調的觀眾，與其指責媒體是社會亂源，何不直接用選台器讓清流成爲主流？

因爲，當每個人都是小水滴，就會匯集成讓清流永不止息的活水源頭！

找尋媒體的核心價值

（TVBS「2100週末開講」主持人、新聞部資深評論員）**張啓楷**

五年多前，媒體曾經打過一場關懷弱勢、維護正義的漂亮戰役。一個十六歲正值青春的女孩，不幸喪生於超載又超速的砂石車輪下，他的父親「何爸爸」像「柯媽媽」般，四處奔走要求加強對砂石車業者的管理。那時候華視新聞派了一個製作人獨家報導這則令人動容的新聞，他的名字叫劉旭峰。

新聞播出後，何爸爸家裡竟然被丟汽油彈、賴以維生的魚池被下毒，華視主播李四端和劉旭峰挺身對惡勢力宣戰，迫使政府正視砂石車經常超載、超速的問題。

這幾年到各地演講，我常舉李四端和劉旭峰的例子，說明媒體並非只是社會的亂源，並提醒砂石車橫衝直撞不解決，每個人都有可能是下一個受害者。

二〇〇五年四月一日愚人節，我到TVBS上班後不久，右手邊的空位坐進另一位「愚人」。他惜言如金，下了班也不回家，總是看他下班後在電腦前敲打鍵盤，有時候連休假日也寫。除了寫工作計畫與新聞檢討，更寫下了琳瑯滿目對媒體的反省與批判。他的名字叫劉旭峰。

我常笑他：「又在爲自己和媒體贖罪了？」但當聊起某些新聞的脫序，他常提起朋友、甚至小孩的老師對電視新聞的抗議，總是讓我心頭一震。與旭峰多次深談，總在嘆息和無奈中落幕。後來，當各電視台爭相搶播非常光碟、不追眞相、窮攪和誰是揭發弊案的「深喉嚨」？我們更是只能相覷不語。

不過，旭峰說，他並不擔心電視新聞眞的有膽量走火入魔，因爲好的電視人多半是職場的變形蟲，永遠找得到觀眾，只要觀眾不看，收視率下跌，電視就不會再播了嘛。他也認爲不必替觀眾太擔心，因爲，台灣觀眾多半有明顯的「新聞健忘症」。

不信，他會問你幾個曾經吸引觀眾的熱門新聞，例如不倫戀的男、女主播叫什麼名字？藝人倪敏然的女兒是什麼名字？「蠻牛」千面人害死幾個人？大概很少有人可以全部答對。所以，不必過度誇大電視新聞對社會的危害，不必把品味低落的責任全部推給電視台。倒是自詡爲社會中堅的菁英，很多人對台灣的危害更讓人失望，像金檢局長成了禿鷹，高雄捷運弊案官商勾結迄今還理不清。

有天，他說要砲口對內，寫一本對媒體的反省甚至自我批判的書。看過初稿後，說實話，我心裡免不了擔心，會不會引發少部分新聞同業的反彈？但就像鼓勵媒體人應挺身而出爲「何爸爸」仗義執言一樣，我沒有勸阻，反而爲他高興。我心裡更期待的是，希望這本書引領風潮，蔚成其他媒體人自省，進而跟進寫書的潮流。如果這樣，旭峰的冒險和犧牲是值得的。

這本書裡，對朱木炎、倪敏然等引起軒然大波的新聞事件，有各界一定很想知道的媒體處理過程，更重要的是，有一個資深媒體人深刻的自省。對什麼是收視率？精不精準？爲什麼各電視台被迫要追著收視率跑？以至於媒體人心裡對社會責任與收視率間的掙扎，讓我看了又看。

書本裡有很多寶貴的工作心得，從事媒體工作的朋友看了可能會會心一笑。例如在晚上六到八點的主新聞時段，旭峰說要提高收視率，編排新聞時可考慮「把觀眾餵到飽、餵到撐」，但非主要新聞時段，則應該採主題式編排法；如果收視率老是比不過別人，甚至可以考慮「下駟對上駟」排列法，而且少播一點政治新聞，因爲觀眾的反應是「看到砂石車快閃，看到政治人物快轉」，一般的政治新聞是收視毒藥。原來，「收視率是可以控制的」，但絕大多數的新聞工作者卻被收視率壓得喘不過氣。

至於如何解決當前的媒體亂象？書中提供了一個很好的方法：不要再強迫每户都繳交五、六百元看所有新聞頻道，不妨改像用餐時的套餐，讓觀眾選擇最適合自己的新聞頻道，觀眾可少繳一點錢，也迫使媒體提升自己的品質。

他更認爲現在的新聞報導方式已經碰到瓶頸，好的電視台應該要像水庫一樣廣納百川，加強與一般民眾的互動。觀眾可以透過網路、手機提供電視台新聞。

我和旭峰有相同的特質，甚至有類似的際遇。大學時都喜歡寫作，後來都當了記者；他追砂石車、我追政府浪費民脂民膏。現在，他出書自我檢討，我的處境也不比他輕鬆，每週五下午主持標榜台灣第一個媒體自律的節目「新聞檢驗室」（另一個是范立達每週日下午兩點的「新聞檢驗室」，大家不要忘了另一個「愚人」阿達怎麼檢驗媒體）。記得該節目七月開播前，有一天記者來採訪，問的第一個問題是：「你擔不擔心以後在新聞界會沒有朋友？」我的回答是：現在當記者的，很多人並不快樂，社會上對記者的評價也每下愈況，媒體不自省，媒體人不會有抬頭挺胸的一天。

現在，一個擔任過電視台採訪主任、打過多次新聞勝仗的資深製作人，願意再次挺身而出，就讓我們一起陪旭峰贖罪，共同找回媒體的核心價值，也找回快樂跑新聞的樂趣。

台灣還有好記者

楊進得（社會運動者）

與旭峰結緣起因於砂石車的報導，結緣的開端是從一件不幸的意外開始，因爲我是一名砂石車禍的受難者家屬，而旭峰則是負責規畫採訪的新聞製作人。還好，結緣之後的發展都是正面的，我曾和旭峰一起商量向砂石車抗議的步驟，再結合陳朝容、王昱婷等好立委，在大家的熱心、「雞婆」與堅持下，我們終於修改了交通法令，限制了砂石車橫衝直撞的亂象。

最近這幾年的車禍發生件數大幅度減少，車禍死亡的人數減少一千多人。換言之，有一千多個家庭免於生離死別之苦。有一次，我和旭峰到北部的一所大學做經驗分享，當旭峰跟我說：「四哥，你的功德無量啊！」（按，我在家中排行老四。）這句話差點讓我當眾痛哭，因爲，它點醒了我砂石車受難者家屬的身分，有些事情可以原諒但是很難遺忘。不過，我還是感恩與旭峰的結緣，如果沒有認識旭峰，在喪失至親之後，我大概還躲在暗處傷心。是旭峰和主播李四端持續報導砂石車的熱心激起了我的熱情，我才有勇氣站出來籌組受難者家屬協會，並且進一步為受難者家屬和台灣社會做一點事。

可是這一年來我發覺旭峰變了，對於新聞，他變得不像以前那麼熱情熱心。我不只一次聽到旭峰感嘆：「台灣社會病了！到處是內耗、對立、衝突與仇恨。」

對於政治惡鬥，我和旭峰有共同的不滿。另外，我有一次聽他說：「電視觀眾只剩下兩種人：瘋子與傻子。瘋子，各自走向藍、綠兩個極端，擁護他們偏愛的言論市場；傻子，只看得懂緋聞八卦、色情與暴力。」

我的本業是做生意的，生意人是不會罵客户的。但是當我看到旭峰形容他的觀眾只剩下瘋子和傻子，我就知道旭峰對媒體環境的無力感。在我看來，這本書，一大部分就是在宣洩電視人的失望與不滿。

他對媒體還有更叫人哭笑不得的形容：「悲哀呀，現在做新聞都不必花腦袋，我們的頭腦都很值錢，因為很少用、都很新。」

反省和檢討是好的啦，可以做為繼續前進的動力。這本檢討電視台的書終於讓我搞清楚什麼叫做收視率；看了三十年的電視，也終於讓我了解，他們電視人的頭殼究竟在想什麼。

只是我要提醒旭峰老弟，我不懂你們電視人的堅持，但是我知道：「先顧腹肚，才顧佛祖。」的道理，先求生存才能再求勝利。你是一個優秀的電視新聞製作人，我們曾經共同為砂石車打過美好的仗，直到現在，這份功德還迴向給台灣社會。

所以，我認爲，記者這個行業要做好做歹，全都是存乎一心，看記者要做不做而已。做記者的只要往好的方面去想，只要想到社會上還有很多不公不義的事情需要你們去伸張正義，那麼，記者這個行業還是很有價值的。

自序

電視新聞在台灣，現在是人人都看，但人人都罵。它彷彿是二十四小時的肥皀連續劇，觀眾邊看邊罵，但卻邊罵邊看。打開電視、攤開報紙，你會發現台灣到處都是對電視發生的怨氣，不祇觀眾罵，媒體人自己也是相互罵來罵去。

罵人，儘管可以痛快淋漓，但是解決電視亂象卻必須拿出創意與決心。在這個人見人罵的新聞圈裡，我工作了十六年。十六年前的記者，它還算是一個光榮的行業，這個曾經讓人憧憬的行業，總以爲藉著它可以爲民喉舌、發奸鋤惡、伸張正義，還要文以載道。

但十六年的變化何其大，我從魯莽、氣盛、前景無限的青年，蛻變成輕微老花、小腹微凸、認清現實的中年男子。至於十六年來我服務的電視新聞咧，正巧經歷了台灣電視圈最風起雲湧的狂飆年代。十六年後，過去被認爲是鳳毛麟角的「老三台」記者，今日早已供過於求，有些人甚至把記者、民代和過街老鼠並列爲「台灣三害」。十六年的時間，不長不短，是什麼原因，讓記者這個行當的評價有這麼大的落差？

收視率是「萬惡之源」

新聞台太多，記者太多是表面原因。試想，晚間七點鐘，當你用拇指扭開電視，有十五家電視台同時在播新聞，內容又是大同小異，而且還經常出現錯誤的內容或觀點，看到這樣的新聞，實在很難再期待記者們能夠受到多少尊崇。

新聞內容過度娛樂化，這是記者評價愈來愈低的根本原因。從一般觀眾的心理來看，觀眾一方面希望從新聞裡得到資訊，一方面卻只想從電視裡獲得休息，對尋常觀眾而言，看電視「找樂子」的成分可能還要更多一些。電視台爲了迎合觀眾找樂子的需求，爲了創造高收視率，爲了獲得更多的廣告，只有愈趨媚俗與下流。

過往十六年的媒體經驗，我和收視率近身肉搏了近八年，因爲當上採訪主任之後，才對收視率有切膚之痛的壓力。回想這八年來，我，以及我周遭的同業好友，我們幾乎天天被收視率掐著脖子。收視率好，我們一天的心情就好；收視率差，一天的心情很難好得起來，收視率的曲線圖幾乎等同我們的心情指數。

收視率是怎麼來的？哪些新聞可以換到收視率？用什麼技巧可以偷到收視率？這些技術

上的鋪排，我會在這本書裡爲讀者一一說明。同時，我也會與讀者分享在收視率背後，一個電視人的悲歡心情。

對電視台的工作人員來說，收視率很重要。而負責「生產」收視率的AC尼爾森公司，它崇高的地位簡直讓電視人仰之彌高。這是因爲，電視台必須有收視率才會有廣告，有廣告，電視公司才會有收入，我們才會有薪水，才有錢去付房貸、車貸和繳孩子的學雜費。

收視率簡直是電視人的衣食父母，觀眾用大拇指操作遙控器，決定要賞那一家電視台飯吃。如果把收視率當作是一種民意機制，那麼觀眾就是用大拇指在投票，透過收視率表達出他們的喜好。

「但是台灣觀眾愛看什麼呢？收視率高的節目又在播些什麼呢？」

容我向各位報告，從AC尼爾森公司提供的報告來看，高收視的節目多半是緋聞、八卦、暴力鬥毆以及煽風點火的衝突性新聞。爲了搏取好收視，電視節目的發展趨勢變得通俗化、平民化和娛樂化。很多上班族即使嘴巴在罵，但依舊抱著看戲的心情看新聞，以免自己在辦公室或交際圈被邊緣化。

「這些無聊的內容眞是觀眾要看的嗎？」我寧願它不是，但看到收視率數字卻叫我迷惑了。做爲專業電視人，我從收視率數字讀到的是：觀眾用拇指投了票，鼓勵我們繼續做緋聞、八卦、暴力以及政治衝突……。

媒體人的原罪：矛盾、掙扎

我可以不客氣的說，「八卦緋聞」已經成爲一種文化現象，節目通俗化過了頭，甚至走向庸俗、低俗和惡俗。AC尼爾森公司搖身一變，儼然是電視台的上級指導員，衆家電視台皆臣服於AC尼爾森的收視率之下。縱然台灣號稱有上百個頻道，但此刻看來只覺得好笑，因爲決定內容走向的只有一家公司，它叫做AC尼爾森。全台灣也只有一家電視台，它就叫做「AC尼爾森電視台」。

對我們這種矛盾性格的電視人來說，收視率眞的是萬惡之源哪，它讓我們陷入高收視的亢奮與低品味的懊悔，一直耽溺在良心漩渦裡。

人哪，生來就是矛盾，特別是幹新聞這一行的人，更是天生充滿矛盾。我們既期待有高收視，卻又希望有高品質；既期望新世代的來臨，卻又緬懷舊有的老價值；一方面要搶新聞、發掘新訊息，一方面卻總是抱怨新不如舊。

這本書糾結著我的矛盾心情，我可以很自豪的向讀者報告，目前書市上，讀者可能找不到這麼一本深入剖析收視率的專門書籍，我可以清楚的告訴各位，收視率操作的撇步與技巧，也可以與讀者分享如何成爲收視贏家。

但矛盾的是，我內心還是認同「文以載道」的古典價值，總是在追逐高收視之餘感覺遺憾，這樣的遺憾豈是唏噓而已，它更讓人體會到這似乎是時代演進的必然。遙想解嚴前，電視觀眾很長一段時間是屬於「板凳」時代，坐在板凳上有電視可看就偷笑了；現在的觀眾則是屬於「遙控器」時代，觀眾透過無目的的轉台，輕易就可以發洩對節目的不滿。

新的電視台加入、新的電視技術發明，而新技術會給電視帶來新革命，這使得觀眾與電視的主從關係丕變。十六年前，電視台也許還可以用菁英心態宣教牧民，到如今，我們這批搞電視的與一般商人何異，想要有高收視率，誓必得依附在通俗、流俗、甚至低俗的內容上，只能眼巴巴的企求觀眾不要轉台。至於無冕王的光環褪色，其實是這個時代的趨勢，勢所難免。

一般觀眾不會期待電視新聞「文以載道」吧，知識爆炸的此刻，網路世界裡要什麼有什麼，觀眾若眞的想從電視得到知識，拇指按一按「Discovery」或「國家地理頻道」隨轉隨到，觀眾拿遙控的手一點都不會矛盾。

會感覺矛盾的，是電視人自己，這就像痛苦與死亡是人類必須面對的試煉。做爲電視人，我們的價值在於探索新奇、追逐市場，然後卻要不斷的回過頭來批判市場，這個反覆折衝的過程也許就叫做「電視人的良心」。

這本書記錄我操作收視率的掙扎，但是我愈來愈清楚，這樣的掙扎其實是媒體人的原罪，我們永遠懷疑、永遠好奇、也永遠自我批判。蛻變的過程也許痛苦，但是我們之所以存在，不就是因爲我們並沒有麻木。做爲一個還有感覺的電視人，也許，這是媒體這一行還值得繼續幹下去的原因。

所幸，近來我漸漸懂得從收視率的泥淖裡拔出來，我體會到電視人毋需耽溺在收視率的泥淖裡打爛仗，電視媒體應該有新的價值，記者也該有新的定義。

我一直堅信：「新科技會帶來新革命。」現在DV攝影機、3G手機、PDA……等新的錄影設備不斷的推陳出新，重要的是，它們的價格愈來愈普及，已經漸漸成爲你我隨身的必備工具。錄影的新科技，即將爲媒體帶來新革命。

我們經歷過電視從「板凳」走向「遙控器」的時代，此刻，新媒體即將從「遙控器」時代走向「DV」時代。未來的新媒體，將有更多的觀眾直接參與，你我隨身攜帶的手機、攝影機，我們親身拍攝的影片將來都有可能在電視中播出，我們都有機會成爲螢幕主角，人人都有機會變成「記者」。

有觀眾的加入，電視將回歸到觀眾的眞實生活。未來媒體所呈現的內容將更多元，而多樣性的DV內容一定會稀釋緋聞八卦和暴力衝突。至於「記者」這個名詞，曾經讓我歡樂讓我憂，但是未來我們不必太爲這個角色擔心，因爲在新科技的衝擊下，傳統的「記者」這個名詞，未來可能要重新定義了。

第 1 章
挑逗觀眾感官，收視率掛帥

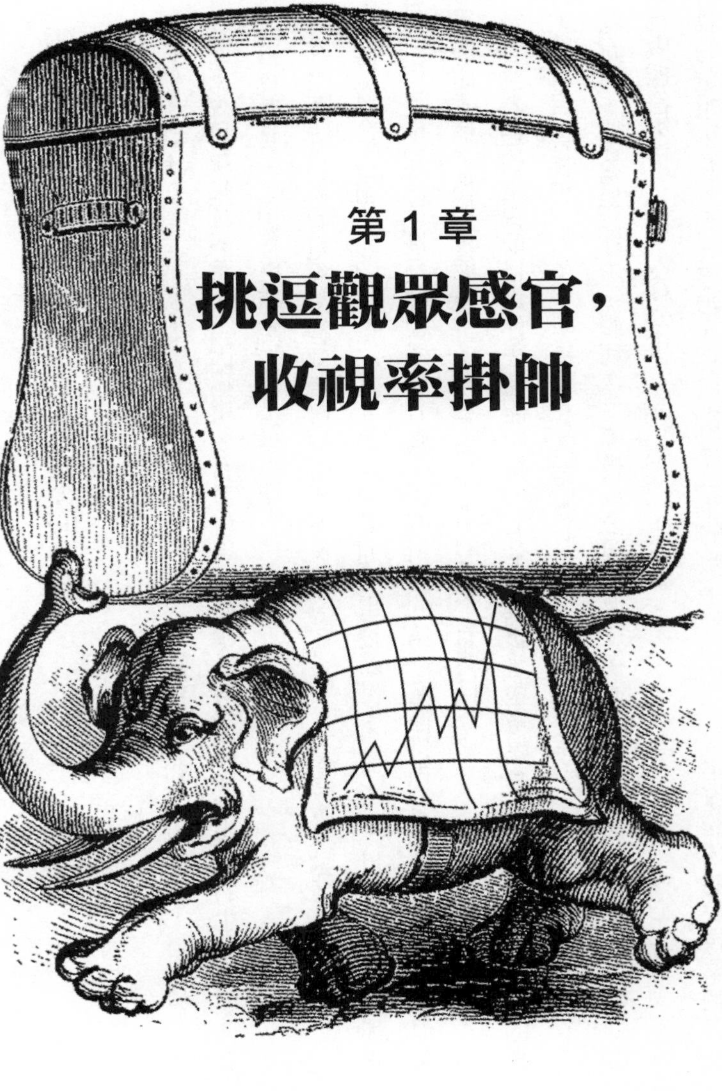

一、電視台的命脈，收視率怎麼來的？

讀者們也許不知道，觀眾看電視，絕不是單純「我家的事」。觀眾看電視，對電視台、對廣告商來說可說是意義重大，因爲電視台收視率的好壞，直接關係電視台的生存命脈。看電視的背後其實是一項經濟活動，都是錢！錢！錢！

身在台灣，只要看電視，經常看得到電視台自我宣傳說：「××收視率全國第一！」、「最多人收看××電視新聞！」、「××是最受歡迎的電視節目！」……，這些宣傳廣告都說自己好，但是你知道什麼是收視率調查嗎？這些所謂的第一名節目你看過嗎？也許有，但是愛看書的讀者們，你們可能多半沒看過這些所謂的第一名節目。

讀者沒看過的電視節目爲什麼還能叫第一名？是誰讓這些電視台抬頭挺胸，是誰讓這些節目大膽說自己是第一名？答案是：AC尼爾森收視率調查公司。

在台灣，雖然還有紅木、潤利……等幾家公司在做收視率調查，但幾乎所有電視台引用的收視數據都來自AC尼爾森公司。

我的電視生涯，天天要跟AC尼爾森公布的數字打交道，對這家跨國的收視率調查公司，我有相當程度的了解。台灣觀眾的收視習慣，台灣的電視節目、新聞內容的走向，相當程度都受到這家公司的影響。

這是一家什麼樣的公司？可以讓所有電視工作者爲之心力交瘁、爲之瘋狂喜悅，又可以影響台灣的電視文化既深且遠，我們一起來揭開它神秘的面紗。

AC尼爾森是一家全球性的市場研究公司，它隸屬荷蘭一家跨國企業集團，在全球有超過一百個國家委託AC尼爾森作各式各樣的市場調查，其中就包括電視台的收視率調查。

很多電視台都承認自己被收視率綁架，不管自己企畫製作的新聞或節目好不好看，只要收視率不佳，那麼一切都是白搭，不必等別人來否定，自己就會先豎起白旗。因爲電視台的收入來自廣告，廣告商又只看收視數字。收視不好，廣告就不好，廣告不好就代表收入不好，收入若是不好，電視台老闆當然要跳腳。電視人幾乎天天把收視曲線吊在脖子上，每天求爺爺告奶奶希望收視開紅盤，免得自己被吊死。

AC尼爾森儼然是台灣電視圈的神，它每天公布的收視率數字就是各電視台奉行的聖經，它指導各家電視台走向腥羶色與緋聞八卦。不過，AC尼爾森的數字是死的，包括我在內，很多媒體操盤手只把目光侷限在表面的收視數字上，但更應該看的，是數字背後代表的意義。不過，目前大家對數字都缺乏一個合理的詮釋，每天只能看數字做競爭，心情都跟著零點零幾上下起伏，結果搞得各家電視台主管天天心浮氣躁。

全台灣雖然號稱有一百多個頻道，這還包括七個全頻新聞台，但是在我看來，其實只有一家電視台，它就叫做「AC尼爾森電視台」。

AC尼爾森說甲台的收視率好，其他電視台就一窩蜂抄襲甲台的內容；AC尼爾森說乙台的收視率差，那甭管乙台製作過程有多麼嘔心瀝血，品質多麼巧奪天工，電視台老闆一定把它的創意丟進垃圾桶。

持平而論，節目有沒有人看，與其讓各家電視台各說各話，自吹自擂，能夠有一個客觀的數字當標準當然很好，問題出在AC尼爾森公司的調查方式引起太大的爭議。

爭議的源頭：收視紀錄器（people-meter）

AC尼爾森公司所使用的調查方式，是採用收視紀錄器（people-meter）的技術。收視率公司要執行這項技術，就要到各個樣本戶家裡去裝設收視紀錄器，把家裡大大小小的成員分別歸類，每個人按照年齡、學歷、職業、收入……等等個人資料分類輸入，然後再給每個人一個代號，譬如爸爸是一號，媽媽是二號，十歲的兒子是三號……。

不管你是七十歲的阿嬤，還是五歲的小孫子，AC尼爾森公司的技術人員會到府教導樣本戶操作程序。只要打開電視，不管你有看還是沒看，就按一下屬於自己號碼的按鈕，收視紀錄器就會把你看了哪一台、看了多久、然後轉台、轉到那一台……等等諸多資訊都統計下來。等到樣本戶熟悉了操作手續，經過ＡＣ尼爾森公司檢測符合需求之後，就會開始收視率的紀錄調查工作。

全台灣有五百萬戶，有多少人被調查呢？ＡＣ尼爾森公司宣稱，全台的樣本數有一千八百戶，未來還要鋪設到兩千戶。

其實不管有多少家被調查啦，我很想問：「讀者你家有沒有被ＡＣ尼爾森調查到？」至少我家沒有，我認識的親朋好友也都不是收視調查戶。眞不知道這些影響台灣電視文化的高人究竟在那裡？好吧，就當ＡＣ尼爾森的調查樣本是公正的吧。

讓我們採取高標準的計算方式好了，別說一千八百戶啦，就算全台灣有兩千戶接受調查吧，再以每戶平均三．三人來計算，合計ＡＣ尼爾森公司的抽樣人數就是六千六百人。當然，這是ＡＣ尼爾森公司宣稱的戶數，按常理推斷，實際的樣本戶應該相去不遠，至少人數應該不會更多。

一定會有人質疑，這樣的樣本數是不是太少？代表性會不會不足？但是一台收視紀錄器的成本大約新台幣兩、三萬元，這對ＡＣ尼爾森來說算是一項很高的投資了。我訪問過ＡＣ尼爾森的工作人員，他們也抱怨，台灣人習慣懷疑別人，老是認爲ＡＣ尼爾森的調查不具公信力，ＡＣ尼爾森也反擊，如果小小的台灣有兩千個樣本戶還嫌不夠，那麼幅員遼闊、人口是台灣十倍的美國只有五千戶，是不是一樣也會被嫌少。

先撇開樣本數夠不夠的疑惑，對電視人來說，我們常常會幻想：「神哪，請賜給我收視樣本戶吧，請告訴我，他們在哪裡吧！」因爲只要找到樣本戶，我只要拜託他們，不管他們是在吃飯、洗澡還是睡覺，請他們把收視紀錄器固定鎖在我服務的電視台，那麼我就不必辛辛苦苦製作節目了，即使躺著幹，收視率一樣會很高。

但這只是我的夢想。還好，在保密方面，AC尼爾森公司做得還不錯，我相信，那些號稱收視第一名的電視節目，並沒有拿刀拿槍壓著收視樣本戶，因爲包括我在內，不管怎樣旁敲側擊套交情，就是套不出樣本戶的地址。

樣本戶愈是神秘愈是加深我的好奇，這些觀眾究竟在哪裡呀？這不只是電視工作者感興趣吧，讀者們也一定很好奇，究竟影響台灣收視率調查的這些神聖樣本戶在哪裡？又是哪些人？

睡覺、上廁所、沒人看，收視率照樣算

我不確定什麼樣收入、什麼樣教育程度、以及什麼樣心態的觀眾會接受AC尼爾森公司的「小恩惠」，然後就讓陌生人跑進家裡來記錄我們家的收視習慣。若有人知道樣本戶在哪

裡，拜託拜託請偷偷跑來告訴我，我眞想知道他們究竟是些什麼人，因爲我問過周遭的朋友，而且是很多朋友，沒有一個人是ＡＣ尼爾森的樣本戶。

這一點我可以幫ＡＣ尼爾森說說話，我相信，以公平著稱的ＡＣ尼爾森公司，如果知道調查戶的身分洩漏了，公司一定會很快換掉他，以免影響調查的公平性。

不過，這樣的調查數據也許公正有餘，但是可信度以及參考價值有多少呢？我持相當的保留態度。因爲電視開機並不等於收看電視，如果樣本戶上廁所，或者躺在沙發上不小心睡著了，只要他家裡的電視機還開著，即使觀眾根本沒有在看電視，收視率依舊照算。

至今我依然懷疑，究竟是那些人家裡裝設了收視紀錄器？曾經發生過一件收視率的怪事，至今仍讓我百思不解。那是二○○四年的六月一日，我在某電視台擔任夜間新聞製作人，當時這家電視台的夜間新聞是採取預錄的方式播出，也就是說，主播把一天當中的重大事件提早半小時錄完，再交給主控室的導播，等到晚間十一點才準時播出。不過很不幸的，六月一號那天的播出系統出了大問題。

那天晚上11:00~11:38，由於衛星上鏈的機器故障，電視畫面出現的全部都是亂碼，只有斷斷的雜音和閃白的雪花，三十八分鐘的故障期間電視根本不能看。但奇怪的事情發生了，隔天開出來的收視率居然還有０．２５，按照ＡＣ尼爾森的換算公式，那個晚上全台灣還有近五萬多人在看亂碼電視。

這可能嗎？如果你家的電視有雜訊「飄雪花」，你不是打電話去系統台臭罵抗議，就是立刻轉台走人吧！居然還有五萬多人看故障的「雪花」畫面，只能說不可思議呀！

長期觀察收視率變化，對於這種奇異的現象，我唯一的解釋就是，AC尼爾森的收視戶對這家電視台太忠誠了，深夜十一點即使睡著了，也要開著電視收視紀錄器。

容我大膽的說句玩笑話，也有可能是AC尼爾森公司專挑愛睡覺的人當樣本戶。但是這種邊看電視、邊睡覺的觀眾在哪裡？這種死忠的觀眾又在哪裡？讀者若知道，拜託請告訴我。

CPRP，控制電視台

電視台的收入靠廣告，而廣告要怎麼賣？

以前只有台視、中視和華視的老三台時代，很多節目的廣告都是以「包檔」的方式來賣。譬如一個三十分鐘的節目，不論它是優質叫好還是熱門叫座，半小時節目的廣告是五分鐘，廣告商用包檔的方式全買下來，那麼這半小時節目就很可能賣到一百五十萬的廣告。

不過，那個特許獨佔電視頻道的日子已是昨日黃花，一九九三年有線電視加入競爭，兩千年以後的台灣電視台，由於頻道太多、競爭太多，電視台已經從過去的賣方市場變成了買方市場，收視率好到可以「包檔」的節目已經不多。即使電視台有好節目或者優質節目，如果沒有收視率，廣告一樣賣不動。多數電視台從過去坐在家裡等廣告，改變成主動去追廣告，這一切的改變都是因爲，廣告的買賣不再以品質爲前提，而是全看「CPRP」制度。

什麼叫做「CPRP」?它是Cost Per Rating Point的縮寫，意思是指：「廣告成本除以收視率之後，每個『收視點』的成本。」簡單的說，就是每一個「收視點」價值多少錢。

打個比方，一個收視點價值一萬元，廣告主花了十萬元，按理說就可以買到十個收視點。如果你一個節目的收視率高達2，那麼花十萬元買五段廣告就滿足了；相反的，如果你的收視率低到只有0．2，那麼廣告主也不會吃虧，電視公司要五十段廣告才能滿足你。也就是說，廣告主先下單，萬一收視點不足，電視台再按比例收錢，最常見的狀況是，電視台會將收視點補足了才收錢，對廣告主來說也非常划算。

從廣告主的立場來看，反正我出十萬元，你就是要給我十個收視點，絕對不吃虧，至於要播幾段廣告才能達成目標，那是你電視台業務部的事情。

從電視台的立場來看咧，因爲賣的是收視點，所以收視率愈高，能賣出的收視點就愈多，電視台收到的廣告費也就愈多。相反的，收視率若不好，電視台就要花更多的時間去播廣告以補足收視點數。可是新聞局有規定，一天的廣告長度是固定的，收視如果不佳，收到的廣告費就少，廣告費若是太少，嚴重的還會賠錢倒閉。所以電視台因爲經營不善，易主換手的消息屢見不鮮。

「保證CPRP」雖然是一種好的商業制度，但在我看來，它卻是一種畸型的廣告制度，特別是扼殺電視節目的創意，以及導引新聞走向偏鋒，這對電視根本是嚴重的戕害。以前有包檔制度的時候，電視台只要製作出優質的好節目，只要有好口碑，廣告主爲了自身的形象，很可能會包下節目的廣告。有了廣告，好節目就能繼續做下去，觀眾就能收看好節目。

但是一旦實施「保證CPRP」制度，廣告主從節目的贊助商搖身變成「老闆」，他不管節目品質，他只管收視數字。收視率太差的，他根本不買。而電視台咧，爲了迎合買主每一分鐘的收視率要求，只好一切講究速成，把需要醞釀、鋪陳、培養觀眾的創意都丟到一邊。跟新聞一樣，拚命運用腥羶色、暴力與衝突，用這類立即性的感官刺激來滿足AC尼爾森的觀眾。優質節目在蠻橫的「CPRP」制度下香消玉殞，電視台只能搖尾乞憐拚收視，只求觀眾別轉台。

在收視率主導電視台的年代，收視率代表的是市場上「一隻看不見的黑手」，指揮著電視圈一切向數字看齊。至於叫好不叫座的節目，滾一邊去吧！

媒體惡性循環的結果就是，廣告商、媒體和AC尼爾森觀眾交纏在一起，共同編織成一個弱智的共犯結構。

二、收視率主宰節目內容

看完蜜汁內褲，不敢吃滷肉飯

很多讀者認爲電視台的內容不入流，但什麼是「入流」？什麼又是「不入流」？這牽涉到個人品味很難論斷。不過，朋友講了一則發生在他們電視台裡的故事，要我評判入流不入流。我把這個故事轉述給讀者，也請讀者自己評斷。

朋友說，他們公司由一名男記者假扮成有特殊癖好的好色男，記者從網路上釣到一名少女，要跟少女買她穿過的內褲。他們公司的記者從台北開車到新竹，在新竹交流道附近的小轎車上，記者用偷拍的方式記錄交易過程，拿回公司剪輯之後，在電視新聞中播出以下這段原始而露骨的對談：

「小姐，妳有穿內褲嗎？」

「你打電話給我，我就穿來了。」

「是粉紅色的嗎？」

「是呀，粉紅色、而且是低腰的，你說不要丁字褲的嘛！」

「你先給我看內褲，價錢嘛好談。」買客要求驗貨。

辣妹也不扭捏作態，在轎車裡就阿莎力的開始脫，買客看到辣妹這麼直接，臉紅氣喘的說：「你這麼脫掉了，裡面不就沒得穿了嗎？」

「你不是要原汁原味的嗎？這樣最直接……」辣妹從裙底脫下底褲，並且把它拎在手上，在買主的鼻子前晃了晃。

「算我五百塊，好不好……」買客開始殺價。

「一千啦！你就幫我捧場一下，你都從台北下來了。」

「不行啦，我還要買回數票開車回台北……算我五百吧！」

「好，五百就五百吧。」辣妹一口答應，快速成交。

別以爲這是色情小說的情節，朋友說，它眞眞實實的是電視新聞裡的對白。至於有沒有品味？也許有人愛看，請讀者自己評斷吧。

朋友在電視台裡擔任主編，回顧選播這則「原味內褲」的過程，她說她也曾經非常掙扎。因爲在編採會議上，採訪主管說，記者想要報導一個社會現象，說是在網路上有十八、九歲的少女們在賣所謂的「原味內褲」，也就是有少女把穿過了沒洗、可能很有「味道」的內褲在網路上販賣。記者是去追蹤這種病態現象。朋友對病態沒興趣，但是病態新聞若能拉抬收視率，朋友決定排進她的 rundown 裡試一試。

朋友說，她完全是收視率考量。但是一轉身，卻發現編輯檯上傳來陣陣笑聲，朋友發現，比她年輕的同仁們玩性大發，有人興沖沖地把「原味內褲」取了個標題叫做「蜜汁內褲」，還清楚的把「蜜汁內褲」四個大字擺在電視螢幕上。聽朋友還說，私底下她還被年輕編輯調侃，既然少女的內褲叫「蜜汁」，那麼被列爲歐巴桑級的朋友，她的內褲就應該叫「魯汁」吧。

「魯汁」這個詞，點醒朋友的年紀，這叫她既尷尬又難過。她不知道那天晚上邊看新聞邊吃晚餐的觀眾，看完她所選播的新聞有沒有作嘔。

朋友的感嘆，其實是大多數電視人的感慨。我們爲了贏得收視率遊戲，大家都拚了命的挖空心思，記者犧牲色相「撩落去」扮演偵探，主編盡全力幫新聞做包裝，爲了收視率，大家幾乎到了無所不用其極的地步。朋友說，她雖然選用了這則內褲新聞，但心中卻暗自禱告：「上帝呀，不要讓這則內褲新聞得到太好的成績，不要給情色新聞太多鼓勵。」

但是上帝似乎沒有聽到朋友的禱告，朋友說，隔天收視率統計出來，她失望了。她選播的這則少女賣蜜汁內褲的新聞，居然是一整天新聞收視率的最高點，也就是說，這則色情新聞，被台灣多數AC尼爾森觀眾捧場欣賞。

朋友說，被辣妹形容成「實在很好賺」的原味內褲，不過是在販賣自己的「生理分泌物」，而這麼一則分泌物新聞，嘿，竟然輕易就抓住AC尼爾森觀眾的目光。她們在檢討這則新聞的時候，還有主管說：「過兩天，警方就會去取締『原味小褲褲』，到時候，這段偷拍畫面又可以再拿出來重播一次。」

「天哪，還要重播……」聽完朋友的故事，我眞覺得有些不舒服了，因爲朋友的故事讓我把「蜜汁」和「魯汁」老是聯想在一起。接連好幾天，我都不敢再約朋友去吃淋上香噴噴「魯汁」的魯肉飯。

錯看八卦新聞，主播賭輸兩百元

「明星的緋聞八卦就是收視率的保證！」有了AC尼爾森的收視調查之後，我從不懷疑這個電視新聞圈裡的金科玉律。

但是這項新聞圈的鐵律卻被一名資深女主播挑戰，這位主播對緋聞八卦一向不屑，還跟我的主編朋友打賭，八卦新聞不會有太多人看。主播想挑戰這個電視新聞圈的鐵律，於是拿藝人賈靜雯的婚姻八卦來下注。

紅遍海峽兩岸的女藝人賈靜雯未婚懷孕，二〇〇五年中旬，賈靜雯大腹便便返台待產。知名紅星未婚生子本來就引人關注，但任誰都沒料到，更吸引媒體目光的居然是賈靜雯的未婚夫。

賈靜雯的未婚夫婿孫志浩長得高大英俊，他在賈靜雯臨盆前夕，與一群國小同學去台北一家夜店狂歡，糟糕的是，孫志浩酒後駕車，還被警察攔檢查獲。這若是一場單純的酒後駕車還好辦，不過勁爆的是，孫志浩的車上載著三、四名辣妹。好事的媒體知道這個消息之後，立刻聯想到賈靜雯還在待產耶，老公居然背著大肚婆暗地裡到夜店泡辣妹，而且泡的還是前警政署長的外孫女。

撇開記者的角色不談，如果你是一名編劇，給你待產女明星、酒駕未婚夫、夜店、辣妹、警政署長的外孫女……這些豐富的戲劇元素，這樣的連續劇你會不會編？應該不難吧，至少足夠八點檔連續劇編個好幾集了。

媒體當然沒有放過這個機會，記者開始拼湊如下的劇情：賈靜雯的老公趁著老婆大肚子，凌晨跑到夜店和前女友見面，也就是和前警政署長的外孫女劉×君廝混。鬼混之後，賈靜雯的老公還酒醉駕車載著舊情人去第二攤，更慘的在後頭，他們還被警察路檢酒測給逮到。而老婆賈靜雯知道消息之後，氣憤得動了胎氣，害得肚子裡的小千金提早來人世間報到。

好管別人家閒事的媒體，還把賈靜雯和劉×君拿來做比較，從年齡、身高、三圍、年紀、學歷……全都拿出來比一比，好像非逼賈靜雯老公在雙姝之間做個選擇不可。

先不管這種漏洞百出的推論對不對，聽朋友說，他們公司一口氣規畫了八、九則相關新聞，若是全部播出大概會超過十五分鐘。編採會議上討論這些八卦新聞的時候每個人都很樂，彷彿陶醉在編劇創作的快樂中，但一名資深女主播卻受不了。

「全台灣一天有多少孕婦待產？」主播不以爲然的問：「賈靜雯懷孕跟大多數觀眾有何相干？爲什麼只報導她？」

看到朋友把這八則新聞全部排進新聞的菜單裡，主播有些不高興了：「難道沒有其他新聞可播嗎？這種八卦新聞有必要報那麼多嗎？」

面對主播的質疑，朋友和編輯群都沒有搭腔。因爲朋友深知AC尼爾森觀眾的習性，這些觀眾絕對抵擋不了明星的八卦緋聞，八卦新聞做得再多，觀眾還是照看不誤。

不過女主播不要八卦新聞的決定很堅持，朋友排了八則，她則是堅持只選播了兩則，這個長度只有採訪中心規畫的四分之一，但即使只播了兩則，新聞結束之後，主播還是狐疑：「爲什麼要播這種八卦，台灣人會關心這種事情嗎？」

「是的，台灣人應該關心的事情確實很多……」朋友跟主播說：「但是AC尼爾森的觀眾是另一個特殊族群，他們不關心國家大事的，他們更關心別人家裡的緋聞與八卦。你知道的，電視新聞已經變成娛樂化了。」

「理智上我知道你說的可能對，但是情感上我希望你錯了。」主播還是不甘心新聞裡盡是緋聞八卦：「跟你打賭，假如賈靜雯這段新聞的收視率超過『1』，我就輸給你兩百塊。」

收視率突破「1」，對許多電視台來說是難以突破的魔咒數字。因爲按照AC尼爾森的公式，全台灣人口雖然有二千三百萬人，但是四歲以上、有購買能力而且懂得用拇指去按AC尼爾森收視器的只有二千一百萬人。收視率「1」代表的是一%的意思，用二千一百萬人換算成收視人口，大約就是二十一萬人。這個數字也不是天天有，它必須是一天當中收視率的最高點，一般的新聞和時段也很難突破這個「1」的魔咒數字。

說實在，朋友也不希望這樣的八卦是一整天收視的最高峰，因爲一旦收視率高，它就更加印證了緋聞八卦是觀眾的最愛。做爲電視人，爲了滿足觀眾客戶的需求，大家也只好繼續採訪八卦，把明星的緋聞無限放大。

盼到第二天上午答案公布，朋友拿著收視曲線圖和新聞排序表（rundown）作比對。朋友說，很不幸的，賈靜雯的新聞不但突破了1，還高達1．1，而且果然是當天新聞的最高點。換算成收視人口，很抱歉，有二十三萬人同時間在收看賈靜雯未婚懷孕的八卦新聞。

容我問讀者一句：「你們也是觀眾之一嗎？」

AC尼爾森的觀眾啊，你們再次用手中的收視紀錄器懲罰新聞人，你們用收視的毒藥餵食電視台主管，誘使新聞人替八卦新聞服務。

對電視台來說，收視率就等於鈔票，等於生存的命脈，所以收視率高的節目，電視公司就會三十集、六十集、一百八十集、甚至兩百八十集繼續播下去。譬如《鳥×伯》、《台灣龍×風》、《台灣霹×火》……等台灣招牌連續劇，因爲收視率高，連續劇就一直「連」下去，播個一季、半年算少的，有些單元連續劇已經連播了好幾年，到現在還沒有停手的跡象。有時候編劇都已經油盡燈枯編不出來了，但是肥皂劇卻還是繼續拖著，因爲**只要有收視率，歹戲就不怕拖棚。**

每天上午九點半，電視台就會收到AC尼爾森公司 e-mail 過來的收視率統計。這份收視統計表是電視人每天必須面對的成績單，前一天的收視數字全都一翻兩瞪眼，就像三十年前還在當國中生，天天要面對大考小考。成績若好，整天的心情就好，如果考壞了，經常難過一整天。AC尼爾森的收視率表現，就天天給我們這群電視人打分數。

什麼樣的新聞內容可能搏到好成績呢？名人八卦、明星緋聞、清涼的檳榔西施、流氓街頭打架、色情酒店偷窺……。沒騙你，就是這些被學者臭罵爲不入流的新聞，是AC尼爾森觀眾最能接受的內容。讀者也許會嗤之以鼻，但是收視數字會說話，這些備受批評的內容經常是收視曲線的高點，你也許懷疑：「唉，是不是做電視的人老眼昏花，看錯了？」

情色，收視的保證？

我也希望自己看錯了，但是朋友告訴我的故事，更印證了情色新聞眞是高收視率的保證。

擔任電視台主編的朋友說，有一天，在編輯會議上，採訪中心提供了兩則檳榔西施新聞。內容是說買一盒檳榔送「兩粒」，那「兩粒」不是檳榔，而是檳榔西施胸前的那兩粒。

朋友基於收視率的考量，當然把「兩粒」新聞選進晚間新聞裡，不過播出的時候讓他驚駭不已。畫面上，可以清楚的看到一名打扮妖嬌的檳榔西施，她把一盒檳榔遞進轎車送給買主的同時，也把自己的酥胸送進買主的手中。影片中，買檳榔的男子熟練的解開西施的上衣鈕扣，任意的搓揉褻玩那「兩粒」，十幾秒鐘後，好色的男買主還說：「好爽！」

看到這樣的新聞，朋友說，他感覺非常非常不舒服。我無法想像，晚餐時間看這樣的新聞，萬一家裡有小朋友看怎麼辦？萬一他又問：「電視裡的叔叔和阿姨在做什麼？」做父母的要怎麼回答？說：「唉，大人在買檳榔……」還是乾脆搶過遙控器，臉紅氣喘的說：「快轉台，小孩不要看！」

朋友像訴苦一般的說：「雖然理智告訴我，AC尼爾森的觀眾愛看這種情色內容，但情感上我卻希望我的判斷錯誤。」

不過，朋友眞的只是一廂情願，他也被AC尼爾森的觀眾打敗了。因爲第二天的收視成績一公布，這兩則總長四分鐘，充滿情色暗示的新聞居然是他們家收視率最高的四分鐘。

朋友說，他很難過。想到他的工作價值，竟然要靠檳榔西施的裸露來肯定，無冕王的驕傲居然是建立在西施的「兩粒」上面。那天晚上他約了我和另外一名圈內人共進晚餐，三個人聚在一起，簡直是互吐苦水大賽。

談到電視新聞，兩位朋友也是哭笑不得，「哎，別抱怨了，你知道我們家這一台，昨天收視的最高點是什麼嗎？」我先是聳聳肩，繼之脫口而出：「難不成也是露奶新聞？」

「答對了，就是靠女人露奶。」朋友自我解嘲，「一個冰果室辣妹坐在機車上，以露奶的方式招呼客人。我們獨家耶，光是這個露奶畫面我們就做了三則新聞，靠著這三則新聞拉高了我們的收視率。」

朋友的說法讓我很疑惑，爲什麼所有新聞台的收視高點都是落在這種「露奶」、「內褲」和「緋聞」上呢？難不成有一批AC尼爾森的觀眾，拿著選台器在家裡專門追逐這類色情新聞？

露奶，竟然成了高收視率的保證。假設**收視率高就代表工作成就，那這種販賣色情換來的成就，真不知道有什麼價值**。

如果新聞台的觀眾這麼愛看情色內容，那麼電視台老板乾脆把新聞部大裁員算了，去買各國的R片來播，或許變成R片台甚至A片台的收視率會更高。

「哎，這就是我們的工作嗎？」朋友無奈的說。

「是呀，我們都在造口業呀！」三個人在火鍋店裡互吐苦水，但其實彼此都清楚：爲了房貸和家計，我們必須繼續面對這樣窩囊的人生，在抑鬱的愁緒中隨業流轉。

不脫褲子，「綜藝娘娘」敗給「麻辣天后」

在台灣，只要是國小以上的觀眾，大概沒有人不知道人稱「小燕姐」的綜藝大姐大——張小燕。從六歲的童星開始，張小燕長期擔任一線綜藝節目主持人、經紀人與唱片公司老闆。縱橫影視圈數十年的張小燕，在台灣已有太后級的地位，因此被年輕一輩的藝人尊稱爲「綜藝娘娘」。但是**「綜藝娘娘」也得看收視率的臉色，一旦收視率不振，也只好請辭暫別螢光幕**。

在華視服務期間，有一次過年新聞特別節目，爲了節目求新求變，有幸邀請到同樣也在華視服務的小燕姐客串主播，請她進棚播幾則新聞，短暫的近身接觸，我觀察到小燕姐的熱情與認眞。短短幾則新聞，小燕姐把新聞稿頭是看了再看，背了又背，正式播出的時候，她的表現非常稱職與專業。

二〇〇四年中旬我離開華視，同年年底，小燕姐也離開她在華視的招牌節目《快樂星期天》，接受衛視中文台香港主管的邀請到衛視做節目。以小燕姐的完整資歷，在台灣影劇界擁有的崇隆地位自不待言，衛視和她講好，要製作《星空新視界》的新節目。衛視跟她說，這是一個只要求形象、不必擔憂收視率的招牌節目。爲了節目的質感，小燕姐沒有走大型綜藝節目嬉笑怒罵的老路，而是改走精緻優質的名人專訪，節目邀請的受訪者除了當紅的影劇名星，也包括李昌鈺……等藝文、政商名流。

不過新節目推出後，《星空新視界》贏得口碑卻輸掉收視，加上衛視中文台的高層異動，當初找她來做節目的香港主管離開，正式合作的是另一批台灣主管。新的經營團隊在生存爲前提的考量下，開始務實的要求《星空新視界》節目把收視擺第一。

在改善收視的手段上，公司曾要求製作單位去邀請麻辣人物，例如「上流美」許純美、丑女如花……等爭議性人物上節目。希望藉著話題人物拉抬收視，但這些要求都被小燕姐給婉拒，小燕姐的理由是：「很多節目都訪問她了，我再訪問是否多餘？如果每個節目都做相同的內容，觀眾受得了嗎？」

可是小燕姐不屑做的，其他主持人可搶著做。別的電視台不說，只說衛視中文台同一家頻道的節目吧，「綜藝娘娘」的前段節目就是一個作風大膽的《麻×天后宮》，這個節目的女主持人本身就是購物頻道的「天后」。除了能言善道，天后更是語不驚人死不休，平常接受採訪的時候就很「敢」講，經常在節目裡和女明星們談胸部的大小？比臀部誰翹？比誰「性」福？言詞辛辣，但總是能夠吸引觀眾的注意。

這樣一個百無禁忌的「天后」，拿她與講究質感的「娘娘」比較，那一位對AC尼爾森觀眾的吸引力大呢？答案當然是：麻辣天后贏過綜藝娘娘。

《麻×天后宮》靠著「性」話題飆高收視率，我調出「娘娘」和「天后」的收視率分析，陽春的《麻×天后宮》贏過號稱千萬元製作的《星空新視界》，而且贏很多。現實的說，「天后」的收視率經常是「娘娘」的一倍都不止。

我沒有看過小燕姐談收視率，但是在報紙上我看到小燕姐曾對媒體喟嘆，對於媒體的八卦風潮，小燕姐曾對平面媒體說：「別人脫褲子，我一定要跟著脫褲子嗎？」小燕姐期許自己對社會能有一些正面的影響力，不必爲了衝收視率而折腰。

不過小燕姐的堅持，並沒有讓收視率變好。收視未達到門檻的耳語在業界傳開，她一年的合約還沒到期，公司卻開始籌備新節目準備取代。「綜藝娘娘」臉上掛不住終於提前請辭，**這凸顯了一個事實：電視市場是現實的，不論妳是地位多麼崇隆的前輩，沒有收視率，只好說拜拜。**

在綜藝娘娘黯然下台的事件裡，再次凸顯收視率的現實，不只新聞被收視率勒住脖子，綜藝節目一樣受它的箝制。更讓我感觸的是，小燕姐面對電視台記者的麥克風，她曾直指台灣媒體過分粗暴，她說：「電視記者要別人說話，不能好好溝通嗎？難道一定要拿麥克風去頂住別人的嘴巴嗎？」

身爲小燕姐直斥的電視人，我有些汗顏。面對受訪者，電視記者經常因爲時間的壓力而失去耐心，曾經受過的教養在做記者那一刻似乎也漸漸不見。

遙想在華視的那個新年特別節目，小燕姐做爲客串新聞主播，我們的合作曾是那麼的從容與愉快。我深信在全台擁有高知名度的小燕姐，暫別螢幕之後很快就會復出。但同爲電視人，我衷心的提醒前輩，在電視這樣淺碟的速食媒體裡，收視率還是重要的遊戲規則，沒有收視率，再多的理想也是空談。

此刻我的心情是矛盾的，我知道AC尼爾森的觀眾多麼愛看「脫褲子」的內容，但我卻更希望「不脫褲子」的小燕姐，她可以做出叫好又叫座的節目。

這是我的渴望，但我擔心它會變成奢望。

電視人天天考試，隔天發成績單

其實電視人並不是都那麼差勁，不只「綜藝娘娘」張小燕對節目品質有堅持，我輩電視新聞人好歹也有一定的知識水平，許多新聞人都是國內知名大學的畢業生，還有更多同業是留學回來的新聞碩士。這些人經過筆試、面試層層的考試之後，才有機會進媒體服務，一個勁兒的批評電視人差勁，其實並不公允。

只是現在的電視台被收視率給綁架了，領電視台薪水的電視人就得替AC尼爾森的觀眾服務，你不討好AC尼爾森觀眾，收視成績單就會難看，付你薪水的老板臉色鐵定更難看，大家的日子都不會好過。

像我一樣的電視人，很多人都痛恨看到收視率，都不想接受AC尼爾森變成我們的新聞總督導，但是每天上午進辦公室，心裡最惦記的還是收視率。收視數據一公布，我糾結的心情就會如同心電圖，上下起伏、七上八下，更精確的講，就是忐忑不安吧！

收視率成績單一公布，我們這群電視製作人就得像隻訓練有素的狗，拿起收視率東嗅西嗅，再比對新聞排序表，然後貌似專業的分析出「喔，幾點幾分咱們播出了那一則新聞？」、「播出的那一則新聞收視率是多高？收視好不好？」、「跟其他新聞台比較，播出的這則新聞有沒有被別台比下去？」、「爲什麼贏人家？」……所有的疑問都要具體的反映在數字上。

也許又會有讀者質疑：「有那麼神嗎？這種分析不準啦！」

我也希望它不準，因爲每次的新聞高點多半落在暴力衝突、緋聞與色情。低點多半落在國際、環保和政治新聞，要說這種分析專業嗎？我倒覺得太公式化，因爲它太像AC尼爾森觀眾肚子裡的蛔蟲。

但要說AC尼爾森不準嗎？台灣好像還找不到比它更具公信力的調查機制，不騙你，台灣已經是全世界採用「保證CPRP」制度最嚴重的國家，說它不準，還眞找不到其他的替代方案。

AC尼爾森在亞太國家的收視調查中，台灣是僅次於印度和中國大陸的收視率大戶。印度人口超過十一億，收視戶有三千四百五十四戶；中國大陸人口十三億，收視戶有三千戶；鄰近的南韓是一千五百五十戶，新加坡及香港都只有六百戶；至於人口二千三百萬人的台灣，則擁有一千八百戶的樣本規模。

我拜訪過AC尼爾森，AC尼爾森公司還很自豪咧，他們說，他們除了樣本數多，樣本的結構分布也很平均。根據AC尼爾森公布的樣本結構顯示，他們的樣本戶不全是販夫走卒，有超過五十％的人具有高中及大專以上的學歷背景；在年齡層方面，有五十％的樣本戶年齡介於十五～四十四歲之間，多半是社會中堅。

而對電視台新聞主管來說，AC尼爾森最重要的一個數字是：**三十五歲以上的觀眾，是收看有線電視新聞的主力，佔觀眾總數的七十五％。這其中男性觀眾比女性觀眾多**。根據這份觀眾輪廓調查表，我拼湊出電視新聞的收視主力，那就是：一群中年以上的老男人。

可嘆的是，我們每天的工作就是爲這群「老男人」服務，滿足這群「老男人」的影音聲色的需求。即使像我在收視率圈裡打滾多年，我也頂多再加上一項思考：「三十五以下的年輕觀眾要看什麼？除了老男人，我拿什麼吸引年輕人？」

我曾經不死心，反覆的自問：「AC尼爾森的分析究竟準不準哪？」但不管它準不準，相對於全台二千三百萬人，一千八百戶、六千六百名的調查樣本算很多嗎？他們就可以決定媒體和一般觀眾的收視走向嗎？

但是不管你我有多大的疑慮，AC尼爾森仍然是廣告主和電視台最信任的收視依據，而且電視台依賴它的程度，你無法想像已經到了斤斤計較的地步。AC尼爾森公司爲了應付電視台的要求，它公布的收視率已經精細到小數點以下的第二位。

「0.01」代表什麼？按照AC尼爾森的換算公式，它代表兩千名觀眾。兩千名觀眾相對於二千三百萬人，這眞的是很少很少，這樣的差距微乎其微。因爲根據嚴格的統計學，即使AC尼爾森的調查人數號稱六千人，但是誤差範圍還是高達一．九六％，幾乎只要有一戶或者一個人轉台，就能夠影響收視排名。但各家電視台卻經常爲了零點零幾的收視爭得面紅耳赤。

我常常在想，東森、中天和TVBS-N這三大新聞台，三家新聞台主時段的差距都只有零點幾，其實很多時候都在統計學的誤差範圍內。也就是說，我贏你零幾點、或輸給你零點幾，除了勉強可看出收視趨勢之外，就統計學來說並沒有任何意義。

那爲什麼我每天打開收視率成績單的時候，還要那麼小心翼翼？爲什麼收視率輸人家零點幾，就得緊張的寫報告、作檢討？其實，多半的收視率統計都在誤差範圍內嘛！我過度的小心只是表現自己太在意收視數字，凸顯出自己的不安和杞人憂天，更突出自己身處環境的荒謬而已。

台灣人看收視率，世界最緊張

與其他國家相比，台灣對收視率的倚賴可以算得上另類的「台灣奇蹟」。台灣的收視率除了過度精細之外，它動不動就是全國性調查，而且是每天公布一次，每次公布的時間單位還是以「分鐘」計算。電視台的過度競爭，簡直到了錙銖必較的地步。

反觀講究科學數據的美國，AC尼爾森只有在全國性調查才採用「個人收視記錄器」，調查時間的單位則是十五分鐘；很多「州」的調查更是採用寬鬆的日誌法，收視率一週才公布一次。這樣寬鬆的比較法，只能說，要不是美國人神經太大條，就是敏感的台灣人太緊張，或者說，老美根本不把AC尼爾森的調查看得那麼嚴重，人家做電視台生意還有別的參考數據。

爲了不讓台灣人被收視率搞得過度緊張，學界和政府曾經向AC尼爾森提出呼籲，希望AC尼爾森公司不要再以「每分鐘」爲調查單位，而且不要天天公布，一個禮拜公布一次就好。學界還要求AC尼爾森公司拿出企業良心，讓收視率調查的戰爭遊戲冷靜下來，寄望全台灣對收視率的「冷處理」，能讓電視台和民眾過過太平日子。

在這場向AC尼爾森公司「逼宮」的遊戲中，我也加入了戰局。爲了逼AC尼爾森表態，我請記者接連三天製作收視率調查的新聞，新聞中，我們天天請學者和民眾痛罵收視率調查的危害性，希望AC尼爾森公司能夠針對問題出面說明。但是面對我們提出的批判，AC尼爾森公司很「皮」，根本是相應不理，新聞做了三天，他們卻打死都不肯面對鏡頭接受訪問，AC尼爾森公司一貫的說法就是：「那是你們電視台和廣告商的協議，我們才會『天天公布每分鐘的收視率』，你們電視台之間要先取得共識。」

AC尼爾森公司避重就輕，就是不肯出面接受訪問，不肯對收視率主導的亂象做出說明和承諾。別看電視台記者平常很凶悍，碰到這樣的「上級指導員」，電視記者拿AC尼爾森也是無可奈何的。別怪我想太多，萬一它在收視率調查上給我們動點手腳，收視率下跌個0．2，整個公司都會承受不了。

至於挑起這場戰火的學界和政府呢？他們對AC尼爾森的諍言很嚴正，但如今看來則更像是狗吠火車，人家的調查方式沒變，公布的形式沒變，說穿了，就是不甩政府和學界的道德勸說。

回到現實吧！人家AC尼爾森公司也沒有錯，它只是接受電視台的委託做調查，是電視台要人家「天天公布每分鐘收視率」，也是電視台要人家「天天公布前八十名排行榜」。

電視台與AC尼爾森基本上是對等的商業行爲，除非各家電視台的老闆突然想通了，大家聯合起來都不要「天天公布每分鐘收視率」。要不然，AC尼爾森不會放著現成的生意不做，這種恐怖的收視率遊戲還是得痛苦下去。

爭排名，節目大卸八塊

台灣特殊的電視生態，造就了台灣獨特的收視率調查文化。三萬平方公里的台灣面積不算大，但人口高度密集，有線電視的普及率高達八十五％，居世界之冠。一個晚上，全台灣大概有四百三十萬戶，超過一千三百萬人看有線電視。電視頻道數更多達上百家，競爭之激烈，造成台灣變成了世界上收視率調查最複雜的地區。

也許你習慣拿著遙控器轉來轉去，但是你知道台灣一天下來有多少個電視節目播出嗎？答案是：「至少上千！」這上千個節目當中，收視率超過「1」的節目差不多只有六十個左右。其他超過一千個以上的節目，它們的收視率都在小數點以下，而且超過一半的節目收視率更趨近於0。這些趨近於0的電視節目不是沒人看，但是電視台在「保證CPRP」的制度下，它們的「收視點」非常非常低，幾乎是收不到錢，幾乎要賠本經營。

收視率差的節目沒得混，不是變成錢坑讓老板不斷砸錢，就是待價而沽等著新買主；至於收視率好的節目咧，則是對同業趕盡殺絕，它們炒短線，把高收視的利益吃乾抹盡。

什麼是高收視的利益？就是在收視排名上佔盡便宜。

由於電視台是花錢向AC尼爾森公司購買調查資料，電視台可以算是AC尼爾森的買主，於是各家電視台就聯合起來，要求AC尼爾森公司搞出一個收視率排行榜。

這個排行榜要排幾個節目呢？排名前十大、五十大、一百大、三百大……都可以，也都不可以。各家電視台和廣告購買公司曾經吵成一團，最後定案是八十大，把前八十名的節目單獨列印出來，電視台再把這份收視排行榜送給廣告主。

「爲什麼是八十大呢？」這是個好問題，但我猜，它只有一個簡單的答案，因爲八十大是一張A4紙可以容納的最大範圍。

你若問：「爲什麼不多印幾張就好了？」

那麼容我回答你：「印兩張夠不夠？印三張好不好？還是印五張、六張。別傻了，這麼一張收視排行榜，只不過是收視好的電視台拿去向廣告主邀功的。想想看，一個排名第二百三十八名的節目能邀什麼功，恐怕連藏拙都來不及。」

就爲了邀功，荒謬的事情發生了，電視台爲了爭排名，明明是同一個節目，卻偏偏要像切沙西米一樣，把同一個節目硬是切成好多塊。譬如A台的新聞收率好，業務部就硬把它剖成四塊，觀眾回憶一下，只要一看到進廣告就會跑出來「晚間新聞」part 1、part 2、「晚間氣象」part 1。你也許看得莫名其妙，經過我這麼一點醒，讀者也許可以略懂其中的奧妙。

有些節目搶排名搶到無法無天，甚至還沒進廣告咧，節目或新聞當中就突然硬生生地插入一段長約三秒鐘的小片頭，有些收視率好的連續劇甚至Part 6都敢切。

對讀者或觀眾來說，這些Parts你不知道它們有什麼用處，但是對電視台來說，把一個節目切割成好幾塊，那不只是面子問題，更顧全到裡子。這種以灌水的方式來佔據排行榜，想像一下，當廣告AE拿著排行榜單去找客戶，廣告客戶可能會驚呼：「好好好，你很棒！前六名都是你的節目，快快快，你的節目，我的廣告要加碼。」

譬如很多八點檔連續劇，只要節目的收視率夠好，它一口氣就可以佔領八十大排行榜當中的六個名額。這麼做，不但突出自己，更可以排擠掉其他節目進榜的機會，讓自己節目的排名好看。霹靂布袋戲裡黑白郎君有一句名言：「別人的失敗，就是我的快樂。」這種把自己的快樂建築在別人痛苦上的競爭，在電視台裡比比皆是。

告訴各位這種電視人茶壺裡的風暴，只想讓讀者體會收視率競爭的惡質化，而它還只是劣質電視文化的冰山一角。

三、記者扮偵探，打敗奧運金牌國手

自己是電視人，但是家裡的一對兒女卻被規定不能看電視新聞。不是我禁止他們看，而是他們的媽媽，我們家的老婆大人不准小孩看電視新聞節目。

電視人都清楚，要有收視率，就得依附在清涼養眼的檳榔西施、辣妹、名模、影視紅星身上，靠著販賣她們的緋聞八卦，電視台可以贏得一時的收視率，但是賠上的卻是品味愈趨低俗的社會成本。

我家老婆分得很清楚，老公上班是爲了賺錢養家，可是判斷能力不足的小朋友則是不准看電視新聞，她的理由很乾脆是：「別被電視新聞帶壞！」

老婆不認同我在電視台的工作價值已經夠嘔了，有一次偶然遇見孩子們的鋼琴老師，當她知道我還在電視台搞新聞，她很有禮貌而且客氣的說：「我，不太看電視耶，特別是電視新聞。」

我聽得出老師話中的小心翼翼，於是自我解嘲：「沒關係啦，現在的記者和民意代表快變成同一等級了。」

沒想到，率直的鋼琴老師竟然說：「對呀！都是台灣的亂源。」聽到鋼琴老師這麼直接的回答，我差點吐血，感覺實在很受傷。難怪有人說：「出色的藝術工作者都是第一次投胎做人，因爲做人沒經驗嘛，生嫩得很，所以常常得罪人。」

但是認眞看待老婆的堅持與鋼琴老師的率直，對於受傷的我來說，我可以體諒觀眾對電視的不諒解，其實是其來有自的。三千年前孔老夫子早說過：「危邦不入，亂邦不居。」在混亂的電視圈打滾了十幾年，眼下除了電視其他的都不會，只好繼續泡在電視醬缸裡討生活。

朱木炎澈底被電視消費

除了明星的緋聞八卦，熱門的新聞人物也是電視台炒作的焦點。替台灣奪得第一面男子奧運金牌的朱木炎，他在雅典打敗世界各國的跆拳高手，但是回到台灣，他的名譽卻被台灣的新聞媒體給打敗。

年輕的朱木炎奪得金牌後，廣告代言的邀約不斷，個人的身價翻了好幾翻，但是朱木炎的社會經驗不夠，爆紅之後的名利給他帶來災難。他被詐騙集團盯上，還被騙了一百一十萬台幣。

朱木炎心有不甘，他用錄音的方式蒐集被騙的證據，朱木炎蒐證到的證據是：詐騙集團裡的辣妹騙了他。於是朱木炎把他和辣妹的對話錄音，自行蒐證之後送給警方，但萬萬想不到，這開啓朱木炎被媒體凌辱一個月的悲慘日子。

記得朱木炎被詐騙集團恐嚇的新聞剛曝光的時候，媒體報導的焦點都是：「朱家被歹徒丟擲磚塊砸破了門窗，朱木炎不幸失金百萬元。」當時，媒體都不懷疑朱木炎受害人的身分，還口徑一致的大罵詐騙集團。

但是當案情一直沒有突破，媒體沒「料」可寫的時候，八卦報紙一篇石破天驚的報導把朱木炎從金牌國手打成了「豬哥」，也意外的把受害人變成一頭網路色狼。

這篇報紙的報導說，朱木炎沒有隱匿身分就上了網路色情聊天室，網路辣妹知道朱木炎的身分之後又和詐騙集團掛勾，準備痛宰朱木炎這隻肥羊，朱木炎爲了個人名譽和家人的安全才交付百萬元。

日報的這則報導，在各家電視台上午的編採會議上引起熱烈討論。有人認爲報紙的報導完全沒有根據，根本沒有參考價值；也有人認爲，就算朱木炎是上色情網被騙，這還是一件詐騙案哪；可是也有人說，「朱木炎上色情網」遠比「朱木炎被騙」有新聞性。不同的觀點在會議中短暫駁火，這時候一位主管石破天驚冒出一句話：「朱木炎上色情網才有人看哪，誰要看朱木炎被騙哪！而且別家電視台一定也會抄報紙。」

言盡於此，收視率掛帥的「市場正確」讓短暫的討論畫下句點，會議的共識就是：朝著朱木炎上色情網的角度去做做看。

各家電視台都抱持「做做看」的心態，這也決定了接下來三個星期朱木炎的媒體定位。媒體不是檢察官，要媒體辦案去捉拿詐騙集團，很難；但媒體最擅常捕風捉影，要媒體炒作緋聞八卦，那可是媒體的專長。

我以前常常告訴年輕的同業，新聞要搞出收視率，最簡單的做法就是：把自己想像成是大偵探，把挖掘案情的過程變成新聞，距離成功也就不遠。

現在的記者已經很習慣把自己當成大偵探了，只不過在大偵探之前得加上「糊塗」二字。接下來的三個星期，很多記者在主管的「指導」下，還得同時兼具偵探、編劇與記者三重身分。

在記者編寫的劇情中，朱木炎被假設成上了色情網站，還與辣妹大膽聊到性話題。糊塗大偵探們經常大膽假設，但卻往往做不到小心求證，多半只能抄報紙，只能在報紙的字裡行間摸索答案。

糊塗大偵探雖然沒本事抓壞人，但還有能力搞定警察。於是，朱木炎與網路辣妹的對話錄音帶，被一段一段的兜了出來，今天A台發了一段錄音帶獨家，明天B台就會向警察再要另一段錄音來播放。各家電視台相互監看，反正就是要做朱木炎上了色情網站，大家的心態都一樣：頭都洗了一半，總不能半途抽腿吧，就「撩下去」繼續做情色吧！

媒體就像連續劇的編劇，管它是眞是假，硬拗也要把情色拗成劇情主軸，反正有收視率嘛，輸人不輸陣，大家就閉著眼睛瞎攪和。

朱木炎原本給全台灣觀眾的好印象，短短幾天內就從民族英雄變成網路豬哥。各家電視台追不到警方的辦案進度，反而都在比賽編劇技巧，比比看，看誰對朱木炎的緋聞報導有創意。

當A台報導了朱木炎和女友「可能」爲了緋聞分手，B台立刻辛辣的猜測，朱木炎的電腦「可能」裝設了網路攝影機，因爲與辣妹搞「網交」的畫面被詐騙集團掌握了，才會心甘情願花錢消災。C台咧，C台也不甘示弱，記者編劇還大膽假設朱木炎是被詐騙集團設計的「仙人跳」給坑了，金牌國手「可能」是偷腥不成反被抓包，一百萬元是遮羞費。

有沒有注意到，電視台都是說「可能」，但是這些「可能」透過電視台的播出，對朱木炎來說就成了交相荼毒，奧運金牌國手變成了大色狼。各家電視台都在找朱木炎，希望朱木炎出來說說話，一方面想搞獨家，一方面則是希望讓新聞稍稍平衡一下。

可惜朱木炎就是躲著不出來，主角不出面，平衡報導要怎麼寫？

聽說某家電視台的記者向主管回報：「長官，朱木炎不在家，手機也關機了，我要怎麼寫他的反應，新聞要怎麼平衡？」

「你不會寫，難道要我寫嗎？」聽朋友說，這名長官氣急敗壞的說：「寫稿是你的工作，朱木炎不講話你就不能寫了嗎？平衡報導還要我來教你嗎？」

小記者當然只有摸摸鼻子，回去寫一則沒有人反應的反應新聞。至於朱木炎被詐騙的案子怎麼辦下去？他是不是清白？他有沒有搞網交？這時候的記者管不了那麼多，他只管編劇寫故事，辦案是警察的事……。

警察追蹤了一個月，好不容易破案揭曉謎底，這才發現，劇情大逆轉，朱木炎眞的只是單純的受騙上當。他只是上了聊天室，曝露了名人的身分，接下來的發展就跟多數讀者的經驗一樣，接到一通陌生電話，電話那頭輕易講出你的名字、住址、出生年月日，然後恐嚇你，跟你要錢……。

我們可以體會做爲名人，年輕未經世事的朱木然被恐嚇時的恐懼與無助。但是更讓他感覺無助的應該是沒有職業道德的警察，以及習慣瞎起鬨的記者。朱木炎絕對料想不到，當初他送給警方的蒐證錄音帶，辦案的警察竟然守不住秘密，把它洩漏給好事的報紙媒體，並且被電視台拿來渲染放大。

不過萬幸的是，由朱木炎掛名演出的這場糊塗偵探劇，詐騙集團終於落網了，警方還給他清白。更慶幸的是，這齣新聞肥皀劇沒有毀掉他的良伴美眷。

記者扮偵探，差點進法院

媒體扮演偵探，雖然不具備司法警察的身分，不能辦案只能拼湊案情，但是從發掘眞相的角度來看，這絕對是值得肯定的事情。因爲，有時候記者的常識（common sense），還不見得會輸給檢調人員的專業咧。

猶記得以前在台視當司法記者，主跑海軍上校尹清楓命案時，我就曾以偵探的角色自許來拼湊案情，就因爲心態的改變，還因此跑到許多有價值的大獨家。當尹清楓的遺體在宜蘭被發現之後，命案的偵辦進度一直陷入膠著，但很奇怪的現象是，承辦檢察官老是約談軍火商和軍官，一時間，案子好像走進岔路，轉向去查軍機洩密案。當時我的主管就質疑：「你不要老是跑軍機洩密，觀眾不在乎冰冷的洩密案，觀眾要知道是誰殺了尹清楓？」

那時候我也很痛苦，每天都是拍攝一些陌生的軍官被約談，這樣的新聞發也不是，不發也不是。發出來，觀眾根本不認識這些軍官是誰，不知道他們和尹清楓上校命案的關連性；不發咧，我的直覺告訴我，這些約談行動很重要，甚至可能動搖國本。於是我站在檢察官的立場，設身處地的想事情，我把自己當成偵探，大膽的假設：尹清楓命案要破案，就要先查清楚軍機洩密案，搞清楚軍機洩密案的利益糾葛之後，就可以查出是誰殺了尹清楓。

我把這個破案邏輯畫了一張圓形圖，把命案和軍機洩密案緊緊扣連，並且拿去向承辦的檢察官求證，檢察官看完之後微笑不答，只笑笑說：「Go ahead！去做就對了。」

在偵查不公開的前提下，我知道檢察官面對媒體有壓力，但是我知道，我假設的方向沒有錯。之後的寫稿邏輯就很清楚，那一個個被約談、被收押的軍官，對觀眾來說都不再只是陌生冰冷的名字，而是一條一條指向偵破命案的線索。

台視的尹清楓命案新聞經常領先友台，甚至超越記者人數眾多的報紙媒體。不過扮演大偵探太過投入，有幾次幾乎讓自己陷入險境。

有一回，我跟著專案小組的腳步，進入一名汪姓軍火商住家的車庫。在十幾輛名牌進口車中，我眼尖的發現軍火商的座車，我與攝影記者東看西瞧，發現座車的行李蓋居然沒有關閉，我們掀開了車廂，獨家拍攝到行李廂殘留的海砂。我直覺的反應，那海砂與尹清楓陳屍宜蘭沙灘有某種程度的連結；另外，我們還獨家拍攝到軍火商離境前，這輛車到過中正機場的停車收據，而他離境的時間，竟然也與尹清楓遇害時機有那麼敏感的巧合。

扮偵探搞到的這個大獨家，讓我和攝影記者興奮不已，當天晚上台視就以頭條播出這則獨家新聞。不過，這樣的興奮維持不到十五個小時，隔天中午，公司就接到汪姓軍火商委任律師的存證信函。信函裡不針對軍火商是否涉案做澄清，而是針對我和攝影記者拍攝他座車的行李箱提出抗議，並且指稱我們是「非法入侵」，要把我和台視公司的負責人都告進法院。

公司的態度也很有意思，當時我的主管只丟了一句話：「你跑獨家跑過頭了，別給公司惹麻煩，你自己先去處理，有需要幫忙再找我。」

也許年少氣盛，也是偵探搞得還不過癮，我決定自己搞定這件糾紛。我把危機當成轉機，主動和汪姓軍火商的律師聯絡之後，我們承諾讓軍火商把話說清楚。於是在資訊封閉的年代，台視不但獨家進入汪家拍攝，而且取得汪姓軍火商的越洋電話採訪。雖然他在訪問中頻頻喊冤，一再辯白尹清楓的猝死和他無關，但這已經是所有媒體最直接與尹清楓命案的關係人，所做的唯一的一段對話。

這次的危機處理沒有把我和攝影記者送進法院，反而讓台視再次取得大獨家，連專案小組都要求調閱軍火商的訪問原帶，做爲辦案的參考。

十幾年過去了，到現在爲止，汪姓軍火商還是沒有回到台灣，他在尹清楓命案的角色即使一直被懷疑，但還是沒有得到證實。直到今天，汪姓軍火商在海外的龐大財產雖然屢遭政府凍結，但是官司始終還是現在進行式。尹清楓命案的專案小組已經一任換過一任，當初被收押判刑的高階軍官也已經一個個出獄，或準備出獄，不過尹清楓命案對國人來說，還是一個解不開的懸案。

記者扮演偵探可以跑出好新聞，但也可能鬧出笑話。做爲偵探，大膽假設只是個開始，小心求證才有可能跑到好新聞。

今日的記者們由於競爭的壓力更甚以往，記者扮偵探，經常變成糊塗大偵探。我們把受騙的朱木炎假設成大色狼，沒有經過求證就瞎猜一通，雖然事後證實是糊塗大偵探搞錯了方向。但是當全台灣的媒體都彼此抄襲，在編輯檯上誰又敢不播。

在新聞圈沒有獨家新聞的今日，我沒有膽量選擇不播，因爲不播就是獨漏。至於播錯了咧？反正記者猜錯了偵辦方向，是所有人都犯了共同的錯，既然所有人都共同犯錯，就不會有人認錯。

朱木炎的案子偵破後，案情雖然大逆轉，但是媒體同業沒有人自認爲很糗，大家把它當成破案新聞報一報就算了。至於以前播錯的就當作是誤會一場，船過水無痕，也沒看到哪一家媒體出來跟朱木炎說聲：「對不起。」

至於我，從收視的角度看朱木炎上色情網站這件事，我覺得該反省的是，這齣桃色鬧劇能夠吸引這麼多觀眾收看，我除了說「作戲的人，瘋；看戲的人，空（傻）」之外，只能爲彼此感慨，誰叫觀眾身在苦悶的台灣，只好藉著瘋狂鬧劇讓自己逃避難堪的現實。

四、誰在看電視新聞：瘋子與傻子

對身陷媒體轟炸的朱木炎來說，他被指控上色情網站的那一個月，是既難堪又狼狽的一個月。但是對觀眾來說，天天都看媒體猜來猜去，天天都是朱木炎，看多了可能都會想吐吧！

我很好奇，難道廣告商要把產品賣給一群想嘔吐的觀眾？

電視新聞炒作羶色腥早已是常態，雖然不斷有知識分子予以譴責，但卻因爲這類題材的收視率高，反而是廣告不斷。就像我們在編採會議上的討論：「這則新聞太『平淡』了，沒有人要看哪，去找其他好看的新聞來。」

這不是很弔詭嗎？太「平淡」的新聞沒人看，有人看的卻都是故事情節高低起伏，像坐雲宵飛車一樣刺激的唬爛新聞，這樣的新聞讓人看了想吐，而廣告商最需要的竟然是這一群想吐的觀眾。

這是一個廣告主買收視率，電視台配合製作腥羶色節目的共生邏輯，你看懂了嗎？從供需的角度來看，它是成立的。手握現金的廣告主只會買收視率高的節目，收視率高的節目卻多是腥羶色的內容，這麼說來，廣告主是不是間接助長了電視的羶色腥呢？廣告主的角色其實也很爭議。

我曾經和廣告代理商有過聚會，廣告代理商勸我們說：「唉呀，你們不必一直做羶色腥的內容嘛，這樣對台灣社會是不好的。」廣告商還鼓勵我們：「你們應該去學學行銷呀，做電視的要有分眾市場的行銷概念嘛，不要只是衝收視率，收視率高，不代表廣告就一定最好啦……」

廣告代理商這番頗有見地的話，聽到的時候頗覺有理，但事後驗證卻叫人更加生氣，因爲多數廣告商都說一套、作一套。他們嘴巴上不鼓勵電視台做羶色腥，他們不認爲收視率高就代表節目好，但是他們下單買的卻是「收視點」CPRP，買的就是收視率高的節目。什麼節目的收率高呢？色情、暴力、緋聞、衝突……。容我不客套的說，是廣告主手上的現金操控了節目內容，造就了今日台灣媒體的短視近利。

眞實的廣告現況是：只要節目內容能夠吸引觀眾，廣告主就會下單，依此推論，廣告主根本是在鼓勵電視台炒短線。而電視台咧，只要符合「內容熱門，成本便宜」這兩項製作要素，電視台就會一窩蜂的搶播。這也就是爲什麼，在腥羶色之外，近年來談話性節目能夠大行其道的原因。

追逐緋聞八卦，舉世皆然

在台灣做電視人不必太難過，雖然在功能上，電視人娛樂觀眾的成分愈來愈多，但是這種取悅觀眾的趨勢其實舉世皆然。

一九九七年，我第一次當採訪主任的時候，曾向編輯群問了一個很蠢的問題：「黛安娜王妃和德蕾莎修女，這兩位名女人，你們想看誰？」

十幾個以女孩子為主體的編輯群，一下子七嘴八舌起來，看似很難決定，於是我要她們表決，表決的結果是十二：二。這群編輯以壓倒性的多數決定，她們要看美麗多金、再加上緋聞不斷的英國王妃黛安娜。

至於德蕾莎修女，她的故事也許有人不清楚，請容我替讀者做個簡短的複習。

德蕾莎修女本來是住在印度加爾各答修道院裡的修女，她房間的四周都是花圃、環境優美，可以說是生活在貴族修道院裡。有一天她走到鎮上最貧窮落後的地區，她訝異的發現，有許多瀕臨餓死、病死的窮人乏人照顧。於是，德蕾莎修女離開貴族修道院，走向最貧困的人群，她把自己變成了窮人，她對窮人中的窮人奉獻了她的一生。

這樣的故事很像釋迦牟尼佛拋棄王子的身分，遁入森林裡苦修、悟道，普度眾生的事蹟。當代的德蕾莎修女贏得世人的尊敬，很多人把德蕾莎修女當作是時代偉人，一九七九年，德蕾莎修女贏得諾貝爾和平獎的殊榮，但是她依舊為最窮苦的人奉獻她的青春。

一九九七年九月五日，德蕾莎修女因為心臟衰竭辭世，這樣的一位偉人過世，本來應該要舉世同哀的。可是**當「偉人」碰上英國黛安娜王妃這位「美人」，全球媒體關注的重心立刻轉向黛妃。「偉人」的死訊不再重要，「美人」猝死後的萬般細節佔據主流媒體所有的重要版面。**

黛安娜王妃和德蕾莎修女，她們兩人猝死的時間相差不到五天，但是全世界的媒體都把焦點聚焦在黛妃身上，各大媒體競相報導黛妃的生平、她與富商同遊猝死的原因以及出殯過程的種種小細節。

在我服務的電視台裡，我們購買的外電幾乎也全都是王妃的死訊，外電只撥了一點點鏡頭的餘光關照德蕾莎修女。我若是沒記錯，全球各大媒體的王妃新聞是以「小時」來計算，王妃新聞是鉅細靡遺，但是修女新聞的總長度不超過三分鐘。可以這麼說，全球媒體共同冷落了這位一生只為窮人服務的「偉人」，讓一位「道德者」遺落在媒體角落。

這就是我為什麼要編輯群做選擇的原因，我要編輯們知道世界的主流媒體在做什麼，我們不能自外於世人。當德蕾莎修女的新聞畫面只有三分鐘，我能有什麼選擇嗎？所以在我們的頻道裡，我讓修女播出一分半。但是黛安娜王妃，即使我要求編輯精選再精選，猛刪狂砍之後還是足足播了二十五分鐘。

媒體娛樂化，自己創造話題

國外媒體對富豪、美女、名車和緋聞的關心程度並不輸給台灣，我們常常嘲笑台灣媒體「蘋果（日報）化」或「壹週刊化」，但是國外媒體其實也不遑多讓。很多時候，這些媒體先進國家更把採訪和業務做完美的結合，美國好萊塢的超級大帥哥湯姆克魯斯就曾經被這樣的設計了。

事情是發生在二〇〇五年，湯姆克魯斯爲了宣傳新片，接受美國《娛樂》週刊的訪問。記者拿阿湯哥的新戀情大做文章，一遍又一遍的逼問他：「與新女友的戀愛，會不會困擾他？」阿湯哥一開始維持禮貌，不厭其煩的解釋，但是記者卻把同樣的問題問了一遍又一遍。阿湯哥被記者惹火之後竟然說：「我不在乎，我不在乎別人怎麼說……Fxxx off（滾他們的蛋），如果他們不喜歡，Fxxx them（去他們的）。」

阿湯哥被記者激怒後連說了兩次 Fxxx，這本來是斯文掃地的事情，但《娛樂》週刊可樂壞了，他們把超級巨星的粗話拿來當成封面標題，藉著聳動的標題刺激了讀者的感官，雜誌賣得超好。

不止美國，對岸中國大陸的新聞漸漸流行「台灣化」。台灣電視記者在颱風天水裡來、火裡去，站在風中被雨淋的精神也被大陸記者給學走了，一向正經八百的大陸地方台記者，在颱風天裡，居然有記者把自己綁在一根柱子上，只見他被強風吹歪了臉，但仍然嘶著嘴說：「誓死也要堅守記者的崗位。」

緋聞、八卦，不是台灣的特產，舉世皆然。

我寫這些媒體圈實際狀況的目的，並不是要爲媒體辯解些什麼，只是想指出「新聞綜藝化」，在這個以收視率掛帥的時代裡，電視台根本想避也避不掉。電視新聞甚至被很多不同行業的人當作是重要的宣傳工具，不斷製作話題、產生衝突來餵養電視觀眾。

如果你不能忍受日漸綜藝化的電視新聞，奉勸讀者可以去看大愛新聞、公共電視的新聞，或者看一看大陸中央電視台的官式新聞，因爲被中共嚴格管制的中央電視台保證絕對不會綜藝化。央視的主播是不容許有個人特色的，以台灣習慣重口味的觀眾來看，可能又會覺得中央台的新聞很無聊。

如果你還是受不了電視新聞的造作，那麼就別開電視，我們繼續看書吧！

五、弱智媒體反映民眾內在需求？

報紙罵電視，不食人間煙火？

經常看報的讀者一定會發現，電視新聞老是被報紙的讀者罵。報紙的「民意論壇」版面，常常看到學者專家臭罵電視新聞沒水準，每天只會報導殺人、放火、八卦、緋聞與無聊弊案……。部分以質感著稱的雜誌更直言，台灣的電視新聞不只病了，根本是變笨了，變成了弱智媒體。還有學者罵電視台沒盡到社會責任，不但做新聞的人不用腦袋，更害得電視觀眾也跟著變傻。

面對這樣的批評，身為電視新聞工作者一方面覺得難過，一方面卻不得不為電視工作者說句公道話：「嘿，學者、觀眾罵的不見得都有道理，市場機制如果不改變，電視台被你們罵臭罵爛也沒用。」

至於觀眾有沒有變傻？沒有人幫觀眾做智力測驗，無從知曉。所以，不要先入為主、不要過分自視甚高，更不要以菁英心態看待屬於普羅大眾的電視媒體。學者與專家不要只顧著罵人罵到爽，做電視的人不見得比你笨，看電視的觀眾也不見得比你傻。反倒是從結果論英雄，容我說一句：「學者想要的，觀眾可能不看；觀眾要看的，學者卻看不上，學者與觀眾的距離似乎愈來愈遙遠。」

學者們老是投書說：「觀眾不要看八卦新聞！」但事實正好相反。

每次我看到這種「書生」言論，乍看會覺得心有戚戚焉，總覺得讀者投書說中了我的心事，但稍微冷靜去想才自覺，這何嘗不是菁英分子的霸權心態在作祟。這些罵電視台的言論當中，很大一部分都在強調觀眾不要看八卦緋聞，我也厭惡八卦緋聞哪，但是看看我們周遭的朋友，很多人閒聊的話題不都是這些緋聞八卦。

如果這些緋聞八卦完全不播，請教書生夫子們，難道要新聞台天天播「國家地理雜誌」？還是「Discovery」？

身在紅塵，很難不食人間煙火，普羅大眾更是很難自絕於塵世，無法拋開庸俗的男女話題。這些八卦話題，很多還是報紙先發動，電視台才跟著炒作的，觀眾雖然不見得喜歡八卦緋聞，但是若完全不知道這些緋聞話題，可能連打屁嗑牙的閒聊題材都找不到。

姑且不論讀者熟知的「倪、夏不倫戀」以及「妃、鴻主播婚外情」，因爲他們犧牲個人的隱私，成就了電視新聞的高收視率，他們的故事已經成爲台灣電視新聞的傳奇。但即使把時間的縱線拉長，八卦新聞依舊是觀眾的最愛。舉例來說，二〇〇二年農曆的中秋節，台灣新聞圈曾經爆發一起「削凱子」的新聞，當時媒體聳動的標題寫著：「電視女主播薛楷×，一小時內狂削日本凱子兩百萬台幣」。

這是一家報紙先登載的新聞，內容說，某有線電視台的女主播薛楷×，她在中秋節前夕，應一名旅日台籍畫家之邀與日本企業家德元聚餐。餐前，日本富商先送給女主播價值六十萬元的珍珠項鍊，餐後，女主播還帶著日本富商逛飯店的精品店。只一個小時的「血拚」時間，女主播買了鑽錶、名牌服飾，一口氣狂刷日本富商兩百萬台幣。

這樣的過程和花錢的大手筆，八卦的台灣人很自然會想到：「這個日本富商是不是想跟咱們的女主播進一步發生關係？」但結果卻是，嘿，日本富商連咱們女主播的小手都沒牽到。富商不甘心人財兩頭落空，才透過「仲介人」畫家把整件事給曝了光。

從報紙上「嗅」到這種八卦話題，除了女主播任職的A台處理得很保守，其他「友台」這時候卻都變得不友善，新聞鋪天蓋的對女主播使盡扒糞之能事。說人家好好一個女孩下了主播台就變身 party girl，說人家的旅美新聞碩士學歷造假……種種不堪的指控愈挖愈臭。

我當時在華視新聞，無線電視台處理八卦緋聞的原則，比起有線台一向多有保留，特別是對新聞同業的八卦，無線台更是保守。你可以說無線台比較有一點點社會道德感，你也可以說無線台是鄉愿，但眼見各家新聞台把「削凱子」新聞當成重點新聞來炒作，華視新聞也忍不住跟進，只是報導的長度和有線台比起來，那是小巫見大巫。

不過台灣就是這樣子，彷彿生態循環一般，當電視新聞鬧得沸沸湯湯，以學者爲主的投書部隊就跟著上場開罵。讀者在報紙上痛罵電視新聞太八卦，學者批評電視台瞎了眼，但是我懷疑這些學者專家都不看報紙，因爲「削凱子」新聞被炒，電視還是抄報紙的，爲什麼只罵電視不罵報紙咧？

再檢視學者的宏觀大論，很多人都認爲電視台應該去關心國家大計、民生議題，譬如，新瑞都官商勾結弊案啦，檢調人員爲什麼沒查個水落石出；譬如九二一大地震的後續新聞，有些災民還沒有安身的住所……。

「學者講的對不對？」

雖是老生常談，但憑良心說：「對！」

不過，出一張嘴罵人容易，眞要動手做事卻得拿出方法。學者都說電視台不該老是給觀眾看八卦，但是，電視是做出來給人看的，給你猜一猜，觀眾要看緋聞八卦還是追蹤弊案的進度？

容我拿收視率結果跟讀者們報告，很遺憾的，觀眾還是要看八卦緋聞。

就以「削凱子」的八卦新聞爲例，當新聞炒得火熱的那幾天，女主播任職的苦主A電視台，他們基於保護員工的立場，曾經輕描淡寫地處理自家人醜聞。但是觀眾可不想保護女主播，他們在A台看不到八卦，就紛紛轉台去其他台看八卦，結果造成A台收視率下滑，可以說是面子、裡子盡失。

不過A台主播的八卦卻成了其他友台的收視強心針，不只新聞台的總體開機率提高了兩成，連談話性節目也受益不少。當天幾個談話性節目也都以「女主播削凱子」當主題，在節目中拚命噴口水挖八卦。譬如衛視中文台由趙少康主持的「新聞駭客News 98」，超視由鄭弘儀、于美人共同主持的「新聞挖哇哇」都創了收視新高，收視率高達0・8。

也許讀者會覺得這些數字與我何干？但是我必須提醒讀者，特別是喜歡在報紙上罵電視的學者，他們一定知道，「削凱子」新聞的高收視率代表很多觀眾在看八卦。也許觀眾是邊看邊罵，但反正觀眾就是看了。

學者專家的信念爲什麼會與觀眾的想法南轅北轍？這會不會讓校園裡的學者覺得不可思議？但我真正想說的是：「爲什麼觀眾的品味，與新聞理論老是背道而馳呢？」

有沒有搞錯，誰是漢人沙豬主義？

報紙「指教」電視台不限於八卦緋聞，台灣的報紙很奇怪，非常熱衷提供版面的一隅給讀者抒發意見罵電視。本來嘛，搞平面媒體的多半自詡爲文人，知識分子看通俗的電視新聞，菁英心態在所難免。

大學畢業那年，我得到文建會的舞台劇本獎，年少得志以爲自己就是社會中堅。初入新聞圈，擔任一家晚報的駐地記者，由於我跑新聞相當勤快，常常花一天、兩天甚至更長的時間經營專題，蒙報社長官抬愛還經常搶到不錯的版面。年輕如我，睥睨一切，特別是電視同業。

我看著他們抄襲我的報導，扛著攝影機去掃個十分鐘就交差了事，電視上出現的畫面更是一分鐘都不到。當時心中也曾經對電視作業不屑，心想：「電視新聞不過爾爾嘛，沒什麼了不起。」年輕時候，也曾經提筆投書報紙批評電視作業的粗糙，扭曲了我登在晚報上文章的原意。

兩年後，等到自己考進電視台，實際參與電視作業之後才了解，電視新聞的操作比起報紙絲毫不輕鬆。但是十幾年過去了，文人喜歡上報紙批評電視的習慣，卻一直都沒改變，我就有被報紙修理的慘痛經驗。

記得有一年到高雄縣的桃源鄉出外景，採訪的主題是：「突出原住民朋友的失業危機，呼籲社會正視原鄉貧困的社會問題。」

除了採訪之外，當時我身兼華視新聞製作人，我最重要的任務是：把一小時新聞搬進山地部落做全程實況播出。所以，這是一次既要採訪新聞，又要安排現場轉播的繁複任務。

經過與高雄縣政府和原住民朋友的溝通協調，我們拍攝到原住民向商店賒帳酗酒的畫面，我們拍攝到原住民入山獵捕飛鼠的畫面，更難能可貴的是，有四十多位原住民朋友願意在鏡頭前表演布農族的傳統舞蹈，希望藉著華視的宣傳，幫忙吸引觀光客來消費，提振部落的觀光人氣。

我們原以爲做了一次成功的原鄉關懷，誰知道卻引來學者的點名批判。永遠記得學者的文章劈頭就罵電視台「膚淺」（是呀，和我年輕時候一樣膚淺的論調），學者認爲原鄉的貧困是社會結構性問題，不是動員幾十位原住民唱歌跳舞就能解決。學者也認爲，電視台拍攝原住民酗酒是漢人的沙文心態，喝酒本來就是失業原住民生活的一環。學者還批評，我們拍攝原住民夜間獵捕飛鼠，這是對原住民狩獵的污名化。通篇文章把電視台修理得一文不值。

看到這樣的投書，讓我情緒一度低落，我們關懷原住民部落高失業率的本意，當然不可能只是安排原住民跳跳舞就獲得解決，電視台的報導只是一個起點，我們希望喚起更多人關心原住民。可惜，這些努力學者看不到，看在學者眼裡的竟然全是負面的訊息。

學者罵電視好像罵成了一種習慣，在文人的眼裡，「膚淺」的電視新聞不論做什麼都是動輒得咎。也許我們對原鄉的問題不夠深入，但是我想請問有深入研究心得的學者「什麼叫做社會結構性貧窮？」、「什麼叫做漢人沙文心態？」、「原住民打飛鼠又和原住民污名化有何相干？」

電視台生下來就是給報紙羞辱的嗎？不必掉書袋說什麼結構性貧窮、沙文心態和污名化，這些名詞，別說多數原住民朋友看不懂，多數普羅大眾也不清楚名詞的本意。學者認爲電視台的報導太膚淺，那麼對原住民有深入研究的鴻學大儒們，容我大膽的講，也許你們精闢的書面報告，可以申請到很多經費做學術研究，但是這對改善原住民貧困的生活現狀又有什麼具體幫助？

學者之於電視，又何嘗不是另一種沙文菁英心態。

寫到這裡我體會到，電視老被報紙罵，其實是不應該這樣逆來順受的。電視作爲一種通俗媒材，它的血液裡流著的本來就是流行與淺薄，它不是月刊、不是雜誌，它是天天都要生產內容送給觀眾的速食媒材。不是每家電視台都該做或有能力去做「國家地理頻道」或「Discovery」的內容，多元的社會，學者專家難道不該給普羅觀眾的喜愛多一些包容？對電視的謾罵，其實是沒弄清楚電視媒材的特性，才產生的誤解與誤會。

你不會要求一份月刊的編輯，叫他天天盯著政府官員的行程吧！因爲月刊的特性是專題性報導。你也不會要求一份兒童週刊天天去盯著政府，去告訴兒童哪裡有浪費吧！所以囉，你也不該要求商業電視台，要我們盯著原住民的貧窮問題天天做深度報導。

媒體的特性不同嘛，報紙何苦老是指著電視罵。反過來說，面對報紙的處處指教，電視又何需逆來順受。有時候我眞痛恨電視與報紙的不對等關係，電視台對報社溫良恭儉讓的敬畏程度，簡直到了善良可欺的地步。

報紙笑電視，五十步笑百步

其實，喜歡在報紙上罵電視的學者可能沒有察覺到，當電視台在播放八卦緋聞的時候，報紙也沒有閒著。倪敏然上吊的新聞正熱時，報紙也是以兩版、三版的篇幅擴大報導；炒作「削凱子」新聞，台灣的報紙更是始作俑者，還跨海到日本採訪，一路領先電視台咧。投書民意論壇的讀者，在罵翻電視台的同時，也許應該翻翻報紙，報紙好像也在寫八卦。

小小的台灣，人與人的互動、媒體與媒體的競爭本來就非常頻繁。回憶一下，當倪敏然新聞熱的時候，你若不認識夏禕，那一定會受到同儕的唾棄；男女主播「妃鴻戀」的時候，你若不知道是誰在辦公室裡玩親親搞自拍，恐怕也沒有人要跟你講話。

流行，在這個小島上很容易激化成為話題，投身在這個滾滾紅塵，情緒的相互感染更是家常便飯。

但是說也奇怪，台灣媒體圈的生態素來就只看到報紙罵電視，電視台卻很少攻擊報紙。當電視女主播削凱子、或者男女主播搞不倫的時候，報紙一定用輿論版面狂轟猛炸。但讀者有所不知的是，國內也曾有報業高層搞婚外情，只是當婚外情鬧進警局，報社主管竟然發動報系記者群，透過私人關係到處請託，拜托電視台不要報導報社高層的緋聞。

而奇怪的是，嘿，怯懦的電視台竟然都買帳，就當沒發生過一樣。

在台灣，報紙在某種程度上扮演電視台「上級指導員」的角色。報紙有專跑電視台新聞部的影劇記者，請注意，跑新聞部的是「影劇記者」喲，這些報社記者平常就把電視主播當作藝人來發稿。舉凡主播的穿著啦、主播的髮型啦、主播誰比較上鏡頭啦、主播和那個小開拍拖啦、主播的收藏啦、主播懷孕啦、主播騎腳踏車上班啦、主播誰又看誰不對眼啦、誰又跟誰爭一哥爭一姐啦……。

攤開影劇版，主播的這些瑣事往往和明星的花絮並列在一起，在報社記者的筆下，主播能夠被報導的似乎就只剩下雞零狗碎的瑣事，或者是一些煽風點火、多屬臆測的辦公室鬥爭，至於主播的專業咧，嘿嘿，完全不提。

電視台能怎麼樣？報社記者來採訪電視台，人家代表報社有「知的權利」呀！你能拒絕嗎？此外，電視台也迷信報紙有替主播宣傳的效果，藉著報紙替主播搽胭脂抹粉式的宣傳，企圖幫自家電視台的主播拉抬一些人氣，以爲這樣就能換一些收視率。

有些年輕主播初嚐成名滋味，也是把報社記者奉爲上賓，不管是不是擔心得罪人所以半推半就，還是爲了爭取曝光所以主動積極。總之，我們在報紙影劇版總是能看到主播的訊息，譬如，我開了新節目啦、我是新的軍中情人啦、我換了新男友啦、我是最漂亮的女主播啦……只要能上報，不少年輕主播都願意配合。寄望愈高的見報率炒作自己的知名度，讓自己擠進明星主播的行列。

這種消費式的報導就讓人狐疑了，究竟是誰弱智呀！報紙記者難道看不出來被新人主播利用了嗎？人家主播和男朋友吵架，她告訴你，你就寫。人家主播的私人收藏，她告訴你，你也寫。這種有聞必錄的習性，跟電視記者比起來又好到那裡去？

最重要的是，人家女主播和男友吵架、女主播成了新的軍中情人……這干讀者屁事呀！這時候，愛罵媒體的學者專家怎麼不見了，爲什麼不投書罵一罵弱智的報社記者呢？爲什麼報社老闆不跳出來罵主編：「白癡，你在浪費我的版面呀？」

年輕主播上報的娛樂化趨勢，也許可以衝高個人的知名度，但絕對有損「新聞主播」這個行業的專業形象，也許有人說，今日的新聞本來就沒什麼專業了，新聞主播又何必談什麼形象。但就因爲少數主播老是被報社記者娛樂化，才更讓主播沒形象，這根本是惡性循環。主播若那麼愛秀，幹嘛不乾脆去當藝人算了？可惜的是，這樣的主播至少要有侯佩岑甜甜的微笑，還要有「綜藝之母」葛姐肯栽培，要不然，多如過江之鯽的主播，即使偶然佔據報紙的一角，還是很可能成爲演藝圈裡過盡千帆的一葉扁舟。

要提醒年輕主播的是，報社記者平常藉著報屁股角落來「養」電視台的內線，等到主播萬一鬧出緋聞、傳出家變，不管是劈腿劈錯人啦、搞辦公室不倫戀啦……，你以爲報社會衝著平日的交情就放你一馬嗎？錯！

從發生過N次的經驗來看，報社記者好不容易熬到緋聞搞大，絕對會大書特書，把對主播的一丁點兒的了解全寫出來，加油添醋狠狠的修理一頓。

電視台：「打不還手，罵不還口」

除了主播對報社記者客客氣氣，很多時候，電視台也得巴結報社記者。三節要禮貌性的送上小禮物，碰到電視台有事需要宣傳宣傳，還得設宴請報社記者吃飯。吃完飯，女性記者多半乖乖回家，男記者就被帶著去「續攤」。

可憐我們這些做電視主管的，與報社記者應酬到半夜，白天還是得一早到公司指揮採訪、企畫專題，但是報社記者多半可以好睡到中午，起床後繼續扮演電視新聞指導員。電視台若有一點點風吹草動，報社記者照寫不誤，根本不理會你跟他是不是喝過幾十攤酒。人情，在報紙與電視競爭的媒體圈裡它比面膜還薄。

報紙向電視扒糞，在台灣已成爲常態，電視台面對報紙的批評則多半是「打不還手、罵不還口」。但是這種怪現象算是另類的台灣奇蹟吧，在歐美並不多見。

歐美國家的媒體各有分工，正經八百的媒體多半就是關心國家、國際間的大事，專精於做好報紙的品質，我們稱它作「質報」；但是人家也有八卦小報呀！八卦小報專精於搞好它們的八卦，不是潛入海底偷拍，就是假扮清潔工人混進豪宅，把大明星們日光浴的露點照片公諸於世當作工作職志，滿足讀者的偷窺欲。

進步的國外媒體，人家把客層劃分得非常清楚，「質報」和「八卦報」各有各的市場，質報不會天天指責八卦報是弱智、墮落，八卦報也不會去罵質報是假正經、粉飾太平。媒體經過一百多年的市場競爭，讓這兩個極端的媒體各有各的觀眾或讀者，除非八卦緋聞大到像柯林頓總統與陸雯絲基的口交情節，否則「質報」不會跨過緋聞那條紅線來和「八卦報」搶新聞。

但是在台灣，這條紅線是模糊的，自許爲「質報」的大報社對緋聞八卦從來不曾放手，而以狗仔、偷拍聞名的「八卦報」以及電視台偶爾也會關心國家大事。只不過，報紙和電視同樣在報導緋聞八卦，報紙卻可以痛罵電視新聞是社會亂源。而批評電視的報紙呢？卻跟電視做著相同的事，這種虛僞、混亂的媒體觀點，如同鏡子一樣反映了台灣社會的亂象。

如果理不清「質報」與電視的差別，報紙還要繼續咬電視，台灣的媒體圈，至少還要再亂五十年。

電視應該罵，問題怎麼改

「電視新聞該不該罵？」

「該罵！」任何人都可以輕易說出十條罵電視台的理由。

但是請容我再問：「電視新聞有沒有人看？」

「當然有人看！」全台灣每天都有上千萬人收看電視新聞。奇怪咧，電視做出來就是要給人看的，既然有那麼多人看電視新聞，且聽聽他們都看些什麼？或者不看什麼？

撇開傳播學理論，我喜歡觀察一般民眾的收視行爲。一位在台灣大學對面開快餐店的老闆娘，她對電視新聞的看法讓我久久難忘，她說：「我最討厭看到政治人物的新聞。」老闆娘說：「政治人物最虛僞了，說一套、做一套，看到他們就想轉台。」

這位在台北市擁有六家連鎖店的老闆娘，用餐時間一到，她就會要求店員把電視鎖定新聞頻道：「只要看到客人低頭扒飯，不必聽電視的聲音，我就猜得到一定在播政治新聞。」老闆娘說，她對新聞的看法不完全是個人的好惡，還揉合了對客戶的觀察：「我只要看到客人抬起頭來看電視，你猜新聞在播什麼？」

「播名模林志玲吧！播人家吵架、打架吧……」

「答對了，」老闆娘說：「還有，播『黑心食品』客人也愛看，像什麼芒果冰有大腸菌、黑心便當爬滿蟑螂，客人都是放下快餐抬起頭看電視。」

我問她喜不喜歡看弊案新聞呢？譬如像股市禿鷹啦、新瑞都弊案啦……，她的反應很直接：「弊案也讓人討厭，台灣壞人這麼多，叫警察去追呀。如果警察沒抓到壞人，只有你們記者說東道西，客人都是低頭吃便當的，看到就想轉台。」

再問她看不看八卦新聞？老闆娘說：「看哪，不過我恨死這種新聞了，我都是一邊看一邊罵，還有熟客會一起討論咧。就像看連續劇，一邊看一邊詛咒壞人快點被抓走。」

愛看電視的老闆娘很清楚倪敏然與夏禕的情史，也可以談賈靜雯跟她老公的八卦，甚至以前發生的璩美鳳性愛光碟，王筱蟬與鄭余鎮的緋聞，連總統府的嘿嘿嘿事件，這些被歸類爲八卦新聞的事件，老闆娘都如數家珍。不過結束談話前，老闆娘不忘補上一句：「我還是討厭這些新聞！」

謝謝你，我也討厭這些八卦。不過，我必須喊：「賓果！」

老闆娘的想法就是電視人要的答案。多數觀眾其實和快餐店老闆娘一樣，都討厭政治新聞，只想看少少的弊案；但是名人明星的緋聞八卦，他們嘴裡說討厭，但是眼光卻緊盯著不放，根本是來者不拒。

這樣的推論看在「有識之士」的眼中，電視台又要被罵不長進了。但是學者們不能在校園待久了就忘記眞實的生活，學者也許認爲民眾應該被教育，但是觀眾卻以收視率回應他們要看自己看得懂的新聞。試著替普羅大眾想想吧！在這個失業率不斷攀高，弊案、黑心食品一件接一件，對貧窮線下的多數民眾來說，可能是「有今日、沒明天」的混亂時代，電視之於觀眾，管它是新聞還是綜藝節目，電視提供了一個忘掉失業、不會減薪、沒有通膨的忘我空間。

「我們需要把觀眾從麻醉的虛無中拉回現實嗎？」答案是肯定的，但問題是怎麼做？台灣的有線電視收視戶接近五百萬戶，普級率高達八十五％以上，在國際上屬於中小型的市場。這樣的收視人口能夠養幾家電視台？沒有人說得準。但是這樣的中小型市場一旦要養六家新聞台、一百多個各式各樣的頻道，實在就讓人覺得不可思議。你知道嗎？爲了愈來愈小的廣告大餅，一百多個頻道每天都要進行割喉式的搏鬥分食。

這會變成一種惡性循環，廣告少了，包括新聞在內的節目製作經費當然會跟著少，於是電視台只能盡量壓低成本播一些便宜的內容。譬如，公式化的談話節目：一個攝影棚、三到五位來賓、加上一些觀眾的 call-in ；廉價的新聞頻道：幾十組記者、長長的SNG連線，每天只巴望著能撐過二十四小時。

電視台靠著日復一日的重複又重複，不在乎品質，只管塞滿時段，賺取一點點微薄的利潤維持公司營運。

想不想扭轉觀眾獨鍾八卦的心態？如果學者還寄望連自己都養不飽的電視公司，那實在是椽木求魚，爲難了電視人。要解決電視內容弱智、八卦的問題，先要提供觀眾優質的節目，但是優質的節目由誰來製作呢？要人、要錢，這牽涉到整個電視生態。

而電視生態的背後是市場、是經濟、是許多人養家餬口的生存問題。經濟的問題就該用經濟的手段解決，台灣的廣告市場不夠大，每年五百億的廣告費實在不足以養活六家新聞台以及上百個頻道。那麼頻道就應該減肥，透過合理的市場機制，讓賺不到錢的電視台自動退場，把好的人才和資金匯集在一起，才可能做出優質內容。

六、台灣混亂，肇因頻道太多

不必等學者專家罵人，一般觀眾都有這樣的體會：「台灣怎麼這麼亂？」「這麼亂，該怪誰？」除了政客，電視頻道太多可能是主因。

我就被朋友不只一次的問道：「你們新聞台的新聞怎麼長得都一樣，轉來轉去看到的內容都差不多，就像六台新聞台在聯播。」

這樣的抱怨不只來自一個朋友，我聽過朋友最惡毒的抱怨是：「不必看六家新聞台啦，只要看一看各家電視台的『跑馬燈』，花五分鐘就知道台灣今天發生什麼事，因爲各家電視台連『跑馬燈』摘要的內容都大同小異，不必看新聞啦！」

面對這樣的揶揄，以前我會強打起精神和他們鬥嘴鼓，但是這樣的批評聽多了，現在我連反擊的鬥志都喪失，因爲新聞雷同性太高是不爭的事實，再多的辯解只會升高彼此的不滿情緒。

其實，各家新聞台內容長得太像這個問題，不只是觀眾看了討厭，電視台老闆也覺得很無奈。我碰過一名EQ不太高的電視台老闆，他爲了逼迫新聞主管交出特殊的新聞題材，甚至還在公司內部的主管會議中不客氣的說：「既然大家的新聞都一樣，我還要你們做什麼？我去聯合其他電視台，大家成立共同的編採中心，讓新聞變成中央廚房，大家統一採訪、統一編輯、廣告一起分算了。」老闆忿忿的說：「你們都不要幹了，我還可以節省人事成本。」

永遠記得老闆罵人的時候，有人不怕死的抬頭亂瞄，只見新聞部主管們都低頭不語。本來嘛，老闆要求業績，這在各行各業中本來是再平常不過的事情，但是搞新聞的人特別好面子。本來嘛，搞電視新聞的人，一天至少工作十二個小時，有累到住院的、忙到離婚的，但從來沒聽說有那個搞電視的人發財。

老闆一旦講出類似業務經理的狠話，把電視人全當成了業務員，還眞是讓以文化人自詡的電視主管斯文掃地。不瞞讀者，主管會議結束之後，新聞部主管就離心離德，大家開始另謀出路，不出半年，核心主管陸續跳槽。不到一年，這家電視台也因爲難以經營，老闆很快交出經營權，由新的財團接手。

其實，那個發飆的老闆講的也沒錯，各家新聞都長得太像了。但是，誰叫小小的台灣要有六家新聞台呢？這實在太多了，這違反最簡單的供需原則，內容翻來覆去看到的都一樣，怎能不讓人生煩（包括發飆的老闆）。

我承認，不只六個新聞台嫌多，台灣有線頻道裡，現在硬擠進各式各樣的一百多個頻道也實在太多，台灣的廣告市場根本餵不飽這一百多個頻道。電視台爲了搶食有限的廣告大餅，當然會被廣告商牽著鼻子走。於是，最具賣相的羶色腥新聞、以及罵人罵到口沫橫飛的座談性節目，由於有收視率的加持，電視台只好容忍這種節目無限制的繁衍。

「要經營一個講究品質的電視台，很辛苦嗎？」答案是：YES！

「要讓一個不講究品味的電視台苟活，很困難嗎？」答案卻是：NO！

現在的電視台一切唯收視率是問，在收視率代表廣告，廣告代表收入的邏輯底下，電視台只能討好AC尼爾森那一千八百戶觀眾，至於這一千八百戶觀眾有多少眞實的代表性？你我都存疑。

問：「不希望台灣繼續亂下去，應該怎麼辦？」

答：「最好的方法就是讓多數觀眾的意見被重視。」

問：「觀眾那麼多，誰的意見有代表性？」

答：「用負面表列嘛，你我都不同意ＡＣ尼爾森的觀眾就能表現你的意見。」

問：「怎麼讓多數觀眾的意見能夠表達出來呢？」

答：「最簡單的方法就是讓每個觀眾都有投票權。」

大家看電視是要花錢的，它不是經由有線電視的 cable 自動跑到你家。我那群討厭電視的朋友都說，他們現在看到不喜歡的節目就轉台或者關掉電視，但是我都會遊說他們：「你們就去跟系統台說嘛，就說：『這家電視台的內容太爛、品質太差，我不要訂了。』系統台一定會把你意見記錄下來。」

「然後呢？」朋友睜大眼睛想聽答案。

我的回答常常遭白眼：「然後，系統台會把觀眾的反應丟到垃圾桶，就當沒發生過。」

不過別罵我，你我一、兩個人去反應，力量是不夠的，當然引不起重視。但如果每個家庭都堅持選擇自己想訂的電視頻道，電視台就不會只是去討好那一千八百戶的ＡＣ尼爾森觀眾，它還要注意自己的形象。因爲，如果形象或節目內容太差，你我這四百五十萬戶觀眾都不訂購它了，不必等到廣告商唾棄它，觀眾家裡就都收不到它的訊號，那麼劣質的電視台就等於被你我判了死刑。

台灣有上百個頻道，目前的現況是，只要搞定黑白兩道的系統商弟兄，要進入市場的門檻不會太高，有個五、六億的小財團就可以控制一個小頻道。部分有點錢的財主總以爲：搞個電視台就可以替自己發聲，就可以有影響力，連向銀行貸款都比較容易。有些賠錢賠到連「收視點」都趨近於零的電視台，在苟延殘喘之際，甚至放棄收視率，乾脆把節目澈底廣告化，甚至把時段整個賣掉，讓有錢卻沒頻道的業者拿來做減肥、美容、算命或者情色等廣告化節目。

如果把令人生厭的新聞台也算進去，容我保守的說，這種「爛電視台」在台灣至少超三十家。那麼，可不可以由觀眾直接判處爛電視台死刑呢？希望有一天觀眾能夠發揮眞正的消費者意識，找回購買電視節目的主導權。

推出「頻道套餐」，媒體才可能退場

也許你和我有相同的質疑：「爲什麼有些既亂且爛，而且沒人看的頻道還能繼續存在呢？」

坦白說，站在電視台的立場，沒有哪家電視台甘願「自殺」，自動從市場退出；再從現今的政經環境來看，寄望新聞局揮刀砍死電視台這頭龐然巨獸，那也是超級任務。新聞局拿掉一個東森S台，自由派學者和在野黨立委就強力反擊，拔出「箝制言論自由」的尚方寶劍，已經K得新聞局滿頭包。

因此，要政府訂出媒體「退場機制」的遊戲規則，要其他的新聞台退出市場，恐怕是緣木求魚。但是換個角度來想，既然大家都認爲媒體是個市場，那麼一個市場最重要的應該是付錢買單的消費者，如果是由消費大眾來淘汰「爛」節目，就市場機制來說似乎比較可行。

民間若發起一個「減少電視頻道．守住你我荷包」的行動，用消費者的力量來淘汰爛頻道，電視台的反彈就會缺乏正當性，由花錢的消費者來要求媒體自律，這個目標就比較有機會達成。

我一向鼓吹「頻道套餐」的策略，就是希望藉由改變頻道業者生存遊戲的規則，取代AC尼爾森的部分功能，讓廣告的買賣依據不再只有AC尼爾森的冰冷數據，讓有質感的節目也能夠生存，媒體能夠正常一點，觀眾也可以看到好節目。讀者可以看看這樣的計畫，集思廣益並且訴諸社會公評。

先告訴各位目前頻道業者的生態：全台灣有一百多個頻道，這些頻道都是透過有線電視的系統業者拉纜線到觀眾家裡，系統業者多是以「統包」頻道的方式在經營。所謂「統包」，就是把一百多個頻道綁在一起，不管你每天需要看幾台，系統業者一次統統賣給你。

也就是說，系統業者規定你每個月必須花六百元，然後硬塞給你的一百多個頻道，做爲消費者的你，完全沒有選擇的餘地。

不過，你每天需要看一百多個頻道嗎？我們大概都有共同的經驗，上完一天班，晚上躺在床上想休息，選台器轉來轉去卻不知道該看什麼。其實，以有線電視現有的品質來看，你每天眞正會收看的頻道可能不超過三十個。內容雷同、充斥無用資訊的新聞台可能兩個都嫌多，賣藥的、減肥的……你可能一個都不需要，至於重播率太高的電影台，也許你的要求只是：「拜托不要再重播了，請給我看新一點的電影吧！」

你需要訂六份報紙嗎？為何付錢給六個新聞台

「既然你不需要看一百個頻道，爲什麼每個月還要付六百元呢？」

這個疑問，如果是多數的消費者的共同心聲，而且能夠大膽的化爲行動，那麼電視怪獸帝國就有土崩瓦解的機會。

容我深入淺出的再問一個問題：「你家裡訂幾份報紙？」

很多人的家裡已經不訂報紙了，特別是年輕朋友，要看新聞根本直接上網路看免費的新聞，訊息來源多數都不來自報紙。好，就算你家還是訂報紙，頂多訂兩份、三份報紙吧，總之，你家不會同時訂六份報紙吧！既然一般家庭不需要六份報紙，爲什麼看電視要同時訂購六家新聞台呢？

觀眾不要以爲看電視是免費的，不要忘了，你每個月付五百五十到六百元給系統業者，系統業者每個月向一百多個頻道商買節目的成品是二百四十塊錢，這二百四十元裡就有好幾十元是因爲你收看了新聞台，這幾十塊不管你是主動還是被動，你都要付錢給新聞台的。譬如二〇〇五年八月被新聞局停播的東森S台，系統業者每個月要付三塊錢給S台，但是系統業者的錢從那裡來？當然是從你我的口袋裡掏錢。而台灣六家新聞台的內容又是大同小異，所以我可以只訂個一、兩家新聞台吧！就像我只需要訂一份報紙，那麼我就可以少付一點錢！**每一個家庭如果都響應少訂幾個頻道，正是改革台灣媒體亂象的開始**。

不只不需要六個新聞頻道，我也不需要那麼多電影台呀！因爲電影台的萬年影片已經播放過一百遍了，看到煩了。以我爲例，我雖然喜觀看周星馳的無厘頭電影，但是一部《威龍闖天關》看了五遍、十遍，看到連台詞都會背、看到想嘔吐了，電影台還是一遍又一遍的播。

所以呀，我不要同時間訂十個電影台，我訂五個可不可以？就像已經被停播的龍祥電影台，它跟東森S台一樣，每個月也要向系統業者收三塊錢，這三塊錢你以爲是系統業者出的呀，都是從你我口袋裡掏出來的。如果可以不要訂那麼多電影台，省下來的錢，我可以拿去租DVD、去買書，總比看一再重播又重播的電影強得多。

「我們都不需要這麼多頻道，我們只要付四百元！」

有時候我幻想，當這樣的宣示變成一種口號，當消費者的意志凝結成壓力團體，系統業者就可能少收一點錢。如果系統業者只收到四百元，業者是不會做賠本生意的，系統業者會回過頭去拒絕一些內容不佳又沒有人看的頻道。

至於頻道業者，由於是觀眾直接決定要不要買它的節目，為了生存，頻道業者就不能只看收視率，它還得顧慮一般觀眾的觀感，它要建立屬於自己的品牌形象，就不會永遠把緋聞八卦播個沒完沒了，它還得播一些正常的、有用的資訊，觀眾才可能買它。

只要經濟上能夠形成上述的良性循環，不必政府插手，媒體的退場機制自然可以成型，就有可能減少所謂的「媒體亂象」。

不過消費者是一盤散沙，誰要站出來當那隻替貓掛鈴噹的老鼠？說穿了，就是「要怎麼樣加入水泥讓它『孔固力』，怎麼才能把消費者的力量團結在一起？」

散沙的台灣人，還是需要政府添水和水泥，政府應該以行政命令或立法的方式，拒絕系統業者壟斷市場。把要看什麼頻道、買什麼頻道的權力回歸給消費者，由公權力介入，要求系統業者提供觀眾一個「彈性選擇頻道」的方案。

當然，多元社會不可以有菁英霸權心態，我尊重想看爛節目的觀眾，他們還是可以看一百多個頻道呀，但是使用者付費，每個月還是要付六百元。

但如果很多人想跟我一樣，只想看四十個優質頻道，我有權利只付四百元吧。只要政府發揮公權力，要求系統業者推出頻道選擇套餐，讓消費者自己決定想買什麼頻道，那麼，爛頻道的生存空間就會大幅縮小，頻道就不敢一味的只做爛節目，這才有機會澈底解決媒體亂象。

新聞局：「不戰、不和、不守」

只可惜，我清楚這樣的建議可能淪爲狗吠火車，我可以想像，一些完全不顧品質的爛節目還是會散布於各個頻道，因爲新聞局的策略一貫是：「不戰、不和、不守。」也許這是因爲官僚習氣由來以久，公務員不會主動得罪媒體，免得砸了自己的飯碗。

上述「頻道套餐」的觀念，讀者應該一看就了解，執行的困難度也不會太高。我們的政府官員長期浸淫在頻道的遊戲規則裡，難道會不懂嗎？我眞希望他們只是「笨」而不是「壞」，希望他們只是眞的不懂，而不是不肯作爲。

只可惜，「不作爲！」長期以來似乎是政府對頻道的最高指導原則。頻道套餐這麼簡單的市場概念，政府只要拿出一點魄力去和東森、中嘉等大型頻道代理商談好條件，頻道商不會有致命的財務損失，但是觀眾卻可以取得真正的自主權，換來優質的電視節目。

別怪我痛罵政府不作為，新聞局對於媒體亂象的不作為，常常會讓人以為政府不見了。與其忍受政府繼續放任媒體作亂，乾脆發動「去政府化」運動，不能幫助民眾的政府還要它做什麼？

就以「節目廣告化」的現象為例，違規愈來愈多，但是處罰愈來愈少，這與廣告化愈來愈嚴重的現象簡直不成比例。

而且電視台也是不怎麼理會處罰的，因為，一方面罰款很輕，就算播出「露奶」或「打架」等等違規畫面，頂多也只是罰十萬元。十萬元，對收視率高的電視台來說，只需要賣出三十秒的廣告就賺回來了，根本不痛不癢。再從編輯檯的角度來看，你是要收視率？還是要擔心被罰？在生存遊戲的規則底下，我根本沒得選擇嘛！收視率是一定要的，沒有收視率，上班天天得戴鋼盔等著挨K；而罰款咧，久久才來一次，而且是由公司買單。這麼簡單的損害評估，編輯們當然樂於繼續選播「露奶」和「街頭打架」的新聞。

另一方面，受處罰的電視台經常會拖欠罰款。對新聞部的主管來說，罰單一來，第一件要做的便是寫申覆意見書，跟新聞局ㄠ嘛，ㄠ過就不必罰錢。有時候電視人會用一些自己都覺得好笑的鬼話自欺欺人，ㄠ什麼「露奶是為了凸顯社會怪現象啦」、「報導街頭打架是觀眾知的權利啦」……萬一真的ㄠ不過，反正罰款是公司去付錢，公司設有法律顧問，這些法律人就是專門替電視人去打官司，讓法律顧問負責去和新聞局周旋去拖欠罰款嘛！拖到公司要更換執照了，電視台自然會去繳清欠款，不關新聞部的事。

我常想，惰性是遺傳還是天性？爲什麼從古至今的公門中人都是一個懶散樣。新聞局執法如此不力，對惡質電視台拿不出辦法的放任態度，簡直和一八五七年英法聯軍時兩廣總督葉明琛的駝鳥心態：「不戰、不和、不守」的「前三不」政策不謀而合。不作爲，又何必尸位素餐，領納稅人的錢在衙門裡吃冷豬肉。

電視台：「不死、不降、不走」

更妙的是，葉明琛駝鳥式的另外「三不」：「不死、不降、不走」的「後三不」政策卻被頻道業者偷偷學走。在台灣，賺錢的電視台不多，賠錢已是電視圈的常態。賠錢的電視台卻很少從頻道的光譜上消失，這不是很奇怪嗎？賠錢的生意竟然有人做。

這是因爲台灣的有錢人不少，對媒體有興趣的財團更多，只要拿個五、六億元就可以當一家小電視台的大董事，大董們想的是影響力、曝光率、甚至跟銀行貸款融資的好處。但是對賠錢的電視台來說，五、六億就很補了，足夠讓苟延殘喘的電視台暫時活下來，繼續被財團捧去玩續命遊戲。

我曾經待過一家財務體質非常孱弱的新聞台，兩千年大選時，這家電視台押寶某位候選人準備奮力一搏，希望押對寶之後能夠獲得大量廣告。於是由我操盤新聞部，我們天天鎖定這名候選人做連線轉播，競選期間雖然收視率衝高許多，可惜最後押寶的候選人敗選，電視台的財務依然得不到挹注。

但奇怪的是，當這家瀕臨破產的電視台傳出易手的消息後，居然同時間冒出三位買主，每位買主都代表一方勢力，都想藉著電視台殘存的勢力壯大自己的影響力。公司轉換經營權之後，又讓這家電視台繼續玩續命遊戲。這幾年，即使它的財務狀況一直未見好轉，但奇怪，它卻一直掛在頻道的光譜上。

電視台搞不起來的原因百百種，但既然搞不起來，**政府或者市場就該訂出明確的退場機制，不要讓劣質電視台繼續在市場上濫芋充數**。我到現在還是不了解，爲什麼接手的財團會對媒體懷抱春秋大夢？經營電視不能只是有錢，還得有人才。可是接手的財團從不去思考電視台的經營，只想到：「我就是要有一家電視台，最好還是新聞台！」難道電視如此多嬌，引多少財團老闆競折腰？

我就不懂爲什麼電視台能打死不退？爲什麼電視台就不能關門大吉？同樣是媒體，台灣的報紙就曾經一家一家倒閉，譬如像《太平洋日報》、《首都》、《自立晚報》、《勁報》這些曾經叱吒一時的報紙已經走入歷史，更多經營不善、報份銳減的小報現在也開始裁員合併，逐漸走向夕陽。

既然報紙可以退出市場，爲什麼電視台不能從頻道光譜上消失？爲了不讓劣質的電視節目拖垮其他正派經營的電視台，政府就該設計出符合民眾需求的套餐方案，讓惡質的電視台退場。

如果繼續讓「不死、不降、不走」的電視台歹戲拖棚，不但電視台走不出自己的路，更會戕傷台灣觀眾的電視品味。

第2章

媒體大偵探，多是糊塗蛋

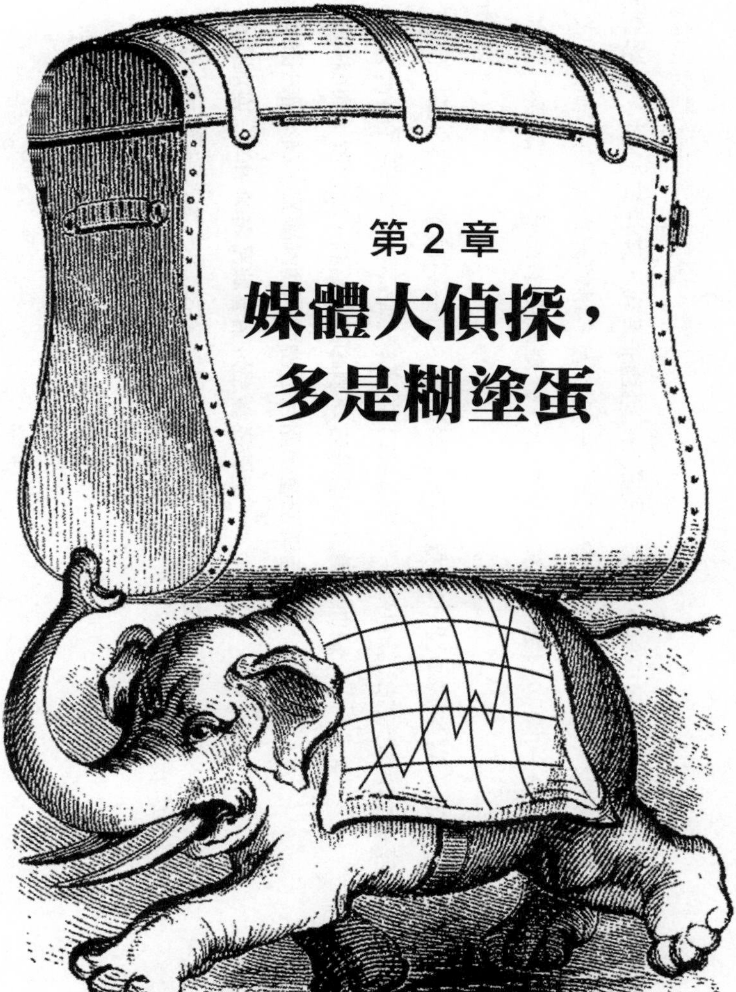

一、記者來了，快逃！

二十一世紀在台灣，看電視新聞你必須具備幾項特質：

心臟要強，才不會被記者的誇大報導給嚇倒。

眼睛不能太好，以免看到不該看的血肉模糊與鮮血淋漓。

耳朵要有一點點背，免得被過分高亢拔尖的音調震傷耳膜。

如果上述的特質你都沒有，最好你是個憨人，以免被電視台記者奇怪的價值觀給帶著跑，把偷、搶、拐、騙當作正常，因爲萬一你「聰明」到有樣學樣，最後可能還得蹲到監獄裡吃牢飯。

我的工作經常要監看各家電視台，看看別人是不是做了什麼了不起的獨家，有沒有什麼新聞特別值得效法。看來看去，獨家不少，但是值得效法的不多，最多的反而是古怪好笑的新聞觀點。一葉足以知秋，就舉幾個例子給讀者瞧瞧，敬告讀者看新聞千萬不要太認眞，就當是看笑話吧！也許還健康一點。

槍擊要犯會「賺錢」，「可惜」不會理財

要犯張錫銘，他是二〇〇四～二〇〇五年台灣跨年度的頭號槍擊要犯，警方給他起了個代號叫做「惡龍」，在圍捕惡龍的行動中，靠著優勢警力和裝甲車攻堅，終於將惡龍逮捕到案。這樣的大盜落網，觀眾愛看，新聞台當然也要大做特做，但是在一片惡龍落網的新聞中，有一種報導的角度讓人很難認同，因爲記者的角度居然是：惡龍被捕，好衰喲……

就在張錫銘落網的第二天，電視台能夠報導的角度大概都做完了，但是在監看眾家電視的過程中，有好幾家電視台共同的切入點卻緊緊吸引我的目光，因爲它們的新聞角度讓人咋舌，新聞說：「張錫銘不懂理財，即使靠著擄人勒贖『賺』進四十四億，被捕時身上還是只剩八萬多元。」

這則報導說：「亡命天涯的張錫銘，他綁架過賭博大亨、客運小開、議會議長、渡假村大亨……綁架過許多有頭有臉的有錢人。十年來擄人勒贖的贖金加總起來超過台幣四十四億，創下台灣犯罪史上最會勒贖的紀錄。但是當惡龍在台中沙鹿被捕時，全身上下只剩下八萬多元，而且吃的是泡麵，睡的是沙發，非常的『潦倒落魄』。惡龍有膽量擄人要錢，卻沒命、也沒時間『享受』。」

這是什麼樣的價值觀哪，記者的弦外之音難道是：「惡龍這麼『會賺錢』，為什麼還會這麼『窮』？」對吧？

難道記者認為張錫銘是因為倒楣，才會潦倒落魄、吃泡麵、睡沙發，「有命綁架、沒命享受」。再請注意「享受」這個用詞，社會的主流價值會希望綁匪能夠享受嗎？

根據記者的報導，讓我們推演他的價值觀：第一、張錫銘真衰，有好幾個綁架案都「沒綁成」。而即使真的綁了人，有肉票竟然逃跑了還去報警，害張錫銘白忙一場；第二、綁架案幕後的藏鏡人真是混蛋，不是因為他企畫綁架混蛋，而是藏鏡人剝削了張錫銘，即使勒贖金額很高，但是張錫銘真正到手的卻沒多少；第三、張錫銘生錯了時辰，即使擄人勒贖的技術一流，但因為雙魚座的人太感性，理財智商不足，才沒把錢存下來。

天哪，這是什麼跟什麼嘛。我找出這則荒謬新聞的來源出處，沒錯，又是抄報紙的，報紙寫：「辦案員警認為，張錫銘會這麼狼狽是因為他不懂得見好就收，再加上星座太感性，才會錢花完了再幹一票，一錯再錯。」

報紙的荒唐觀點，經過電視記者的加油添醋，就變成措詞充滿同情、配音語帶憐惜，簡直把張錫銘描寫成落難英雄的婉惜新聞。

回家後跟老婆交換意見，沒想到看完新聞之後，連我家的老婆大人都忍不住替張錫銘抱屈。老婆帶玩笑的幫張錫銘做出三點建議：第一、那個逃跑的肉票太過分了，害張錫銘白忙一場，建議張錫銘出獄之後再綁他一次。第二、張錫銘應該聘請理財顧問，專責處理他的犯罪所得，免得他好不容易「賺」來的錢，就這麼「easy come, easy go!」；第三、建議張錫銘仿效台灣當紅的八點檔黑道連續劇，成立一個「惡龍關係企業」，並且自任集團總裁，免得堂堂的台灣頭號槍擊犯被逮，身上僅有八萬塊，這未免太遜，有損咱們張錫銘的威名……。

聽完吾妻無厘頭的發想，我唯一的想法是，讓撰稿的記者也被張錫銘綁架一次，看看他會不會想逃跑。

濫用同情心，搶匪變好人

其實，這種不知所云、新聞角度錯亂的例子俯拾皆是。監看的過程中，我看到一則讓人噴飯的新聞是這麼說的：「颱風夜裡有歹徒打劫精品店，觸動警鈴之後，歹徒跑沒有幾步就被巡邏員警逮捕。這兩名『看準』了颱風夜行搶的歹徒，他們的『運氣』有夠差，精品還沒有到手咧，就被警察逮個正著。」

請注意「看準」和「運氣」這兩個用詞，你可以回頭重看一次。

這是什麼思考邏輯呀！歹徒「看準」了颱風夜行搶，這值得鼓勵嗎？要不要乾脆說他們是智慧型犯罪，懂得在颱風天搶劫好了；還有，搶匪被警察逮捕，這叫做「運氣」很背嗎？

難道搶劫之後順利逃跑，那才叫大快人心嗎？

還有一個例子，記者的旁白是：「機車搶匪用力扯下路人的皮包，不過皮包裡沒什麼錢，搶匪在路人的合力追捕下落網，嫌犯進了警局一臉呆滯。」這一段敘述沒有問題，但是記者接著又說：「這是一起烏龍搶案，歹徒沒搶到多少錢，還『反而』被逮捕。」

請注意「反而」這兩個字，它在中文裡是否定句耶，你不讓搶匪被逮，難道要被害人「反而」被警察抓起來嗎？

令人疑惑的新聞角度還包括：有一個闖空門的小偷，遇上空手道兩段的屋主。你猜記者是怎麼說的？記者說：「這小偷運氣眞差，什麼都還沒偷到，就被屋主打得鼻青臉腫，還被逮進警察局。」

看到這樣的用語簡直快吐血，不是小偷被抓，難道「反而」是屋主該進警局嗎？擄人勒贖、搶劫、竊盜……這些大小刑案對民眾的生命財產、社會安全有很大的傷害與影響力，難道記者不知道嗎？

綁架沒有綁成、肉票能夠成功脫險，我們不該鼓掌稱慶嗎？搶匪沒搶到什麼錢、小偷被屋主當場逮捕，我們高興都來不及。不過奇怪耶，爲什麼歹徒的失敗，到了記者的嘴裡竟然聽出有一絲絲遺憾咧？壞人伏法本是天經地義，怎麼還會有記者爲歹徒叫屈？

濫用同情，這種混亂的觀點，透過鏡頭傳遞給年幼的觀眾，難保不會漸漸變成一種流行，甚至變成一種錯誤示範。在扭曲的犯罪新聞底下，惡人被吹捧爲英雄，被誤以爲是值得同情的可憐蟲。這對被害人、對社會的傷害都很嚴重。種下這樣的惡因，要不了多久，整個社會就要共同承擔惡果。

其實，上述荒腔走板的新聞，很多都是電視公司裡年輕編輯的「大作」。現在的電視台，公司爲了省錢，經常僱用剛從學校畢業的女生擔任助理編輯，這些編輯不必出去跑新聞，但是卻必須在家裡做新聞。電視台長官沒教會她們寫新聞之前，就丟給她們一捲錄影帶，這些影帶多半是攝影記者、或者駐地記者單機拍回來的，長官要編輯在家抄報紙做改寫，重新「生」一條電視新聞出來。

而這些初生之犢也想求表現，爲了呈現出與報紙不一樣的角度，她們多半會換上一個自認爲有趣的切入點，也許是「語不驚人死不休」得過了頭，也許是中文程度不夠好，再加上拔高刺耳的配音，就會做出讓人瞠目結舌的報導。

你說這是編輯小姐的錯嗎？

我認爲縱然有錯，也只錯了一半。年輕人也許錯在修辭學不夠好，也許錯在對被害人欠缺同理心。可是眞正該檢討的是，要她們「生」出這麼一則新聞的長官。

這些年輕助理編輯平常就該被訓練、被教導，她們寫過的文稿，做長官的要看哪，沒有品檢她們的作品，是誰的錯？電視台的新聞播出之前，按理說，必須經過二、三個關卡審核，一個還不夠格的記者或編輯的作品被播出，除了當事人自曝其短，對公司的形象也很受傷。

災難的開始，記者變成糊塗大偵探

製作新聞的每一天，天天都少不了犯罪新聞，飛車搶匪拖行婦人、失業男子虐殺同居人的小孩、公司老闆遭到綁架撕票、職棒球員打假球欺騙球迷……人間的悲劇醜聞天天在電視裡反覆上演。但看著這些連續劇一般的劇情，最讓我驚訝的竟然是，一群女記者在鏡頭前的驚聲尖叫。

深夜，一群女記者徹夜守候在調查局中庭，她們等待著職棒簽賭案的嫌犯移送地檢署。辦案人員在偵訊室裡有椅子可坐、有水可喝，但是女記者們經過一整天辛勞之後，還是只能蹲在牆角等待。她們的妝褪了、眼皮重了、臉上寫滿倦容，不過，當涉嫌打假球的職棒球員一現身，SNG立刻連上線，只見女記者們一擁而上遞出麥克風：「你有沒有後悔打假球？」

兩名涉案球員不發一語，在調查員的戒護下企圖擠向偵防車。

「你是自願打假球的嗎？」記者七嘴八舌的搶著問話：「你打一場假球的代價是二十萬嗎？」

涉案球員還是低頭不語，一個勁兒的想突破記者群的包圍。

「你是不是該向球迷道歉？」混亂的SNG連線中，突然爆出拔尖的音調問：「你別走啊！你是不是要向球迷說聲對不起？你們打假球傷了幾十萬球迷的心，你不要球迷原諒你嗎？」

球員還是沉默不語，坐上偵防車，被押到地檢署接受檢察官的複訊。

夜色中，目睹這荒謬的一刻，我突然想替兩名涉案的球員回答一句：「干你們屁事，你們憑什麼把我定罪？你們是檢察官嗎？」

媒體審判無所不在，這讓我想起十幾年前的自己。

十六年前，剛進報社，在南部跑社會新聞。有一天，逛進一個分局，才進刑事組，就被三、四位其他報紙的老大哥叫住：「小劉，來來來，這裡有案子。」

進了偵訊室，熟識的刑警們不知去向，倒是角落裡銬著一名年約三十歲的男子。報社大哥說，他是一位高職老師，因爲強姦班上的女學生，被家長報警給逮進來。不過，他哭父哭母、遮遮掩掩就是不肯被拍照。

「不是啦，不是啦，我沒有強姦，我和學生是眞心相愛……」男子即使低頭蹲在角落，還是企圖爲自己辯護。

「×你娘……」報社甲大哥一巴掌打在男子的後腦勺，「×，你大人大種，還做老師咧，連一個學生囝仔你也做得下去。」

「畜牲呀！」另一名報社乙大哥踹了男子一腳。

「是眞的，我們是眞心相愛……」男子就算被打也要爲自己辯護。

「×你娘……，你爸在講話，輪得到你插嘴，兄弟……」報社乙大哥使了個眼色，其他兩名報社前輩往前一擠，三個人圍著男子就是一陣拳打腳踢，只剩我驚駭的看著眼前這一幕。

「小劉……」報社甲大哥發現我沒動手，「換你啦，傻傻的站在那兒做什麼？」

這種圍毆的畫面我在電影裡見多了，但是眞實發生在眼前卻是頭一遭，而且還是在警察局裡打嫌犯。我環視偵訊室，刑警不見了，只有一個孬種的強暴嫌犯跌在地上，搞不好他還以爲扁他的是刑警咧。

環顧四周，在同儕的壓力下，我鼓足勇氣大跨兩步，朝著男子的後腦勺猛搧了三巴掌，口裡還低吼著「×、×、×」爲自己壯膽。

當我完成了打人動作，我清楚我走進報社大哥們的圈子。接下來，我們針對嫌犯完成一項共同採訪，大哥們粗暴的或按頭或扯髮，讓嫌犯終於露出尊容，我則負責拍照。

快門「咔嚓」一聲，我獵捕到一張充滿驚恐眼神的嫌犯照片。

民國七十年代末期，人權意識還很薄弱，淳樸的駐地記者對性侵害案件還義憤填膺。我清楚擔任駐地記者的時間一久，報社大哥們對刑案一定有自己的看法，他們對強暴犯，特別是老師強暴女學生的痛恨心情。他們在審判之前已經把嫌犯當罪犯，藉著與警察的熟識，快意的發洩自己的不滿，以爲這麼做就是替社會討回公道。

而我咧，在這場執行非法正義的戲碼裡，意外的成爲小小共犯。

只是我到現在都不了解，那個被我搧了三個巴掌的高職老師，他和女學生之間除了師生關係之外，究竟是不是一對情侶？女學生有沒有滿十六歲？老師是違反道德還是觸犯法律？這些疑問我們沒有嘗試去找答案，而是跳過了警察、跳過了檢察官、法官，我和大哥們直接把老師給定罪了。

人性與世界都太複雜，做人做事如果做不到謹愼，往往得罪人。身爲記者，如果做不到平衡報導，日後我們往往要爲自己的輕率而汗顏。這件發生在偵訊室裡的故事，多年後回想起來，唯一沒讓我後悔的是，那張充滿驚恐眼神的照片，我始終沒有發出去。

但是對照今日的媒體環境，照片的震撼已經比不上SNG。只要有SNG連線，任何嫌疑犯面對記者肯定句、命令句的質問法，嫌疑犯不管有沒有犯罪都已經被媒體定罪。我們粗暴的對待嫌犯，就好像「記者」的另一個身分叫做檢察官、法官或警察，透過鏡頭直接把嫌犯給定了罪。

是什麼原因，造成記者有這樣謬誤的認知？我清楚，身爲媒體主管的我們必須負責任。

我們在檢討SNG連線品質的時候，經常會要求文字與攝影記者要做到幾件事：第一、要讓觀眾看到公司的麥克風，第二、要看到自家的文字記者，第三、文字記者要講話……。

這樣的要求本來很正常，試想，一個新聞現場如果沒有公司的麥克風，沒有公司的文字記者，反而是其他電視台的記者，拿著別人家的麥克風在你們家的螢幕裡跑來跑去，這像話嗎？

但是這原本只是一項柔性規範，它若是被曲解爲硬性規定，那麼新聞現場就成了審判大會。

想起初任採訪主任的時候，新聞台還不算蓬勃，仗著年少輕狂，罵記者「散漫」是我的口頭禪。在檢討SNG連線品質時，我常常不客氣的問記者：「你沒有上班嗎？爲什麼鏡頭裡看不到你？」、「你感冒喉嚨發炎嗎？爲什麼記者會裡你不出聲？」、「爲什麼聽不到你問問題？」……

我們捫心自問，有哪個記者擋得住長官這樣的挑戰，下次的SNG連線不管有問題沒問題，還不就乖乖的在鏡頭前拋頭露面、沒話硬要找話說。

而這些記者慢慢變成了長官，錯誤示範下的異形變種更是變本加厲，這才演變成SNG連線竟然變成了媒體公審大會。法官還沒拍板定罪，電視記者就把嫌犯當成罪犯的荒謬情景。

二、台灣亂象，狗仔成了新顯學

人人都說新聞台是強勢媒體，在台灣的影響力最大。但是讀者可能不知道，這個強勢媒體經常向平面媒體「借料」，講白了啦，就是抄襲報紙、雜誌。

身爲電視從業人員，我們清楚電視抄報紙的必然性。因爲大報社的記者多，單是跑台北市警局的記者可能就多達十位，但電視台了不起有三、四組。平面媒體人海戰術的布建方式，報社的訊息理所當然要比電視多。需要大量訊息來餵養觀眾的新聞台，主管在新聞量的壓力下，只有把平面媒體當成資料庫，抄！

電視與平面媒體的特性不同，看報紙的讀者不見得看電視，看電視的觀眾也不見得讀報紙，如果報紙的訊息是眞的，彼此抄來抄去倒是無可厚非。可惜近年來，媒體在高度競爭下，連平面媒體也流行瞎掰。

特別是來自香港的「壹傳媒」，從二〇〇一年六月打進台灣市場之後，它報導的內容雖然一直都是爭議的焦點，不但把遺體、鮮血的照片血淋淋的登上報紙、雜誌；強暴模擬圖的逼眞程度更是令人髮指，好像文字上的強暴不足以洩慾，還要用模擬圖再次性侵被害人；更可議的是它的可信度，狗仔集團用跟蹤、扒糞、挖人隱私手法得來的訊息，它的可信度眞的需要打折扣。

本來平面媒體報報也就算了，但「壹傳媒」的內容聳動，非常適合拿來刺激電視收視率，於是電視主管每天閱讀的第一份報紙不是《自由時報》、《聯合報》或《中國時報》，而是《蘋果日報》，就是要看看《蘋果日報》有什麼可以抄襲的內容；而每週三《壹週刊》出刊前，部分電視台的大夜班記者除了值班，還有一項重要工作就是幫主管買《壹週刊》，讓主管一早到班有題目可以抄襲。

對許多電視主管而言，千漏萬漏，「壹傳媒」的訊息絕對不能漏。稍有堅持的電視台，可能對過分誇張的報導還有一點免疫力，但是少部分人力匱乏、記者過分年輕，甚或主管素質太差的電視台，奢望由他們指導的記者做出什麼好東西？怕只能淪落到「直接抄」的窘境。

容我不客氣的說，部分電視台對「壹傳媒」的仰賴程度，幾乎可以用「壹傳媒電視事業部」來形容，對「壹傳媒」刊載的訊息根本不敢漏，簡直是有聞必錄的地步。

講幾個小故事，讓讀者了解電視抄襲報紙，抄到什麼荒謬的地步。

太神奇了：母雞捉老鷹

主管每日上班的第一件事，當然是看報紙。某大報登了一則充滿「雞」性光輝的新聞，報上說：「在中部山區裡有個農家，這農家的歐巴桑飼養的母雞生了一窩小雞。有一天，母雞帶著小雞在草地上悠閒的覓食，卻被天上盤旋的老鷹給盯上。老鷹從天而降，幾度俯衝要抓小雞，母雞卻挺身而出幾番與老鷹纏鬥，結果咧，母雞戰勝天敵，偉大的母愛擊退老鷹，雞母雞子又繼續過著幸福快樂的日子。」

看到這麼一則報導，我心中暗自竊笑：這眞是一則母雞眞偉大的新聞哪。我和電視同業們每天都要比賽看報紙，我決定不跟這則鄉野奇譚，但不知道哪個同業的心地比較慈悲，今天會抄這則新聞。

因爲新聞一播出來，也許養雞的歐巴桑可能會放老母雞一條生路，讓老母雞安養天年，不要讓英勇的母雞成爲桌上的蒜頭雞？

可是當天不是母親節，也沒有母雞表揚大會，我不懂報社爲什麼刊登這篇報導？說實話，我壓根懷疑這是一則假新聞，先不去追究老鷹究竟有多小？母雞到底有多大？母雞眞的有能力趕走老鷹嗎？我只想問，是誰看到老鷹抓小雞？

如果是「人類」看到這個動物奇觀，那麼我的下一個問題是，連一隻母雞都可以力抗強敵打敗老鷹，那麼看到這一幕的「人」在做什麼？他不會撿根棍子、拿顆石頭，甚至抄起脫鞋去趕老鷹嗎？體型比雞大了幾十倍的人，會眼睜睜看著母雞跟老鷹單打獨鬥而不採取任何動作？

如果「不是人」看到這一幕雞新聞，那麼是那一隻雞會講人話，牠跑去跟記者講的故事嗎？或者，根本是報社記者自己瞎掰的安徒生童話？

我一拖拉庫的疑問還沒解答，晚上監看電視的時候，居然找到答案了。

我親愛的某個友台，竟然眞的把這則報紙新聞給做出來了。電視不同於報紙，電視是需要畫面的，這則新聞有什麼畫面，你猜到了嗎？電視裡，我只看到一隻母雞帶著一群小雞在雞舍裡跑來跑去。

「是那隻勇敢的母雞嗎？」電視沒介紹。

「被打敗的老鷹還在天上飛嗎？」電視沒看到。

「目擊證人，養雞的歐巴桑在哪裡？」電視也沒有交代。

那麼，什麼都沒看到的雞新聞裡究竟有什麼？除了跑來跑去的一籠子雞，就只有電視台精心製作的動畫效果，2D的平面效果裡我們看到母雞鬥老鷹，旁邊還畫了幾隻驚惶失措的小雞。

天老爺，我眞是佩服友台的動畫小組，我可以想像得到，這一定是友台採訪中心要求動畫組繪製的，而且畫得跟報紙描述的情節幾乎一模一樣。

至於這則新聞是眞是假？我則在心中打了一個大大的問號。

如果眞有這樣勇敢的母雞，讓我們共同爲牠和牠所生的小雞們祈禱，祈禱養雞的歐巴桑刀下留情，別把牠們宰了做成三杯雞。

誰看到倪敏然了？幫忙要張簽名

電視抄報紙的高潮，在藝人倪敏然上吊身亡的那段時間是個頂峰，有整整一個月，打開電視機鋪天蓋地全都是倪敏然的新聞，姑且稱它是「倪敏然月」吧！在那個天天都有大篇幅倪敏然報導的月份裡，電視新聞幾乎文思枯竭，只好天天抄報紙，有一則沒頭沒腦的新聞最叫人印象深刻。

監看當天的晚間新聞，好幾家電視台都播放了一則「倪哥到海邊沉思」的新聞。大意是說：雖然倪敏然的遺體已經發現了半個月，但是宜蘭的一位婦人卻特別的感傷。新聞說，有一名婦人曾經看到倪敏然孤獨的坐在海邊沉思，坐了半個小時之後，倪哥還到附近的一間小廟去拜拜。新聞還說，婦人覺得很後悔，如果她能夠上前去安慰倪哥幾句，也許人性的溫暖可以喚醒倪哥，可能就不會發生自殺悲劇。

假如你閉著眼睛聽完上面的描述，也許會覺得這篇小品散文寫得還算通順，聽起來不會覺得有什麼不對勁。不過電視是影音媒體，電視不只要聽、最重要的還得要看。這則新聞一看就覺得不對勁兒，當天的電視新聞裡根本沒有半個婦人的影子，一分多鐘的新聞中除了宜蘭海邊的空景，一個莫名其妙的小廟，整篇文稿都講有一個婦人「看到」倪哥，但是這個婦人在哪兒？新聞看完後，連一個訪問也沒看到，甚至連一個婦人的正臉鏡頭也沒瞧見。我只有兩個疑問：「那婦人爲何不見了？」「這則新聞到底是眞的還是瞎掰？」

回頭去找這則新聞的來源，發這則新聞的記者煞有介事的說：「喔，那是《××日報》登的，我也不知那個婦人是誰？」

「你連有沒有這個人都不知道，幹嘛還要發呢？」

「《××日報》有登呀！」記者一付理直氣壯的樣子。因爲記者都知道，很多主管是看《××日報》來指揮調度新聞的，所以《××日報》成了尙方寶劍，以爲報出《××日報》的名號，長官就拿他們沒輒。

事實也是如此，一般記者抄新聞，只須回報：「喔，那是某某報紙第×版登的。」電視台主管也很識趣，通常就不去深究了。多半的回答都是：「喔，那就去做吧。」主管很少多問，以免被頑皮的記者反唇相譏：「哎喲長官，怎麼連《××日報》都沒看就上班。」

這則抄報紙的新聞還反映駐地記者的一個特性，那就是集體行動。電視台一個縣市多半只有一名記者，沒有人代理非常辛苦，幾乎是三百六十五天全年無休。所以駐地記者的工作情感多半濃厚，一旦有新聞就互相通知，甚至互相拷貝影帶，誰也漏不了誰，但是誰也搞不到獨家。像「倪哥在海邊沉思」這則新聞，一家電視台有，其他電視台就少不掉，簡直是「一家烤肉，萬家香」。

喔，且讓我們再往上追查肉香四溢的源頭，既然新聞來源是《××日報》，好，就讓我們仔細看看報紙是怎麼寫的？我們在報紙內頁的一個小角落發現了這篇報導，文稿上寫著：「報社接到一名婦人的電話爆料，她說她曾經見到倪哥在宜蘭海邊發呆、神情委頓，還去拜小廟……云云。」嘿，但是奇怪咧，這名爆料的女子姓啥名誰、住在哪兒、是何方神聖？報紙全都沒寫；她講的是眞是假？甚至有沒有這通爆料電話？有沒有這名婦人？我們都無從考證。

但好笑的是，這種似假非眞的訊息，報紙登登也就算了，電視台何苦跟著湊熱鬧？我們深自反省，就因爲它是《××日報》登的，當下電視台對《××日報》的內容幾乎是有文必錄，連查證的步驟都省了。

人類對病菌多少有點抗體，但電視人對「壹傳媒」的訊息幾乎毫不反抗，你說電視台是照單全收也行，要說電視台是全面照抄也不離譜，反正報紙拿來抄，再剪輯一些資料影片或模擬畫面就可以播出。稱新聞台已淪爲「壹傳媒」的電視事業部也許太損人，但是把爛蘋果撿到菜藍裡就當菜，未免也太離譜。

我知道電視台播了，觀眾們無聲的就看了。但我想大聲疾呼的是：「電視對報紙照單全收，難道觀眾面對電視就該沉默嗎？嘿，該站起來動一動了，該不會想繼續當呆子，連抗議都不會嗎？要不然就寫信給媒體，要他們幫你向倪哥要張簽名。」

弟弟被處決了？余天白哭一場

閩南語歌王余天，原本在歌壇就備受尊重，在處理倪敏然後事的表現上更展現大哥風範。大家看到余天在鏡頭前眞情流露的痛哭，看到他無怨無悔的爲他口中的「小倪」安排後事，甚至還竭盡所能的爲倪敏然的遺孀找工作，給人的感覺就是，余天是個有情有義的好兄弟。但是這位藝壇大哥也意外的被媒體惡整，害得余天在新聞鏡頭前白哭一場。

藝壇大哥「白哭一場」的故事，得從余天的弟弟余福星談起。

余天四弟叫做余福星，十二年前余福星就到大陸發展，娶妻生子落地生根。由於余福星的個性海派、出手大方，他在廈門還小有名氣。不過，這幾年余福星開始沾惹上毒品惡習，遊走兩岸販賣安非他命和海洛因，並且在年前遭到中共公安逮捕。

余福星是在廈門販毒被捕，所以被囚禁在廈門監獄。不過，余天被騙的烏龍事件卻也是從廈門開始，一家日報率先刊登余福星被中共廈門人民法院判處死刑，並且已經以注射毒液的方式將他處死。

台灣各家電視台主管一早看到這則新聞是如獲至寶，上午的編採會議還沒開，大陸中心的記者已經開始向廈門方面做求證，管它眞的還是假的，反正就是要發這則新聞啦！只是求證還沒有結果，採訪中心已經把SNG車開到余天家樓下，準備叫余天起床接受採訪。而做爲藝人的余天咧，每天錄影錄到天亮，早就習慣中午才起床，但是九點鐘不到記者就來敲門，SNG連線的畫面裡只見余天睡眼惺忪的出門見客。

監看各家電視台，大家都把這件事當成重要大事，各家新聞台都以SNG連線。記者劈頭就問：「余大哥，你知道你弟弟被中共處死了嗎？」

「啊……」余天一臉茫然，「妳們說什麼？」

「你的四弟余福星被廈門法院處死了，你知道嗎？」記者說。

余天終於被嚇醒，終於聽懂記者的問題了。兄弟情深嘛，多愁善感的余天哭了，鏡頭前只見余天涕泗縱橫，剛送走一個倪敏然，現在又要幫自己的親弟弟辦後事，透過SNG鏡頭，觀眾再次目睹余天的眞情流露。

只不過，這個死訊來得突然，更是來得莫名其妙。跑去向余天報死訊的記者根本不確認余福星到底死了沒有，記者們只是領了主管的命令，「去問余天對弟弟死訊的反應。」至於公司裡向廈門查證的結果呢？在余天家的記者完全不知道。

那麼大陸方面查證的結果是什麼呢？各家電視台的答案一致：「廈門法院和台辦系統都保密到家，不願意透漏任何訊息。」

「查不到，我們就認定余福星死了嗎？」這是很多人的共同疑問。

余福星的死訊是一則從早播到晚的新聞，包括我在內，電視台的主管們大概都認爲，反正報紙都登了，應該不會有問題吧！而就算錯了，也是報紙的錯，電視台頂多只是引用了錯誤的消息來源。於是，**在無從查證的情況下，電視台就把報紙的傳聞當成新聞，把找不到的人認定是個「死人」**。所以余天爲弟弟哭泣，老淚縱橫的畫面播了一整天，有的電視更狠，還加油添醋的說：「余福星的骨灰即將運回台灣。」

一個報紙訊息被電視台二手傳播之後，全台灣觀眾大概都知道余天有個四弟，而且這個四弟死了，死未見屍的余福星，他的骨灰還要送回台灣落葉歸根……。只是這些死訊和獨家，隔天卻成了大笑話。

隔天，余福星的大陸老婆從廈門打電話給余天報訊：「余福星還沒有死，他沒有被處決，審判的進度沒這麼快，律師還在向福建省高級人民法院上訴。」

這眞是糗斃了，報紙的大烏龍讓余天白哭了一場，因爲大家不了解大陸的審級制度，錯把一審判決當成終審，還直接認定余福星死了。至於電視台咧，大家的心態都一樣，反正是報紙錯誤在先，電視台頂多就是一個「糗」字嘛！

不過，糗歸糗，電視主管個個都是打不死的蟑螂，因為「錯多不怕，債多不愁」，反正錯得多了，也不差這一次，大家都是向前看。你知道嗎？當電視台主管知道余福星沒死之後，各家電視台的第一個動作是什麼嗎？

「閉門思過、低頭懺悔？」算了吧，**我認識的電視台，大家的字典裡沒有懺悔這個詞兒。如果大小錯誤都要拿出來懺悔一番，那麼上帝的耳朵肯定要長繭**。

親愛的讀者，那麼你猜到了嗎？

各家電視台又派出SNG殺到余天家，希望余天能夠再出來反應反應。過了一夜，媒體記者好像把昨天通報死訊的烏龍全部忘光光。

而余天咧，見了記者，一臉尷尬，只說：「你們害我昨天白哭一場！」

不過電視台記者皆是機警伶俐、冰雪聰明，該忘的忘得超快，面對主角余天，記者丟出很有創意的一句話：「余大哥，余大哥，既然你弟弟還沒死，你要不要想辦法救他？」

「哇咧！」余天臉上出現櫻桃小丸子的三條線，但是眞佩服大哥的好修養，只見余天哭喪著一張臉說：「我會盡力，我會盡力……」其實余天已經不願多說什麼。應付完媒體之後，你知道余天在幹啥？又是報紙寫的，擺脫記者的糾纏，余天無事一身輕，在家裡享受打麻將的樂趣。

三、狗仔眼中的世間男女，見了面只想上床

接連看完這幾則電視抄報紙的荒謬「新聞」，我特別用引號把新聞兩字括弧起來，如果這也叫做新聞，它有沒有讓讀者想吐血？如果你還沒有吐血，我再講一個電視抄報紙的怪現象，保證讓讀者嘔死。

你不知道：小S當了三個月的「第三者」

看電視新聞，經常看到受訪者被記者包圍。不過，很多記者都是臨時接到長官指派，特別是緋聞八卦，記者不清楚新聞的來龍去脈，不知道自己在問什麼，被採訪的人常常也答非所問。整則新聞看完，往往是記者、受訪者和觀眾三頭霧水，至於眞相則是一團糢糊。用一則採訪故事跟讀者說明。

在台東一家飯店的大廳裡，這個偏遠的縣份平常看不到記者的人影，午後卻從台北飛來

一大群電視台記者，這群台北記者正圍著一名身材高眺、面容皎好的富家小姐。這名小姐縱然使出吃奶的力氣還是無法脫身，七、八支麥克風硬是堵到小姐的嘴邊，只聽到記者扯著喉嚨，拔尖了音調問：「林小姐，林小姐，妳認識小S嗎？妳是怎麼認識藝人小S的？」

富家小姐不吭聲，原本一頭亮麗有型的大波浪鬈髮，已經被麥克風撥弄成雞窩頭，她不想回答任何問題，唯一想的就是從記者的夾縫中逃跑。

「林小姐，林小姐，妳就講兩句嘛……」一名女記者不耐煩的尖聲叫喊：「妳講兩句，講兩句，我們就放妳過去。」記者們像突然聽到強攻山頭的號令，大家有志一同的縮小包圍圈，把富家小姐團團圍住，任憑富家小姐左右突圍就是無法脫身。

小姐終於放棄掙扎，她直挺挺的站著說：「好吧，妳們辛苦了，要問就問吧，給大家交差，我們飯店也還要做生意。」

「妳認識小S多久了？」、「妳們是什麼時候認識的？」、「妳和小S未婚夫的戀情維持了多久？」、「妳爲什麼要退出？」……眾家電視台記者七嘴八舌一輪猛轟，炸得富家小姐腦袋昏沉。

富家小姐倒抽了一口大氣，這才冷冷的、慢慢的說：「我不認識小S……」

「可是《×週刊》說，妳和小S是情敵，小S搶走妳的男友。」毫不意外的，記者群攻擊的炮火強大，立刻打斷女主角的說話。

這富家小姐顯然見過大場面，記者們一旦吵吵雜雜打斷話，小姐就不吭聲，等到記者閉嘴了，小姐才繼續說：「我和許先生只是非常非常普通的朋友」、「我從來沒和許先生談過戀愛」、「我更不是小S的情敵」。

「可是林小姐，《×週刊》說小S搶走妳的男友……」記者群一副拆穿別人謊言的得意模樣。

「如果你們不相信我，那就去問《×週刊》哪！」林小姐不忘搶白一句。

記者們攤開《×週刊》，像似翻閱武功秘笈找證據，秘笈上寫著：藝人小S的未婚夫許先生，他在和小S交往期間，還同時劈腿了台東林姓富家千金。這名千金身高一百六十五公分、體重四十八公斤，臉蛋、身材都很「天使」。兩個人還曾經到綠島進行「定情之旅」，最重要的是，林家小姐是位留學澳洲、身價三十億台幣的豪門千金，美麗而且多金。

週刊的報導還影射小S的未婚夫是劈腿族，小S是第三者。因爲林小姐和許先生戀情最濃烈的時間是二〇〇三年到二〇〇四年七月，而許先生和小S的交往則是從二〇〇四年三月開始，這個三角戀情有三個月的重疊期。直到小S懷孕的新聞曝光，林小姐才選擇退出。

「妳看，妳看，《×週刊》都這麼寫了，妳有什麼看法？」記者要林小姐表態，不過林小姐卻趁著記者們翻看雜誌的空檔，偷偷溜到電梯口。

「我和許先生是去過綠島，但那是員工的團體旅遊，全團四、五十個人一同旅行，我跟誰定情哪。」說完，林小姐一個箭步搶進電梯。記者還想問話，林小姐在漸漸合攏的門縫中高聲喊著：「我沒有評論，不干我的事，你們去問別人吧！」

在電視新聞完全娛樂化的台灣，記者當然沒有放棄追蹤林小姐所稱的「別人」。我們來聽聽這些「別人」是怎麼說的。

首先是小S的說法：「不關我的事吧！我沒必要爲《×週刊》宣傳賣雜誌。」小S的EQ實在很高，這種無中生有的緋聞一概不予回應。

再來看小S媽媽的回應也很有趣，她壓根不理會《×週刊》，只說：「喜餅、場地……進行得都很順利，小倆口要好好場辦訂婚禮。」

至於男主角許先生咧，身爲所謂的當事人，媒體根本找不到他，他根本不理會《×週刊》的劈腿指控。

電視抄雜誌，抄到的是一堆否認、否認、否認，可能連記者自己也看不懂這是什麼新聞。至於愛好八卦的觀眾咧，又幫電視台創造了一些收視率。

狗仔眼中的世界：男盜女娼，只想上床

全台灣至少有一千萬名觀眾看過「小S老公劈腿記」，只不過這只是電視抄報紙荒謬現

象的冰山一角。還記得港星鄭秀文嗎？她只不過是一個月沒公開露面，「Ｘ傳媒」就影射她得了不治之症，形容枯槁的在家裡等死；還記得女星賈靜雯的老公嗎？人家只是上夜店聚餐，「Ｘ傳媒」就可以硬掰成他和夜店妹妹關係匪淺，可能還是男女朋友。

眞是夠了，在狗仔媒體的眼中，只要男女在一起，「上床」似乎是唯一的正經事。**在狗仔的眼中，男性必須陽萎，女性必須性冷感，否則男男女女出門隨身都該帶整箱的保險套，要不然會不夠用**。因爲這世界非男即女，接觸異性的機會是一半一半。男女若是一見面就上床，那台灣不搞得精盡人亡，亡國滅種啦！

按照狗仔媒體的報導邏輯，只要男女在一起，不管他們做了什麼，結過婚的，因爲有觸法之虞，娼與盜很適合，就叫他們「男盜女娼」。沒結過的咧，就算沒有犯罪也得有道德瑕疵，就叫做他們「姦夫淫婦」。

狗仔的眼中，台灣男女人人閒閒沒事幹，像狗一樣，見了面只想到上床。眞希望狗仔老闆幫自己買面鏡子，看看他腦袋裡想的，是不是都反映在鏡面上。

我和同業主管們也曾經自嘲，狗仔用肚臍以下思考新聞，這樣的操作模式一點都不難，既然抄「Ｘ傳媒」的八卦新聞會有收視率，那麼我們這些主管何不主動積極一點，很多八卦緋聞我們也可以搶在狗仔之前報導呀！用狗仔思維法企畫新聞，把正常人當成發情的狗，要做狗仔新聞並不困難。

譬如說，藝人小S不是懷孕了嗎？小S生產之後可以做她與夫家不合、婆媳口角；小S生完小孩應該會去瘦身減肥吧，台灣的健身教練多半都是男的吧，男教練總會指導她健身吧……沒錯，狗仔邏輯，男的女的在一起就會……嘿嘿……，派一組狗仔記者盯著小S，只要拍到兩個人身體接近的畫面，就發這樣的標題：「小S產後大搞婚外情！」；但萬一是女教練呢？那更勁爆，標題可以這麼下：「小S產後轉『性』愛女生，戀上健身女教練。」

這像話嗎？但是我告訴讀者，按照狗仔的採訪習性，說不定牠們早已經盯上懷孕的女明星，但不一定是小S啦，小S古靈精怪的不好惹，搞不好還要被她告上法院。

說不定狗仔們已經改盯上其他明星孕婦，找一個形象溫柔婉約的女星，免得動不動又挨告。等到女明星的孩子一出世，不但可以做她與健身教練的婚外情，還可以把她過去的緋聞男星拉進來炒一炒。再毒一點的，狗仔也可以趁女明星坐月子時來個大爆料，就說是民眾打電話跟狗仔們爆的料，說女明星和老公在坐月子中心大吵大鬧，因爲老公懷疑小 baby 不像他，反而比較像女星前任的緋聞男友，老公還要求去驗一驗小 baby 的DNA，以確定父子關係。

至於你問狗仔：「是哪個民眾爆的料？」

嘿嘿，要你管，狗仔可以大言不慚：「我們狗仔也是有新聞道德的，狗仔也要保護消息來源呀！」

就說是隔壁貓仔集團的老貓打電話來報的料。你不信！你又能耐我何？你咬我呀。

看完這些例子，讀者也許覺得荒謬，但我更覺得傷心。老闆爲了省錢，主管就沒有足夠數量的記者去找新聞，這是今日電子媒體最大的問題。電視主管不得不把平面媒體的新聞當成重要的訊息來源，不得不指揮記者跟著早報、晚報、週刊炒新聞。不過，基本的查證與平衡工作一定要做，否則，假新聞的笑話會不斷，媒體的謊話、假話說多了，最後恐怕連說謊的人都分不出眞假，「三人可以成虎」、「曾參也會殺人」，於是假的變眞，眞的也變成假。

如果這是單一個媒體的謬誤也就罷了，但是情況可能更糟。因爲電視台習慣抄襲的《××日報》，來台灣才短短三年，它已經打敗了台灣傳統的三大報，榮登台灣閱報率的第一名。

辦報紙和搞電視是一樣的，除了一小部分的使命感，想要存活，需要更多的商業成功。沒有讀者的報紙辦不下去，相對的，閱報率高的報紙、能夠賺錢的報紙，自然就會吸引其他同業跟進。

我所知道的台灣報業，不只在編輯政策上漸漸狗仔化，甚至已經有大報社跟進成立狗仔隊，未來的狗仔可能不再是《××日報》吃獨食，更多的狗仔將伺機而動。對電視人來說，未來可抄襲的報紙將會更多，錯誤也會更多。

四、從颱風中活過來

台灣年年有颱風，颱風動態、颱風災情、颱風放不放假都是觀眾最關心的訊息。電視台歷來都是颱風的大贏家，只要放颱風假，觀眾出不了門，自然會待在家裡看電視，電視台整天的收視率都很高，可以輕易就比平常多出二～三倍。只要碰上颱風，不管是颱風來之前、發生中或者風災後，觀眾都會很關心，所以碰上颱風，電視台一定大做特做，搏取收視率。

但是颱風天也是觀眾最怕看新聞的時間，因為對民眾、對記者來說，可能都是個驚悚的集體記憶。

觀眾們應該都有這樣的共同經驗：守在電視機前想了解颱風最新的動態，但電視台就是不給你好好看新聞，一下子是花蓮 live 連線，一下子是宜蘭 live 報導，一下子來勢洶洶，一下子威力不容小覷。在你還來不及體會風災的威力之前，螢幕裡怎麼又突然出現前幾年重大風災的畫面？

眞實的SNG連線和風災資料影片穿插交錯，我們守在電視機前看了半天，可能根本忘記今夕何夕，很多觀眾搞不懂颱風現在到了哪裡？爲什麼電視裡的風雨會這麼大？

其實，颱風對於電視主管來說眞是又愛又怕。我們怕它，是因爲擔心它眞的帶來災情；但是我們也愛它，是因爲颱風一來，開機率大增，收視率就會增加。

在颱風新聞的操作上，把人、車撤出去待命是主管們的第一要務。

颱風登陸前，我們就必須把記者和SNG車投入可能的災區裡待命。也許讀者會問：「記者怎麼會知道哪裡有災情，怎麼會先到災區待命呢？」

容我提醒讀者，久病都能成良醫，台灣年年有颱風，記者一老當然知道哪裡有災區。先判斷颱風可能在哪裡登陸，若在北台灣，就把車子派到汐止、宜蘭、花蓮和肯定缺水的桃園；中台灣，谷關和豐丘兩個山區，先把記者和SNG車投進去再說；至於南台灣咧，麻豆、美濃和墾丁一定要有SNG。電視台主管之所以有這樣的制式反應，只因爲我們都相信，颱風災情多半會歷史重演。

不過這樣的調度也是有風險的，最大的風險就是被「災區」民眾痛罵。我之所以把災區括弧起來，是因爲「災區」根本是未來式，災情會不會發生？還不一定。

但是新聞台派出人、車是一定要的，要說我們高瞻遠矚也可以，要說是未雨綢繆也行，管它颱風登陸不登陸，這個調度是必須的。颱風要是來了，電視台就賺到了，可以捕捉到精采畫面。問題是，颱風沒來怎麼辦？

人都撒出去了，二十四小時播出的新聞台總不能開天窗吧，總要有新聞可以拿來撐時間吧！所以囉，記者你就用力掰吧，即使沒有大風大雨，但一定還有沒修復的斷橋、沒移開的崩石、沒離開的住戶吧，附近的民眾或遊客總可以問問吧！觀眾最常看到的對話是，記者問：「你們會不會擔心颱風來襲？」

「怕呀，當然怕呀……」居民多半會訴苦、抱怨，這是人之常情。

居民們總不會說：「颱風來得好呀！大風大雨吹得眞舒服。」所以囉，記者就可以掰一些無用的訊息來殺時間，但是這種無用的SNG連線最容易找罵挨。

有一年颱風來襲前，各家電視台記者跑到谷關待命，但是沒災情怎麼辦？記者就到前次的風災現場做SNG連線，於是土石崩裂的駭人畫面再次呈現在觀眾眼前；另一群記者則跑到苗栗南庄待命，不算太大的風雨阻斷山路，但是卻被記者說成：「南庄鄉爆發土石流，近百人受困山區……」

這樣的災情報導惹毛了谷關和南庄的觀光業者，因爲很多遊客看完報導之後，紛紛取消了訂房和旅遊行程。兩地的業者還投書報紙，或者打電話向各個電視台抗議，搞得各電視台的總機小姐道歉、賠禮，嘴巴都說乾了。

「破窗」，電視台紛紛丟石頭

其實身為主管我們都清楚，這種待命式的調度方式是有風險的。行政院早就撂過狠話，颱風期間如果不聽勸告擅闖禁區，跑去觀潮、戲水、釣魚、登山，可以依違反災害防救法裁處五～二十五萬元罰金，若因此導致傷亡，除了必須支付搜救費用，政府也不會發給天災慰助金。

我們派記者出去當然不是去玩耍，但是算不算擅闖禁區就有討論空間了。電視台記者在颱風中受困不是沒發生過，二〇〇四年，台視記者平宗正因為採訪風災而喪命更是令人惋惜。但是這些意外和不幸阻擋不了記者前進災區，除了記者的榮譽感之外，更大的原因是電視台主管輸人不輸陣的心態。

電視台待久了，主管都習慣監看別人在做什麼。若是甲台記者進了谷關，乙台主管一定發飆：「為什麼人家有，我們沒有？」

收視率的競爭，讓多數主管的眼中只有別人，至於別人做得對不對？會不會被懲罰？記者有沒有危險？這些未來不必然發生的事情，在收視競爭下變得微不足道。

就像社會心理學的「破窗理論」，一棟建築物裡如果有一扇窗戶破損，住戶不立即修復，經過的路人會以爲這棟房子沒有人住。路人會想，既然破掉了一扇窗，那再打壞一扇窗應該沒什麼不可以吧！路人就會撿起石頭繼續丟，要不了多久，整棟房子的窗戶可能就會全部被打壞。

我們把人、車投入災區待命，不管做得對不對，但就像撿石頭丟破窗一樣，我確定友台一定會跟進。就好比到一處風景優美的旅遊區，地上若是乾乾淨淨沒有一片紙屑，那麼遊客即使把垃圾揣在口袋，也不敢隨便亂丟。但地上如果有果皮塑膠袋沒人清理，那一定有樣學樣，人人都敢隨地亂丟，最後一定一團亂。

我不期待那一家電視台站出來當烈士，主動退出颱風災區的競爭，但也許，手握行政權的大有爲政府可以出來修一修破損的窗戶吧！不要讓破窗的損害一發不可收拾。

颱風秀場，記者自己嚇自己

看颱風新聞，觀眾印象最深刻的多半是記者的演出。我們把遙控器轉來轉去，經常見到孱弱的女記者在強風、雨水中苦撐。花容失色的女記者展開雨水和口水的冒險，有體態輕盈的記者，把自己綁在柱子上做連線，免得被狂風吹走；有些壯碩的男記者則和十七級強風比賽，揪著被狂風吹皺變形的尊容做連線。

風速愈強，記者說話的速度就愈快愈 high，口齒就愈不清楚，像連珠砲似吐出一串串不成句子的句子。風勢愈大，記者的吼叫聲也會愈大，很多觀眾沒被颱風嚇著，反而先被記者給嚇到了。

我必須替在風雨中搏命演出的記者說說話，爲了採訪，記者被長官丟進狂風暴雨，這些人可能眞的被颱風嚇著了，所以語無倫次。但有些人也許是爲了嚇觀眾，所以先要嚇自己，還記得歌德的浪漫小說《少年維特之煩惱》嗎？小說裡的男主角，他爲了讓自己融入失戀的氛圍，整個人的言行舉止就完全投入失戀的情緒，讓人眞的以爲他失戀了。同樣的，記者爲了讓觀眾相信颱風的可怕，所以有人就先把自己陷入恐懼颱風的氣氛裡，記者拿著麥克風驚惶吼叫，逼著自己、也帶領觀眾進入恐懼風災的戲劇情緒。

其實，很多習慣以記者冒險來呈現新聞的電視台，它們根本不在乎觀眾聽不聽得懂記者在講什麼，它們只要觀眾看到記者慌張的表情，要觀眾知道記者正在講述一樁十分嚴重的事情就夠了，至於觀眾眞正想知道的颱風資訊在哪裡咧？嘿嘿，只能穿插在新聞裡。通常一小時，至多半小時會告知你一次颱風動態，如果你沒看到，嘿嘿，那只好先看過去的資料片、轉台或者繼續看電視表演秀。

當大家把批評的矛頭指向「表演型」的記者，這樣的指責並不公平。因爲，記者在颱風中冒險犯難，秀味十足的報導方式，前已有之，只是於今尤烈，並不是罪大惡極。

颱風新聞早就有了，早先報導的內容集中在氣象預測與防颱準備，等風災過後，再增加一些災情報導。早年的記者，在颱風新聞的角色是觀察者，代替民眾的眼睛去了解如何防颱，以及風災過後民眾面對災情的慘況。

不過，這個「觀察者」在一九九五年有了翻天覆地的改變，而這個改變是從南台灣開始的。當時高雄颱颱風，有一名A台的記者，他爲了表現風雨的強度，於是，在大風大雨中試圖撐傘，結果雨傘當然被吹翻成傘花。他這項「人力抗風」的創舉看起來雖然笨笨的、怪怪的，但是這樣的舉動卻給枯燥的颱風新聞帶來有趣的變化，A台記者立刻獲得台內長官的讚賞。但另一方面，屬於競爭對手的B台記者卻挨了長官一頓狠刮。

在接下來的採訪競爭中，挨罵的B台記者爲了凸顯高雄淹大水，他就和攝影記者乘坐橡皮艇深入淹水災區。而爲了表現創意，B台記者也祭出奇招，只見攝影鏡頭對準他，記者說：「各位觀眾，南部現在淹大水，你們知道這裡的水淹得有多深嗎？我來告訴各位……」

這名記者老兄噗通一聲，以投河自盡的姿態跳進黃濁的污水裡，攝影鏡頭則是趕忙在濁水中尋找。五秒鐘之後，鏡頭找到記者了，只見他的腦袋浮出水面，然後接過麥克風說：「經過記者的實地測量，這裡的水深足以滅頂。」

這不是笑話，這是發生在南台灣，記者採訪風災的眞實紀事。從這次投河事件之後，記者在颱風中扮演的角色不再只是觀察者，經常還是參與者、表演者。特別是一九九六年之後，五家新聞台進入市場搶奪收視，面對颱風，新聞台提供全天時段，以SNG播出最即時的畫面，颱風新聞的表現方式自此大大不同。電視台不再只播颱風的未來式和過去式，而是以現在進行式，眞槍實彈的轉播風災肆虐的實況。

這之後，C台記者「以身試水」的搞笑畫面變成經典鏡頭，成爲許多新進記者的模仿對象。電視台急著把年輕記者投進災區，記者則用自己的肉身親炙颱風，親身體會、甚至參與演出風雨災情。

記者心痛，請辭走人

記者在颱風中的搏命演出，對飽受風災苦難的同胞來說是聞颱色變，但對少部分表演型的氣象主播或記者，他們心裡卻盤算著：It is show-time!

各家電視台使出渾身解數，鏡頭前的災難畫面不斷，有頸部以下全泡在髒水裡的女記者，在她的背後，居然還有一個超大變電箱；有戴蛙鏡、穿潛水裝的男記者，他手拿麥克風在污水裡載浮載沉，連線到一半居然還跌倒，在污水中泅泳順利脫困。

流傳在新聞圈的一則故事是，一名身高一百六十七公分的女記者，她到了一處淹水區，那地方水深及膝約莫只有四十公分。傳聞說：女記者第一次連線的時候，她是站在水裡，螢幕上看不出淹大水的樣子。不過，這樣的連線都還沒結束咧，主管就打電話過去臭罵：「這算什麼災情，只淹到妳膝蓋，誰要看妳啊！」

女記者像小媳婦一樣的被主管罵，只能怯生生的回話說：「報告長官，這裡眞的只有這麼深……」

「妳是豬呀，妳不會去找呀！」沒聽完記者的解釋，主管繼續罵：「別台的畫面是水深及胸，妳的水深只到膝蓋，誰要看哪，妳給我去找！」

「啊？」女記者已被大雨淋得一身狼狽，現在又被主管罵得一頭霧水，「對不起長官，請再說一次……」

「去找呀！妳不會嗎？」主管在電話的彼端咆哮：「不管妳啦，妳自己去找，反正我就是要水深及胸的畫面。」

一百六十七公分的記者很無奈：「到哪裡去找水深及胸的畫面呀？」無奈，長官要嘛。下一次連線，記者居然在淹水的馬路邊蹲下來以身試水。播出的時候，觀眾只看到惡水包圍著一名神情疲憊的女記者，給觀眾的感受是：「哇，災情眞是慘重啊！水淹得有夠深。」

不過，記者的這段演出卻被圍觀的民眾目擊，更糟糕的是，目擊的民眾還向報紙投書爆料：「記者蹲在水深僅到膝蓋的馬路，她們演出水深及胸的假新聞，這樣的假新聞，直接影響我們慘澹的房價。」

台灣就是這樣，電視一犯錯，報紙就會窮追猛打。接下來幾天，讀者投書罵電視的報導如雪片般飛來，讀者不斷指責：「風災新聞中，記者沒必要站在淹水的災區淌渾水。」電視台幾乎被報紙叮得滿頭包。

記者實在不應該成為災難新聞的主角，因為這通常是電視台災難的開始。

一百六十七公分的女記者受不了輿論壓力，先是請長假調整心情。爾後銷假上班，卻還是承受不住「造假記者」的罵名，事發後一個月，惡水早已退去，一百六十七公分的女記者卻還是鬥不過四十公分深的惡水，最終還是遞出了辭呈。

氣象主播的獨家

颱風天，不只第一線採訪記者讓人印象深刻，少數表演型的氣象主播也廣受討論。一般來說，氣象主播的颱風資訊都是來自中央氣象局，颱風的行進路線、降雨量這些科學數據，各家電視台播報的內容應該都差不多。但就是有氣象主播刻意要與眾不同，明明拿的是同一份氣象資料，即使這些氣象資訊有限，但是主播預測氣象的膽量卻是無限，經常做出和氣象局南轅北轍的預測。

氣象主播「膨風」的經典故事，發生在二〇〇二年的辛樂克颱風。二〇〇一年，這一年氣象主播們都很悶，因爲前一年有納莉颱風重創北台灣，造成八十四人死亡的超大悲劇，那一年氣象主播幾乎時時刻刻報氣象，可忙的咧。到了二〇〇二這一年卻是國泰民安，幾乎沒有大風災，整個颱風季節都快過了，氣象主播還沒有大顯身手的機會。

好不容易到了九月，來了一個行蹤飄忽不定，而且可能挾帶大量水氣的「辛樂克」。這個颱風很怪，受到氣壓的牽引，忽上忽下、忽而停滯、忽而疾行，本來就不易預測動向。在雨量方面，氣象局一度預測「辛樂克」可能爲北台灣帶來六百至八百五十毫米的豪大雨，各家電視台的氣象主播則是聞訊大喜，有了大雨當彈藥，大家都準備大幹一場，好好打一場颱風新聞戰。

預報颱風動向的勝負標準是什麼？當然還是以收視率做裁判。跑一般性新聞，有「獨家」做激勵，可以反映在收視上；氣象預報當然也有「獨家」，只要你的預報內容足夠辛辣，能夠吸引觀眾的目光，收視率自然會有回報。所以氣象預報，處處可以看到氣象主播搶「獨家」的斧鑿痕跡。

颱風還沒來咧，還在菲律賓海面上打轉，連氣象局都還不確定它會不會登陸台灣，可是氣象主播的競賽已經開始。當A電視台大膽預測：「今夜北台灣就會進入暴風圈。」B台的氣象主播輸人不輸陣，立刻會進一步推測：「預計明天會在宜蘭登陸。」那C台氣象主播咧，在這場「獨家氣象」的競賽中也不甘落居下風，眼看著暴風圈、登陸這些字眼都被別人用過了，C台乾脆發布預測：「預計後天清晨台灣會脫離暴風圈，氣象局將解除颱風警報。」

颱風動態播完之後，就有氣象主播大膽預估雨量：「『辛樂克』颱風將給北台灣帶來一千毫米的雨量」，在播氣象的同時，主播背後還不斷打上「樹木連根拔起、海堤崩塌」、「滔天巨浪、舟船翻覆」……等聳動字眼，好像世界末日即將來臨，主播還不斷的提醒觀眾：「這個『辛克樂』比去年的『納莉』颱風還厲害。」

爲了襯托自己「獨家」訊息的權威，主播們還喜歡用成語來壯聲勢。我幫讀者整理了一份氣象主播最常用的十大成語，包括：「來勢洶洶」、「虎視眈眈」、「滿目瘡痍」、「狂風暴雨」、「強風豪雨」、「雨勢磅礴」、「險象環生」、「一片狼籍」、「聞颱色變」、「首當其衝」。

怎麼樣，是不是覺得很眼熟？看到這些恐嚇式的成語，透過電視台二十四小時的強力放送，全台被形塑成一股驚悚的氣氛，很多民眾都陷入風災肆虐的集體恐懼。即使颱風還在捉摸不定的階段，北部各縣市政府卻毫不遲疑的宣布停止上班上課。

但實際的情況呢？「辛樂克」只在台灣附近盤旋了一下，並沒有眞正登陸台灣。至於恐怖的雨量來了沒有？山區最大雨量只有四百毫米，平地降雨量更不到二百毫米。台灣幸運的躲過氣象主播的魔咒，既沒有巨浪滔天，也沒有海堤崩塌，這樣的雨量連氣象主播預報的一半都不到。

會有這樣「膨風」的演出，說穿了還是爲了收視率，爲了抓住觀眾的眼睛，因爲對電視台來說，氣象預測也是一種生存比賽。

既然是比賽就會有競爭，美國和台灣一樣，都有記者的搏命演出，以及主播極具權威性的播報。但台、美不同的是，老美並沒有中央氣象局提供單一的氣象資訊，各大電視台都是花大錢自己去設置雷達站。所以同樣在作秀，老美的作秀可能有理，不至於老是挨罵，因爲人家背後眞的有一群專家在做分析，不必像台灣的氣象主播，只能拿著氣象局有限的資料做過度詮釋。

而拜氣象主播誤報之賜，北台灣民眾有驚無險的白白多放了一天颱風假。至於被氣象主播嚇到的無辜民眾，那是無處索賠的，只好自己花錢去找乩童收收驚。

五、「柯賜海現象」，打敗記者

台灣天天有抗議，這些抗議活動的主題沒多少人記得，但是抗議活動中有一個名字——

柯賜海，許多電視觀眾一定不會忘記，很多人甚至把「柯賜海」和「抗議」畫上了等號。不過，提到柯賜海，大家最好奇的，不是他招牌的舉牌動作，而是爲什麼他永遠都是媒體的焦點？

要研究電視傳播學，「柯賜海現象」是絕對不能或缺的課題。

柯董天天是新聞焦點

柯賜海手拿兩面抗議招牌，而且永遠能夠搶到新聞主角背後去舉牌，這在台灣抗議活動中堪稱一絕。好多攝影記者都說，柯賜海的卡位功夫一流，很能擠，兩片放在新聞主角肩膀上的招牌根本避不掉。硬要避開它，新聞主角就不見了，所以很多記者對柯賜海都恨得牙癢癢的。

柯賜海剛開始也不喜歡媒體，據說，他當初會想到舉牌抗議，出發點其實是爲了鬧媒體的場子。因爲好打官司的柯賜海，歷年來「舉發」了上百件案子，是法院出了名的頭疼人物，法官、法警都不喜歡他，而跑法院的記者多半站在司法人員的一邊，在報導的角度上對柯賜海不盡公平。

亟思報復的柯賜海沒辦法向媒體一家家抗議，但是他卻在賣房屋的招牌上找到靈感。於是他想出這麼一個抗議花招，只要電視台出動SNG車，他就「卡」進去舉起招牌高喊：「抗議媒體不公、司法不公。」

他最初的目的是要爲了報復媒體，但一個媒體丑角，怎麼會搖身一變，成爲媒體寵兒呢？這是有一段故事的，我們一起來看看柯賜海如何經營媒體。

柯賜海每天都帶著抗議招牌到法院「上班」，雖然記者趕他、堵他、推他，但是不管怎麼推擠、拉扯，柯賜海就是有辦法擠到新聞主角的背後，舉起那兩塊醜醜的抗議招牌。常跑法院的記者剛開始看到柯賜海，就如同見了鬼魅，常會奔相走告：「柯賜海又來了！」要同業們小心注意。

法警爲了維持秩序，也曾把楊賜海架出法院，但他老兄大吵大鬧，反而把場面搞得更亂；記者更是嫌他破壞畫面，幾位攝影記者還曾經聯手「教訓」過他，但他就是打死不退。爲了避免記者和柯賜海在法院打起來，法院還一度下令，不准媒體帶攝影機進入採訪，目的就是要防堵柯賜海。

不過，人是有感情的，「漸漸」的力量更是可怕。即使柯賜海舉牌的怪行動沒有改變，但記者看久了就見怪不怪，漸漸的，大家開始相安無事，甚至從「仇家」變成了「朋友」。因爲天天都到法院報到的柯賜海，比一般記者還勤快，法院的大小事情幾乎都逃不過他的耳目。柯賜海開始幫記者通風報信，日子一久，柯賜海竟然成了記者們的眼線。

不過這個「眼線」不甘心隱身幕後，他漸漸成爲新聞主角。

柯賜海除了繼續站在新聞主角背後插花，碰到法院裡的新聞主角不肯講話，他就挺身而出當主角。慣用的手法就是「攔車、耍賴、打死不退」。譬如，法院審理劉泰英涉及「新瑞都案」和「國安密帳」，柯賜海就數度在法院門口表演攔車絕技，他冒死趴在汽車引擎蓋上，攔阻劉泰英的座車離開。這樣的過程雖然險象環生，但是這些舉動卻幫了電視台大忙，攝影記者趁機捕抓到許多極具動感的畫面，讓整則新聞生色不少。

柯賜海漸漸清楚，電視台希望拍他耍賴式的演出；而記者也知道，柯賜海就是愛作秀，兩者漸漸產生微妙的共生關係。一旦合作的關係建立，媒體開始邁向「柯賜海時代」，幾乎每一天、每一家電視台的畫面裡都看得到他，柯賜海出現在新聞裡的次數，幾乎比阿扁總統還多。

誰當內賊？SNG現場被攻陷

柯賜海四處尋找表演舞台，政治造勢場合、群眾抗議隊伍，因爲他會吵會鬧，成爲攝影記者最愛捕捉的花絮鏡頭。所以，劉泰英出庭的混亂場合裡有柯賜海，砂石車受難者家屬抗議的悲情裡有柯賜海，鄭余鎮與王筱嬋的愛情悲喜劇裡有柯賜海，各類政治人物上法院的新聞裡也有柯賜海。

抗議、鬧場裡有柯賜海已經不稀罕，甚至總統、副總統、行政院長視察的行程裡也能看到柯賜海，唯一的差別是，高官有荷槍實彈的安全人員貼身警戒，柯賜海擠不到總統背後去舉牌子，但他三不五時帶豬、帶狗還牽牛趕羊的特異舉動，總是能在每一則新聞裡「撈」到幾個花絮鏡頭。

柯董不但追逐新聞，他還經常製造新聞供記者拍攝。他曾經打電話通知記者說他要自殺，然後帶了一條紅布爬到總統府前的大樹揚言上吊，以抗議司法不公。這齣行動劇裡，柯賜海一面爬樹、一面聲淚俱下，等到他愈爬愈高可能鬧出命了，逼得一旁警戒的員警也只好跟著爬樹。最後等柯董爬累了，才被員警勸下來，你一定覺得很無聊，但是動感十足的肥皂劇卻在各家新聞台聯播。

柯賜海令人噴飯的演出還包括，有一年端午節烈日當空，他卻打電話通知媒體，說他要在總統府前跳河紀念屈原。記者知道他又在搞怪，大家都狐疑：「總統府前，那裡來的河呀？怎麼投河自盡？」

記者雖然心裡罵柯董，但是又怕漏新聞，只好跟著去作秀。只見他老兄穿著租來的明朝古裝，帶著一隻大麥町犬，大叫一聲跳進總統府前介壽公園裡的小池塘。在水深只及小腿肚的臭水塘裡浮潛，他說要學習屈原投水自盡，但是頭才埋進水裡卻又嫌水臭，趴在水裡不到三分鐘就結束這場鬧劇。

我這樣的描述，讀者一定又覺得無聊，但是當天各家新聞台發不發呢？答案是：幾乎全部都播出柯董這則端午節鬧劇。

讀者也許覺得奇怪，柯賜海的消息怎能這麼靈通？爲什麼有新聞的地方，幾乎就能看到柯賜海？

柯賜海曾經自豪的說，他有一群七～九人的幕僚群，這些人專門幫他蒐集新聞線索，哪裡有新聞，他都能精準的算好時間，一天連趕好幾場去舉牌抗議。但是我懷疑，他所謂的幕僚群一定包括記者，要不然，怎麼可能SNG車在哪裡，柯董就在哪裡。而這個懷疑，在接下來的打架事件中得到印證。

記者出賣柯賜海，連續三戰掛彩

二〇〇四年，柯賜海在台灣已經享有高知名度，不過樹大招風，一名自稱「日月神教」教主的男子許神僕出現在法院，許神僕聲稱柯賜海是他欠錢不還的仇家，爲了伸張正義，他要和柯賜海比畫比畫拳腳。四月十一號，兩人就在台北地方法院激烈過招，兩個人在法院裡竄逃追逐，打得是有攻有守，雖然雙雙掛彩流了點血，但是這驚悚的打鬥畫面被記者全程拍下來了。

看到這樣血腥的打鬥畫面，我一度猶豫：「要不要播呀？有流血耶。」

但是繼而想到：「這是在法院裡打架，在法院發生的暴力行為攸關公眾利益吧！」結果，我和大多數電視台的編排方式一樣，都把這段駭人的打鬥過程當作頭條新聞播出。

後來我才知道，這則頭條新聞，讓許多跑法院的記者受到主管的鼓勵。主管下了指令：「盯緊柯賜海。」

記者們則在期待：「柯賜海怎不快點兒開打？」等了兩天，機會來了。

台北地方法院準備查封柯賜海的一棟房子，記者問我要不要做？我當然不願錯過。只是單單做查封房子的新聞太單調，我隨口一問：「上次跟他打架的人呢？」

「長官，你說許神僕嗎？」老天爺，說實在的我壓根忘了他的名字，我只想知道他願不願意跟柯賜海再大戰一次。於是，記者一方面約了愛作秀的柯賜海，跟他說要去拍攝那棟即將被查封的房屋，但另一方面卻又瞞著柯董，偷偷聯絡許神僕到現場踢館。

許神僕果然也是愛秀一族，在媒體的安排下，「許、柯」兩人二度見面。

仇人見面分外眼紅，說不到兩句話，兩人果眞在鏡頭前展開大戰，激烈的打鬥衝突中，記者還煞有介事的為打鬥招式取名字，什麼「太陰神功」、「鷹爪手」、「海底撈月」……武俠小說裡的招式全進了記者的配音稿。

第二次要編排這則新聞的時候，我們遲疑了，不只因爲這兩人打得太凶，流血掛彩的程度比第一次還慘烈，重點是，他們是在柯賜海的房子裡打架，嚴格說來，跟多數觀眾並沒有太大的關係，所以我們沒有把它擺在頭條，而是放在第三條，不過，播出的時間點還算是很前面。

許、柯第二回合大戰之後，巧合的是，接連好幾天跑司法線的記者沒有大新聞。記者這個行業就是沒新聞、找新聞、天天都要有新聞。司法記者天天沒新聞，天天都被主管逼著交出新聞。已經有人開始懷念柯賜海了，記者們在期待：「什麼時候柯董要和『日月教主』再戰第三回合？」

柯賜海沒讓記者們失望，不到三天，「許、柯大戰」第三集又上演了。

二〇〇四年四月十六日下午，國際知名的經濟學家、英國籍的紀登斯到台北演說，由於紀登斯是「知識經濟」的學術巨擘，很多新聞台都出動SNG車準備連線轉播。消息靈通的柯賜海雖然臉上掛著傷，但是他依舊沒錯過這個露臉的機會，依照慣例，他追著SNG車跑到會場。柯董一到，記者見獵心喜，因爲好幾天沒發出像樣的「大」新聞了，有人當下決定「出賣」柯賜海。

記者悄悄的撥了電話，催請「日月教主」速速趕到現場，而愛秀的許神僕果然很快趕抵會場。接下來的發展讓台灣斯文掃地，兩名武丑在國際經濟學大師面前上演全武行，演講會場變成了競技擂台。

柯賜海與許神僕的第三次對陣，兩人打的是耐久賽，打打停停，累了還會各自稍作喘息，然後再打。但是現場的記者咧，都在做SNG連線，沒有人勸架。最後，還是演講的主辦單位看不下去，才上前去拉開這兩隻台灣鬥雞。

「柯賜海現象」全台延燒

研究台灣媒體文化，眞是不能遺漏柯賜海，因爲柯賜海在台灣新聞圈造成的混亂，不是偶發的單一事件，不論向上向下、向前向後都還有延伸性。如果用「霹靂火現象」，可以歸納台灣連續劇的亂象，那麼「柯賜海現象」，可以概括電視新聞帶給台灣社會的衝擊。

柯賜海與許神僕的三次對打風波，創下八家電視台一起遭到罰款的紀錄。因爲新聞局認定：「電視台長時間重複播出激烈互毆畫面，違反電視新聞『普』級播出的規定。」許多電視台同時接到兩張十萬元的罰單，還被新聞局嚴重警告。

一時間，各家電視台開始收斂，主管們相約抵制，記者想去報導柯賜海，在編輯檯上一律封殺。當所有電視台主管相互制約，彼此的眼中都沒有柯賜海新聞的時候，就不再有柯賜的獨家，也不必擔心被柯賜海獨漏，柯賜海一夕之間才從電視銷聲匿跡。

只是柯賜海的現象並沒有結束，柯氏的抗議風格成爲「後起之秀」的模仿對象，法院附近的抗議人馬增加了，抗議手法也更趨激烈。有人自稱遭到司法迫害，要澆汽油引火自焚；有人發傳眞給媒體，揚言暗殺陳水扁總統；還有自稱柯賜海女徒弟的婦人，每天提著丈夫的骷髗頭到處陳情；甚至打算參選民代的候選人，也拿起抗議招牌到處尋找SNG車，爭取曝光的機會。

在部分人眼中，柯賜海不只是抗議天王，他還被塑造成「包青天」形象，專門替人打抱不平。讀者也許不知道，柯賜海演而優則導，有一陣子他還受理民眾的申冤陳情，以全省走透透的方式，帶著人到處陳情抗議。

媒體與觀眾，是誰帶壞誰？

這就是柯賜海，他依附在台灣獨特的SNG文化裡，他知道，凡是重大的開庭、宣判、新聞事件，各家新聞台一定會開現場。他的教戰秘訣就是，搶在SNG連線的一、兩分鐘內，擠到新聞主角的背後舉起抗議招牌，SNG不會因爲他的插花而中斷播出，柯賜海也就能達到搶鏡頭的目的。

讀者也許覺得柯賜海的舉止無聊，播出柯賜海的電視台更是荒謬，這些指正其實我們都同意，但是我們不得不承認，柯賜海比很多電視人還要懂電視。因爲電視本來就是強調聲音與畫面的通俗媒體，沒有影音就不是成功的電視新聞。

回顧柯賜海的「抗議」歷史，可以歸納出一個特點，那就是，他很能掌握電視新聞的精髓，他懂得攔車製造畫面的衝擊性；他懂得牽豬帶狗運用道具；他懂得選擇抗議地點製造衝突畫面。

雖然柯賜海的抗議主題無關宏旨，但就像戲劇裡的甘草人物，他無厘頭式的演出，塡補了新聞事件的冷硬無趣，他荒謬的角色扮演讓新聞變得「輕鬆好看」。

站在媒體的立場，「柯賜海現象」代表他的新聞有票房。社會上很多人議論媒體墮落，但究竟是誰鼓勵媒體墮落呢？答案正是，各位觀眾！

觀眾如果還有印象，回想柯賜海與許神僕的三次惡戰，很多觀眾也許見到流血大呼不忍，許多人也許對於武丑互毆深惡痛絕，但觀眾們都是邊看邊罵，看完之後大家才搖搖頭。在播柯董打架的時候，我曾期待觀眾能夠關機或轉台，不要再被媒體牽著鼻子走，但是從隔天的收視率來看，觀眾不但沒有走，愛看人家打架的觀眾還不斷增加。

收視率既出，電視反而要被觀眾牽著鼻子走，因爲商業電視台講求的就是滿足觀眾，觀眾若是愛看，電視就得播出。電視台在收視率的考量之外，唯一能兼顧社會責任的作法就是，把畫面過濾一下，不要那麼赤裸裸，不要讓血腥、暴力的畫面直接送到婦孺觀眾的眼前。

不過，有什麼樣的社會，就有什麼樣的媒體，文化菁英們可以繼續瞧不起通俗電視台，文人雅士們也可以繼續訾議下里巴人。但好笑的是，上流社會卻經常提供低級趣味，菁英分子習慣用高標準檢驗別人，但是自己的表現卻經常不及格。

當領了人民血汗稅金的高階公務員貪贓枉法，當國立大學教授去喝花酒還要學生付帳，當外交部長罵新加坡友邦捧LP，當行政院長放狠話要用飛彈攻打上海，當影劇記者上八卦節目現場起乩，當第一家庭的管家冒領情報津貼，當沒有工作的年輕人可以開積架名車，當英國搖滾歌手艾爾頓．強在機場用髒話罵記者……當這些己身不正的菁英，天天為墮落的媒體提供報導所需的養料，我們有什麼理由罵電視台播放柯賜海插花搗蛋。媒體只是反映社會的現象，只不過媒體特別愛反映的是社會黑暗面。

台灣這個社會就是愛挑剔，學校的教育著重在比較與批評，分數最高的通常是罵得最凶的，大家都習慣一隻手指指著別人罵，卻不自覺四隻手指正指著自己。講難聽一點就是龜笑鱉無尾，大家好像都學不會一件事：「不能自律的指責，只會自取其辱。」

不管菁英們怎麼罵，只要觀眾不轉台，這些「人看人罵」的腥羶色和口水新聞，電視公司不但照單全收，而且還會渲染播出。

也許讀者會憂心：「這樣的社會不就亂了套嗎？」

做為電視人，我們只是反映世界的混亂。看電視與做電視的每一個人，何嘗不是這個混亂世界的小小共犯，大家都在承受這些循環人世的惡業。

六、是誰多事發神經？愛看電視又罵電視

大多數的觀眾都是邊看電視、邊罵電視，這和一闋詞的意境很相似，這闋詞是這麼寫的：「是誰多事種芭蕉？早也瀟瀟，晚也瀟瀟。」意思是說，有這麼一個人種了芭蕉樹，風吹過芭蕉葉沙沙作響，讓種樹的人覺得很煩。於是種蕉人的老婆就說：「是君心緒太無聊，種了芭蕉，又怨芭蕉。」

對照此刻的電視觀眾，我們一方面愛看電視，一方面又要抱怨電視，總是在悔恨與抱怨裡輪迴，連自己都不知道，自己只是不願意去承擔罷了。

電視新聞實錄，盡是干我屁事

二〇〇五年五月，當全台灣都在瘋狂播放倪敏然自殺新聞的時候，休假日我和老婆一起

晚餐。由於我是搞電視新聞的，吃晚飯看電視是再正常不過的事情，不過老婆卻抱怨：「你們電視新聞很不正常耶！」

老婆是家裡的老大，所謂老大就是有權主控電視遙控器的人。她先把電視轉到A台，A台正在播出一名藝人藉著觀落陰，看到陰間裡的倪敏然，藝人說倪敏然很後悔走上自殺一途。老婆大人可是受過高等教育的，只聽她吭了一句：「新聞怎麼都在搞迷信……什麼觀落音，這分明只是藝人幫自己炒知名度嘛。」

遙控器轉到B台，B台正在播出一名整型醫師談倪敏然，醫師一付自責的模樣說：「倪敏然本來要來我的診所拉皮整型的，但因為當天沒有預約而作罷。要是當時我能幫他整臉改運，倪敏然可能就不會自殺了。」

老婆看了很氣：「胡扯……，這醫生根本在幫自己打廣告嘛……」

遙控器又轉到C台，電視台正播出一名自稱何小姐的女子，她在倪敏然的靈堂裡宣稱，她曾經是知名演員，曾經和倪敏然一起泡溫泉，而且她知道倪敏然拜了泰國的四面佛，還在夢裡感應到了倪敏然。老婆看到這個片段，一口飯含在嘴裡差點沒噎著：「神經病……，為什麼精神病講話也可以上電視，你們新聞都不過濾的嗎？」

我沒吭氣，也不想辯解，繼續低頭扒飯。

妻還是不死心，選台器繼續在新聞台之間轉來轉去，這回轉到了D台，D台播出的是一則衛星連線報導，內容還是倪敏然。D台記者在美國採訪到倪敏然前妻凌菲的家，記者說，美艷的凌菲退出台灣演藝圈之後遠嫁美國，現任老公在美國開了一家滷味店。不過記者採訪不到凌菲，只好把麥克風堵到凌菲鄰居的面前問：「你對凌菲的印象怎麼樣？你覺得凌菲是不是很美？凌菲很有氣質嗎？」妻沒等到受訪者回答，選台器又轉開了。

遙控器這回轉到了E台，只見一群年輕的女記者們，拿著麥克風圍堵著一名穿黑衣的中年婦女追問：「凌小姐、凌小姐，妳就說兩句嘛，說兩句，我們就讓妳離開……」中年婦女像是被攔路打劫，低著頭不作聲，記者們卻繼續七嘴八舌地要婦人講話。僵持的場面被婦人的朋友打破，兩名壯碩的男人從記者群中殺出一條血路，護送著婦人落荒而逃，但是記者們的追問沒有中斷：「凌菲，凌菲，妳對倪敏然的自殺有什麼感覺？」

「原來如此……」老婆大人若有所悟，「原來賣滷味的凌菲回來台灣了……」愛看電視的老婆不知在說自己還是在罵電視：「眞奇怪，別人家的八卦，電視台還眞是熱心哪。」

扒完了飯，我問老婆看完電視看到了什麼？老婆倒也天才，她認眞的說：「有個神經質的女人說她認識倪敏然呀，她知道倪敏然拜四面佛；有個藝人去觀落陰也看到倪敏然；還有倪敏然的前妻在美國賣滷味，現在回到台灣被記者追著跑，還被包圍……」

「妳知道這些幹嘛！與我們何干！」我沒好氣的問。

「是呀，不干我們的事，那電視爲什麼還播個沒完？」妻也反擊。

這就是種芭蕉的心情，種了芭蕉又怨芭蕉。

我不想因爲無謂的爭執破壞餐後的好心情，拿下老婆的遙控器，我們轉台到日本美食頻道，即使美食看得到、吃不到，但至少不必去管別人家的閒事。不必管它早也瀟瀟、晚也瀟瀟。

不看電視新聞？有人口是心非

很多人可能都和我家老婆大人一樣對新聞台有反感，多數人也都習慣對電視新聞指指點點。我常想，當隨便一位觀眾都能指正新聞的時候，這代表什麼？代表新聞已經沒什麼專業可言。

台灣有八個二十四小時播出的新聞台，幅員廣大的美國只有三個，鄰近的日本和韓國一個新聞台都沒有。台灣的新聞台帶給觀眾什麼？保障了言論自由、提供了八卦娛樂、還是提升了民主意識……？言人人殊，大家的說法都不一樣，很多都是言不由衷。但是根據廣電基金會多次的調查卻顯示：有七成三的觀眾認爲，台灣的電視新聞，對社會造成了負面影響。

廣電基金會的調查還顯示：觀眾最不想看的新聞是政治人物作秀，其次是暴力凶殺。另外，有三十%的觀眾表示他們不喜歡看緋聞八卦；更有七成的觀眾批評電視的情色新聞太多，還有觀眾認為，新聞台報導了太多怪力亂神的假新聞。

不過，看到這樣的調查報導，再對照AC尼爾森的收視調查，我懷疑有人說謊。調查報導說：「觀眾不愛看緋聞八卦，觀眾討厭新聞台。」但是AC尼爾森的數據卻顯示，愈是八卦緋聞，我們的觀眾愈是愛看。舉例來說，倪敏然上吊事件發生後，全台灣的總開機率上升了近三成，也就是倪敏然的死訊，讓全台灣一夕間收看電視新聞的人口暴增了三十%。

八卦新聞有人看，即使是知名度略遜的漂亮寶貝王靜瑩，二〇〇五年七月，她被老公用玻璃杯打傷眼角的家暴案件，觀眾也很捧場。接連兩天的總體開機率硬是拉高了一成五，換言之，有十五%的觀眾選擇在這個時候加入，收看令他們厭惡的八卦新聞。

淹水和緋聞，你要看什麼？

我常常懷疑，觀眾拿遙控器的那隻手到底有沒有自主權？經常聽到朋友提出這樣的質疑：「你們電視台為什麼不播一些正面的、有益社會的，而且是我們必須知道的新聞呢？幹嘛老是播八卦緋聞？」

對喔，這提醒我們，媒體應該對社會有責任，不應該老是報八卦。可是容我出個狀況題，請讀者們選擇你要看什麼？

㈠豪雨來襲，山崩、淹水，造成五人死亡。

㈡躲避多時，倪敏然的緋聞女友終於從日本返台。

你選擇天災？還是緋聞？

選㈠的讀者，給你們拍拍手，你們關心社會，眞是燙心熱肺的好公民。

選㈡的讀者，也給你們拍手，因爲你們很合群，和大多數人站在一起。

上述的測驗，對電視人來說是眞實的考驗，二〇〇五年五月的某一天，那天台灣發生少見的豪雨，造成淹水、山崩，五人死亡。但是說巧不巧，這一天正好是倪敏然的緋聞女友夏禕，她從日本仙台返回台灣。如果你是電視製作人，你會用夏禕還是豪雨當作新聞重點？撇開所謂的新聞專業，反正此刻的台灣，人人都能對新聞發表意見，觀眾的意見才是意見。我清楚的記得，那天我休假，夏禕回台灣的消息，是我的一位鄰居R君打電話告訴我的。

R君是名校畢業的MBA，目前擔任金融業的高階經理人，他平日的自我要求甚高，對電視新聞則是不屑。讓我意外的是，R君竟然這麼關心夏禕返台。

我問他：「你不是討厭這種八卦緋聞嗎？」

R君的回答很妙：「我就是要看看夏禕有多八卦？」R君還補充一句：「不看夏禕，明天上班就沒有話題，連秘書都不理你。」

擔心被孤立，這才是菁英觀眾的心態吧。當全台灣陷入集體八卦，大家都在談論夏韡的時候，不認識夏韡或是不曉得倪敏然，那眞是會被同儕笑翻。當多數觀眾都在關心「別人家的事」時，菁英分子恐怕無法置身事外。

既然連菁英分子都必須關心緋聞八卦，婆婆媽媽主導遙控器就更不讓人意外。這也難怪夏韡回台那天，淹水新聞做不到十分鐘，夏韡的新聞卻鋪天蓋地。

至於收視率呢？夏韡的魅力無法擋，總體開機率比平常多出將近三成。這顯示，觀眾不見得關心北部淹大水，反而更想聽聽夏韡說什麼？

所以觀眾嘴巴上說討厭緋聞，並不代表他們不看緋聞；新聞人厭惡緋聞，也不代表電視台可以不播緋聞。因爲靠收視率生存的電視台，沒有權力說不播什麼新聞。只有等到觀眾不看了、轉台了、收視率下跌了，才有權利說：「收工！」

七、看電視易得三種病：虐待狂、色情狂、弱智

常看電視，精確的說，常看收視率高的電視可能會生病。這不是危言聳聽，西洋有句諺

語說：「You are what you eat!」你吃下了什麼，慢慢的你就會變成什麼。這很可怕，試想，一個人每天坐在電視機前看緋聞八卦、看口水互噴、看殺人放火，天天吞食不健康的精神食糧，日久天長很可能會生病，而且會得三種病，那就是：虐待狂、色情狂，以及慢慢變成弱智。

看多了玉米、雞姦，你會成為虐待狂

我們教小朋友學習人際關係，都要他們相互尊重，特別是家人之間，有血濃於水的親情更應該相親相愛。可是我們的電視劇裡，老是上演親人之間相互殘害，壞人總是欺負好人的戲碼，好人注定要被詐騙、被姦殺、被砍被揍。

至於壞人呢？動不動就給人家一桶汽油、一支番仔火，或者在仇人的屁股塞玉米。我們是藉由電視認識台灣，那麼我們看到的台灣處處是危機，女的擔心被性侵，男的擔心遭雞姦，這是台灣的眞相嗎？什麼跟什麼呀！

舉例來說，二〇〇五年六月，民進黨台北縣汐止市黨部主委蔡×雄涉嫌性侵害男童，這本來就是一件駭人聽聞的社會新聞了，原本家裡有幼女的父母要擔心色狼，現在家有男孩的父母也得擔心少男受到侵害。

可惡的不只是這個性侵事件，更糟糕的是，媒體詳細描述幾位男童受害的過程。包括少年是如何被灌醉的？獸行主委的褲子是怎麼脫下來的？性侵的姿式是採什麼體位？連蘆薈這種植物，它被拿來當作潤滑液的另類用途，媒體都競相描寫得鉅細靡遺。

身為一個父親，看到這樣的新聞令人覺得噁心，一個狼心狗肺主委犯下的錯誤，媒體有必要這麼捧場嗎？報導這樣一個混蛋壞蛋被逮，報導幾位無辜少年受害還不夠嗎？為什麼要詳述他們受虐的過程，把他們不堪的過往再拉出來輪暴一次？

除了病態新聞，幾齣高收視率的連續劇，內容也都是勾心鬥角，你搶我奪。為了營造劇力萬鈞，最壞的敵人往往是你的親朋好友，劇情總是著重在刻畫壞人奸詐的黑暗面，至於人性的善良美好全都看不見。

觀看台灣的連續劇，你會驚嘆沒人性的傢伙何其多，生活的目的好像就只為了謀害他人。有時我不得不懷疑，拿忠厚老實的好人來糟蹋折磨，是否已經成為一種大眾娛樂？

如果孩子問你：「為什麼電視裡的壞人那麼多？怎麼和爸媽教的不一樣呢？」

你也許和我一樣無言以對，因為周遭的人都偏愛這種劇情。根據AC尼爾森的收視調查，這種「台灣復仇式」的節目，它的收視率長期盤據排行榜的前三名。我懷疑，吞下這麼多殺人放火的精神毒糧，我們的潛意識會不會也轉化成殺人狂？日思夜夢都在想著怎麼去虐待親友。

看多了露奶激凸搏版面，當心成了色情狂

美國搖滾女歌手珍娜．傑克森，她在二〇〇四年超級盃表演的時候刻意露出一顆乳房，引起全美轟動，雖然轉播的電視台被罰了五十五萬美元，但是珍娜．傑克森這驚天一露，爲她個人帶來超高知名度，也爲電視台帶來高收視率，數以百萬計的觀眾都在電視台的重播節目中，以及網路世界裡找「奶」。

裸露，是藝人搏取媒體青睞最直接的作法，因爲電視台都相信，這種最原始的本錢可以換來收視率。女藝人的這種宣傳法，到了台灣更被發揚光大。

舉例來說，香港藝人嚴×明爲家電展代言的時候，她上台與舞群跳舞，但是蛇腰才扭動了幾下，身上的沙龍裙居然就「不小心」滑落。如此的穿幫走光，讓她頓時成爲媒體的焦點，不但各家新聞台反覆重播，各家報紙更是大篇幅報導。女明星的「犧牲」，滿足民眾愛吃冰淇淋的眼睛，電視台SNG的直播則賺到了收視率。

華裔好萊塢影星白靈的宣傳手段也不遑多讓，白靈來台宣傳電影，拚性感搏取版面也是卯足全勁。她上電視節目一律不穿內衣，只穿一件低得不能再低的薄衫，還不時演出穿幫秀，三不五時讓粉紅色的乳暈走光賣弄風情。不過，白靈每次都能不慌不忙的把露出來的部

分「塞」回去，即使記者正在拍攝，她依舊慢條斯理，讓大家能拍個夠。

這些賣弄風騷的宣傳方式，我們很難定位她們算不算是新聞，最多只能算是影劇娛樂訊息吧！但是由於宣傳效果太好，未來女藝人的穿幫鏡頭肯定只會多不會少，因爲觀眾愛看，媒體自然就樂得多報導。

本來「食色性也」，大人們可以愛看就看，但是，這種養眼畫面偏偏在闔家觀賞的普級時段播出。爸爸媽媽陪著孩子看電視，看到的竟然是女藝人的大胸脯。也許有人會覺得很樂，但是身旁的小孩咧？做父母的要怎麼跟孩子解釋女藝人爲什麼只穿內褲，又爲什麼總愛裸露酥胸？

多看電視的結果是，你我都要擔心，自己的小孩會不會躲起來偷看更大膽的AV影帶。抑或者你我的兒女已經在用狐疑的眼光盯著你：「老爸這麼愛看阿姨脫衣服，是不是已經變成怪叔叔？」

太多「神鬼傳奇」，看多了你就變弱智

台灣每天有一千萬觀眾收看電視新聞，這意味著，有爲數眾多的觀眾渴望從電視裡去找到可信的、有深度的報導，希望藉著新聞帶給他們知識，或者至少是常識吧。

但是現在的電視新聞能給觀眾什麼?愈來愈多自稱「專家」或「法師」的人盤據新聞台,他們經由攝影鏡頭與麥克風,悄悄的從綜藝節目跳進新聞頻道裡來胡說八道,而可憐的觀眾卻還看得津津有味。

讀者不健忘的話,二〇〇四年有兩個自稱「地震大師」的怪客,媒體說,他們只要背痛或者耳鳴就會有大地震發生。說巧不巧,「地震大師」耳痛的隔日,雲嘉地區就發生規模不大的有感地震。

但讀者可能不知道,有感地震在台灣是常態現象,可是新聞台下了一個標題:「有夠準!」兩名地震怪客的瞎掰功力立刻垃圾變黃金。於是,這兩名靠著耳鳴、背痛……等等異狀上電視的混人(對不起,神人),他們居然可以連續七天都接受電視新聞採訪,甚至連談話性節目也爭相邀請他們上電視,讓他們繼續大言不慚的預言台灣大地震。

「大師」的胡言亂語不是船過水無痕,他們是有影響力的,他們造成了觀眾大恐慌。在後續的新聞報導中,媒體說,許多驚惶的觀眾不敢睡在屋裡,乾脆買來帳篷在公園裡露營,跟蚊子和蟑螂搏鬥。

不過,不說你不知道,接下來,地震大師的預言卻一再出包,民眾睡在公園被蟲咬,大地震卻是一個也沒到。氣象局被民眾抱怨的電話「K」得滿頭包,只好出面澄清,告訴觀眾一點點常識,官員說:「台灣規模『四』以上的有感地震,每年超過兩百六十次。要猜中地震的機率高達百分七十五%，也就是說，想要猜不中比猜中還困難。」

所以，所謂的地震大師，他們的預言鬼話根本不可信。那麼看電視、買帳篷，然後去避難的觀眾不是很白癡嗎？是很白癡。看電視不但沒有長知識，很可能還會變弱智。

電視新聞現在不只挑戰科學常識，連狐媚神鬼也都能登堂入室。還記得有台灣第一美女名號的「蕭大美人」嗎？一個江湖術士跑出來說：「蕭大美人曾經到我的廟裡朝拜狐仙、求媚術。」

「女明星的八卦有收視！」這是新聞圈顚仆不破的鐵律，所以我們也不管這個江湖術士講的是眞是假，只要看到「蕭大美人」和「狐仙」這兩個新聞元素，媒體主管就爲之瘋狂。很快的，「拜狐仙」成爲電視台的顯學，新聞裡充斥著狐仙該怎麼拜？哪裡有狐仙廟？哪些名女人可能拜狐仙的臆測新聞。

這些藉著揭露名人隱私的「老師」、「大師」，他們原本被揶揄成「江湖術士」；如今，他們藉著修辭學上的變通，竟然比狐仙還要神奇，從「江湖術士」搖身變爲「老師」，堂而皇之的拿到麥克風，成爲社會的意見領袖，並且輕易賺取市井小民的崇拜。

有時候眞是不解，難道台灣眞是個瘋狂之島嗎？我們爲了收視率努力製作狐仙新聞，觀眾看新聞竟然把它當眞。如果裝神弄鬼的內容可以反映社會眞實，那麼台灣是不是早就全民起乩？

沒有人在乎「大師」是不是言之有物？也沒有人關切他們是在信口開河，反正拿到麥克風就像演了一齣戲。這應驗了台灣一句俗諺：「扮戲的人，瘋；看戲的人，憨。」**也許弱智變成一種傳染病，透過電視在台灣悄悄流行**，不管你願意還是不願意，既瘋且傻的《神鬼傳奇之阿甘正傳》已在台灣堂皇上映，更多的憨人正陸續進場等著看戲。

弱智、虐待狂和色情狂的例子舉也舉不完，做爲電視人，爲了收視率，我們每天泡製這些有毒的精神食糧。做爲觀眾的你，希望你們人人有抗體，以免罹患這三種電視怪病。

奉勸讀者還是多看點好書，眞想看電視就請收看好節目。雖然好節目都被系統商丟到冷門的邊陲地帶駐守邊疆，但是如果你眞想求知識，即使再冷門也應該去把它們找出來。

台灣的笨蛋何其多，愈爛的節目看得人愈多。爲了避免小朋友病入膏肓，還是少看電視多看書，以免長大傻乎乎。

第3章

媒體，怎麼老是顧人怨？

一、三隻「瞎眼的老鼠」咬布袋？

一九九一年，我剛從《中時晚報》考進台視新聞部，當時台灣只有三家電視台，也就是台視、中視和華視，人稱「老三台」。在那個頻道受到嚴格管制的年代，「老三台」的電波得到特權保護，三台的大老闆清一色是執政黨，分別是台灣省政府、國民黨和國防部。

「有奶便是娘」，這是千古不變的道理。誰付你薪水就幫誰賣命，這也是職場上的邏輯，但是職場以外的人恐怕無法感同身受。

我有一個舅舅長期反對執政黨，長年是「黨外」的支持者，他對當時「老三台」的新聞處理方式相當不以爲然。有一次家族聚會的時候他對我說：「你別以爲你在台視跑新聞就很神氣喲！」舅舅對三台新聞一直很反感：「台灣哪，飼了三隻瞎眼的老鼠，這三隻飼養在布袋裡的老鼠，牠們專門喫咬台灣的民主。」

舅舅有強烈的自由意識，經常高呼黨、政、軍要退出老三台，對於我這個外甥考進台視，他沒有太多的興奮，反而對我提出期望：「千萬不要做台灣民主的老鼠喲！不通『飼老鼠咬布袋』。要不然乾脆做別途，對社會的貢獻還多一點。」

民國七十年代、八十年初，台灣還沒有有線電視台，整個社會還籠罩在戒嚴的氣氛裡，「老三台」就是戒嚴底下的特許行業。在那種拘謹保守的氣氛下，當年能當一名發奸鋤惡的記者是一種光榮，考上台視甚至比通過高考還讓人興奮，不但年薪可以輕易突破百萬元，社會觀感也相對提高。但是作爲政府支持的特許行業，在報導政策上就不得不效忠執政黨，這也讓包括我在內的自由人非常受不了。

接受了舅舅的忠告，十幾年來，我以不做媒體的瞎眼老鼠來自我期許。我支持黨、政、軍退出媒體，不管誰執政，我和一群有相同想法的同業，我們都盡可能站在執政黨的對面挑戰威權，只要有機會就一定讓正義、自由的訊息從封閉的體制中偷渡。

舉一個小小的例子，一九九四年十二月我還是台視的跑線記者，那年台北市長選舉，壓抑過久的民主在這一年迸發。那一年黃大洲代表國民黨，陳水扁代表民進黨，趙少康則代表新黨，三強角逐市長寶座。選情激烈，三黨候選人在台北街頭的造勢不斷，每到週末，動輒五萬、十萬人的大造勢幾乎讓台北市發燒。當時的台視，由於收視率遠高於其他兩台，社會的風評比較好，影響力也相對的非常大。

不過，電視公司做爲一隻被豢養已久的老鼠，習慣了爲執政黨的政策做先鋒，大家揣摩上意，公司裡隱隱然有一股氣氛要替黃大洲輔選。特別到了假日，少數自認爲與總統府關係良好的主管輪值當班，替國民黨輔選的態度更是明確。雖然沒有形諸文字規定，不過新聞部的默契是，黃大洲的造勢可以發到一分三十秒，但是陳水扁和趙少康最多不超過四十五秒。

撇開採訪寫作的製作品質不論，就秒數的長度來看，瞎眼老鼠的心態眞是很盲目。不過，我違反了公司的默契，用「新聞偷渡」的方式彌補心中對言論自由的缺憾。

黃大洲、趙少康、陳水扁，新聞一樣長

那是台北市長投票前的最後一個星期天，上午我被指派去跑趙少康的造勢活動，那個上午，五萬多新黨支持者聚在一起，民眾的情緒激昂、新黨的黃旗漫天，從新聞的角度來看，這是一則多好的選舉新聞。

回到公司，進剪輯室之前，我碰到專跑黃大洲新聞的同事「大毛」。之所以叫他大毛，是因爲我們平時聚在一起自嘲，大家都是在拍執政黨的馬屁，而我們這種卑微的小記者，只不過是馬屁上一根毫不起眼的毛。雖然只是一根毛，但由於他主跑市政府，毛比較粗比較大，我稱他「大毛」。至於我主跑法務部，當時的法務部長馬英九，在執政黨內並不是頂重要的角色，我被稱作是「小毛」。

小毛見了大毛，我故意消遣他：「大毛，你還是黃頭條吧（這是因爲黃大洲的選舉新聞近來經常擺頭條），你發多長？」

「那還用問，當然是永遠的一分三十秒。」黃頭條自嘲：「小毛，我們是要鞏固領導中心的嘛，新聞當然不能短。」大毛說完，立刻轉身去剪他的頭條。

新聞發個一分三十秒，對讀者來說也許不具意義，但是對當時的電視新聞記者來說，那可是很長的長度。你想想，電視台十秒鐘廣告要賣三萬五千元，新聞的長度都是以「秒」來計算的，一分三十秒若是賣廣告，那可是不便宜的。

特別在「老三台」時代，午間新聞只有半小時，扣掉氣象和廣告，播新聞的時間只剩二十三分鐘，這二十三分鐘還包括主播講話的稿頭咧。因此若是能夠播二十條新聞就不錯了，平均起來，每則新聞的標準長度只有五十秒。所以黃大洲的新聞發到一分三十秒，眞的算很長了。

聽到「黃頭條」可以發一分三十秒，我手上的趙少康能發多長呢？若按新聞部當時的默契最多四十五秒，即使超長也不可以超過五十秒。不過，這讓我非常不悅，爲什麼同樣都是重量級候選人，卻要有這樣的差別待遇？

「我要讓趙少康的新聞偷渡！」決定之後，我拿出從電影中學會的所有影音技巧，又是口號、又是淚水、又是激情，再加上黃旗漫天，我製作了一則非常好看的電視新聞。好看的程度到，播出之後竟然沒有人嫌它太長。

「旭峰啊，趙少康的新聞做得很好看嘛！」假日的輪值主管過來垂詢，我心虛得頭皮發麻，他接著說：「代跑選舉新聞，不要太辛苦啊。」

「沒有啊，不辛苦……」我企圖顧左右而言他：「當班很累吧！」

「多長？」主管沒理會我的問話。

「啊……」

「我是說，趙少康的新聞發了多長？」

「哎……」我不敢跟他說實話，囁嚅的說：「一分鐘吧……」實際上，我做了一分三十秒，和「黃頭條」一樣長。

「這樣不太好吧，這會排擠掉其他新聞，別人的新聞會播不出來的。」值班主管開始跟我說教，要我學習工作倫理，要我多注意別人的感受，不要因爲自己的新聞做得太長，而擠掉其他人的帶子。

這時候，我眞是體會了語言的虛假與多餘。主管的意思明明就是除了黃大洲的輔選新聞，其他人的造勢新聞盡量做短。只不過，「老三台」長官的教養都還算不錯，好歹還有一點新聞人的尊嚴與做事的圓融，總希望不必太直接傷了和氣，總喜歡拐彎抹角、希望曲中求直。

不過，長官的教誨我聽進去了，但還是感謝，我超長偷渡的三十秒，他沒追究（或者說沒有發現吧）。當天下午的採訪工作，我又被指派去跑陳水扁的遊街造勢。

陳水扁的造勢活動和新黨天王趙少康類似，走到那裡都是人潮滿滿。在人群中我感受到阿扁選民的熱情，回到電視台，我決定尊重自己內在的聲音，我要讓自己的新聞做到「公平」與「平衡」。我知道「黃頭條」晚間還是發成一分三十秒，沒有徵得主管的同意，我悄悄的把陳水扁的遊街造勢也發了一分三十秒。

不過，這次我沒有等到新聞播出，交完帶子之後，一溜煙離開公司，讓公司連砍短的機會都沒有。做爲一個電視新聞的新兵，我掙扎著不想當一隻瞎眼老鼠，其實這並不是什麼了不起的堅持，我只是單純的想對得起自己，以及當天參加大造勢活動的藍綠群眾。

事後驗證得票數，一九九四年的這場選舉，陳水扁拿下六十一萬張票，得票率四十三%，趙少康的得票率是三十%，兩人相加共得七十四%的得票，遠比黃大洲的二十五%高出許多。回顧記者生涯的小小片段，我連續在中午和晚間讓在野黨的新聞偷渡，也許有違工作紀律，但是做爲一個記者，我更在乎「平衡」報導的新聞準則，一九九四年的那一天，我沒有讓選舉新聞淹沒在老鼠的慣性思惟裡。

老鼠永遠是老鼠，不會變成米老鼠

十幾年過去了，台灣的執政黨已經換人，我則是從台視記者變成自由媒體人，在日愈艱險的媒體環境更漸漸變成浪人。但是舅舅口中的「三隻老鼠」並沒有太大改變，牠們繼續被養在布袋裡，繼續向付錢的大老闆效忠。

特別是二〇〇四年阿扁總統連任之後，大老闆意欲掌控媒體的動作頻頻，其中最受爭議的是新聞局，不但派任形象、能力都受爭議的演員充當華視總經理，更藉著核發執照之名公然干涉電視台操作，不但要求開節目，而且還規定節目的長度和邀請的來賓。

撫今追昔，眞是恍然若夢。當年民進黨還沒有執政之前，他們要求黨、政、軍退出三台，我們鼓掌暗助。一旦取得政權，同一批反對公器私用的人，卻公然把廣電媒體納為禁臠，不只華視，連台視、警廣、央廣的高層人事權都由新聞局所獨攬。

當年「黨政軍退出三台」的口號，如今眞的淪爲口號，舊勢力退場，新勢力卻接手繼續掌控媒體。誰叫媒體的滋味太肥美，政客們都想狠狠的咬上一口。誰又叫媒體太像電影裡的「魔戒」，人人都想擁有它戴上它，寄望魔戒的魔力幫自己提升功力。

只是時代變了，有線電視台多了，三家電視台還能產生魔力？「老三台」又有多少能力去啃咬布袋？

「只怕咬不動了吧！」包括舅舅在內，恐怕很少人再關心三隻老鼠了，因爲收看「老三台」新聞的觀眾愈來愈少。現在三台新聞的收視率總合，比起十年前，恐怕連十分之一都不到。「老三台」在收視率上節節敗退，老鼠的影響力和可信度也跟著大幅消褪，執政者若還寄望他們嗄咬布袋，恐怕是椽木求魚了。

做人，可以卑鄙，但不可以無恥

「老三台」時代的主管，多半出自名校，經過層層考驗才進入三台服務，所以多少有一些文化素養，他們操控新聞的手段比較溫和，這些新聞人多半自重，也懂得對下屬維持對「人」的基本尊重。就以我嚴重超秒的選舉新聞爲例，雖然做的是在野黨的新聞，但是我並沒有受到任何懲處。當年老三台的主管們，多半還有新聞人的骨氣，起碼操縱新聞的手腕沒那麼難看。

可是政權移轉、改朝換代之後，我們卻看到台視與華視赤裸裸的權力鬥爭。許多優秀的電視人才陸續離職，在台視，知名的電影編劇、知名的電視導播紛紛求去；在華視，經營績效不錯的總經理、經理以及形象公正的主播，皆因爲受不了新經營團隊的蠻橫，也選擇抽身離去。

有報紙形容華視員工出現了「逃亡潮」，但是聽聽新主管耍嘴皮式的忠告：「要走的、想走的，都給我快點走，因爲後面排隊的人還很多。」

用這種幾近趕人的羞辱當忠告，當然留不住人才。也難怪當華視頻道的總收視率衰退一半，營業虧損逐漸擴大之際，電視台的領導人還敢大言不慚的說：「就工作努力的程度來說，我給自己打一百二十分！」

聽到一家商業電視台的CEO說出這樣的話，我的眼淚差點噴出來。華視的朋友說得好，他們含悲忍辱的在電視台工作，但是當他們的CEO**用了一百二十分的努力，卻換來五十%的赤字。朋友說，做為員工，他們除了感恩「笨蛋」的領導之外，能不能請他不要再努力了，免得CEO愈努力，公司賠的錢愈多。**

這種「白努力」型的CEO，若在一般民間企業早就被撤職查辦，捲鋪蓋滾蛋了。但是在「老三台」，只要對大老闆保證政治正確，不懂經營沒關係，選舉的時候，懂得拿出兩面小旗子站在大老闆背後喊：「當蒜！當蒜！」CEO就可以確保地位屹立不搖。

這樣的CEO如果有勇氣自稱「努力」，眞不知道「無恥」二字該怎麼寫。所有商學院都該關門，經濟學教授都該槍斃，因爲CEO這三個字都被糟蹋了。

以上的敘述且容我替未具名的CEO做保留，就像面對性侵害防治法的對象，希望我模糊的描述，能夠保護他不至於被社會辨識出來。但若有人要對號入座，我只有笑著對笨蛋說：「歡迎光臨！」

行走電視圈一如行走江湖，營生討口飯吃也得有起碼的堅持，我的基本信念是：**「人，可以卑鄙，但不可以無恥。」**

卑鄙，指的是做事情的手段，爲了達到目的可以靈活。無恥，則是指做人的心態，混口飯吃也必須有起碼的尊嚴。

「困鼠搶大米」，繼續咬布袋？

從歷史角度來看，「老三台」其實是時代的產物，他們爲政策服務的習氣是其來有自。你想想，「老三台」的總經理都是由背後的大老闆指派，總經理只不過是執行大老闆的意旨，這完全扣合著當時政治環境的氣氛。

即使到今天，哪一家電視台的總經理不替出資的老闆服務？想清楚這層道理，看到今天十五家在播新聞的電視台，不論從政治立場、從商業角度都要拚命「各扶其主」，其實與老三台老總的思維是如出一轍的。

養在布袋裡的老鼠永遠是老鼠，只要主人餵牠大米吃，牠就永遠只是一隻乖乖聽話的老鼠。瞎眼老鼠的任務不是娛樂觀眾，所以瞎眼老鼠不會變成卡通影片裡的米老鼠，瞎眼老鼠只需要討老闆的喜愛，討老闆的大米來吃。至於一般觀眾不是牠們最主要的服務對象，不必像米老鼠一樣花力氣去做到人見人愛。

台灣現在已經不只三隻瞎眼老鼠了，頻道開放之後，除了原有的「老三台」，現在又加入有線電視、衛星電視，只要一打開電視，至少有上百個頻道讓你選擇。二十四小時都在播新聞的頻道至少有七家，再加上午間、晚間也在播新聞的頻道，全台灣至少有超過十五家電視台播新聞。

如果按照舅舅「瞎眼老鼠咬布袋」的比擬法，全台灣的老鼠已經過度繁殖，目前至少超過上百隻大小不一的老鼠，牠們同時被養在布袋裡，牠們同時間在播新聞與節目。老鼠的數量雖然增多了，但是鼠輩們並沒有睜開眼睛，和「老三台」時代一樣：**盲目**。

發揮一點想像力，我們試著把瞎眼的老鼠想像成電視台，把裝老鼠的布袋想作是市場，再把大米比喻成廣告。那麼台灣電視市場就清楚的浮現一個輪廓：小小的布袋裡飼養了太多瞎眼的老鼠，但是大米不夠吃，老鼠們卻必須在暗黑的布袋裡盲目搶食。於是多數老鼠都吃不飽，惡狠狠的鼠輩長期處在半飢餓的狀態下，但是**沒有任何一隻老鼠願意離開布袋，即使大米已經不夠吃了，牠們依舊守著不是地盤的地盤，像困獸一般繼續做困鼠之鬥**。

「困鼠搶大米」的電視生態，惡性循環的結果，導致台灣電視圈只剩下「窮」與「亂」。因為廣告大米不夠吃，電視台只好引進所謂的效能管理，裁員、減薪、降低節目製作費，導致電視這個應該以創意為主的文化產業，在經費減少、人力素質不夠好的情況，大家只好拚命炒短線、搞抄襲。

只要有一個節目稍稍突出，或者在收視率上有好一點的表現，電視台主管會要求模仿跟進。譬如連續劇裡，撂狠話的劉文聰說：「我若是不爽，我就會送你一桶汽油和一支番仔火。」這種撂狠話的台詞紅遍全台，創造高收視率之後，其他電視台的主管就會要求編劇跟進，接下來「屁股插玉米」、「丟進水泥桶沉屍海底」……種種麻辣的內容、相似的劇情就會佔據觀眾的眼睛。

電視新聞則受限於人少、時間長的宿命，爲了餵養觀眾吞嚥新聞的血盆大口，只好抄襲、跟風不斷。新聞主管們看不到自己的創意，卻總是在看「別人在做什麼？」。一旦發現別台的露乳、緋聞有收視，主管的罵聲就會脫口而出：「爲什麼我們沒有奶？」

於是，在一片抄襲聲中，你搞色情按摩，我就搞「轟趴」；你有三P亂倫，我就有母牛被強姦。電視主管們彼此抄襲情色、緋聞與八卦，忙得已經像陀螺一樣轉個不停了，卻還是不忘記檢討同仁：「去看看，別人做什麼？」

自己卻從來沒花腦筋去想、去企畫、去說：「我們有了什麼？」

「copy」總是在謀殺創意！電視主管想討好觀眾，卻總是找不出好方法，於是電視新聞只能訴諸感官刺激，不斷的轉播車禍、轉播大火、轉播辣妹代言。不斷以災難的SNG連線來「恫嚇」觀眾，或者用檳榔西施的鶯聲燕語、應召女郎的臀波乳浪來「取悅」好色的觀眾，希望藉著血腥與色情換取0・01的收視。

但是，這樣盲亂的周而復始，卻讓電視主官們深陷相互牽制的集體焦慮。想要自拔，只有兩條路，不是腦神經變粗變大，就是離開這個行當另謀生路。

誰長青春痘？趕快去採訪

電視作爲一種產業，它就是由科技和市場組成。作爲產業，它有老闆；作爲老闆，他有員工；作爲員工，他就要爲老闆服務。媒體人不是獨立於世界之外的高人，他也有老闆需要伺候，而且伺候老闆，不必覺得害羞，因爲中外皆然。

一九八〇年代中期以後的美國三大電視網：ＡＢＣ、ＮＢＣ和ＣＢＳ，因爲有線電視、錄放影機的竄起和財團的兼併，即使曾經貴爲三大電視網，也免不了要面對收視率滑落、廣告營收銳減的困境。三大電視網只能無奈的變身爲老鼠，與新興媒體一起搶食廣告大米。

二十年後，再看看美國的電視工業，三隻老鼠變成六隻，而且在無線、有線之外，還加入了衛星電視以及日益龐大的網際網路。在強敵環伺下，ＡＢＣ、ＮＢＣ和ＣＢＳ三隻老鼠漸漸習慣苟延殘喘。靠著與大企業合併，這三隻老鼠爲了獲得資金的挹注，也慢慢心甘情願的替母公司做傳聲筒，讓置入性行銷巧妙的出現在頻道裡。譬如，當ＡＢＣ成爲迪士尼旗下的一員後，每逢迪士尼有新片上檔，ＡＢＣ一定會在黃金時段當中安插一個特別節目，讓它

「恰巧」就發生在迪士尼世界。

台灣也一樣，每逢電視台有新戲上檔，新聞部就被告知要「宣傳一下」。蔡康永和林志玲的新節目要宣傳一下，蔡康永和小S的talk秀要宣傳一下，吳宗憲開節目要宣傳，張菲開節目也要宣傳，甚至連戲劇節目的開拍、播出，只要老闆一個眼色，新聞部都會主動配合，把它做成娛樂新聞大大的宣傳一下。

特別是當新聞收視不佳，而節目部又是老闆眼中金雞母的時候，新聞部的弱勢更是顯而易見。流傳在電視圈的一則笑話是，一家本土形象鮮明的電視台，它們連續劇的收視率非常好，部門的聲音也很大。有一天，節目部主管要求新聞部發一則新聞，原來是節目部炙手可熱的連續劇中，有一名女主角因爲熬夜拍戲長了青春痘，她一邊拍戲一邊大發嬌嗔，鬧脾氣說：「我爲公司拚命，都沒人關心我。」節目部爲了安撫女主角，所以希望新聞部去報導一下、關心一下。

新聞部主管聽到這樣的內容，也不知道從哪裡長出來的反骨，居然強硬的說：「新聞部沒人，記者全都派出去了！」

你猜節目部主管的回答是什麼？節目部主管說：「你們新聞部做二十四小時的總收視率，還抵不過我八點檔播一小時的連續劇。搞不定我的女主角，影響了公司的收視率，你能負責嗎？挪一組記者有那麼困難嗎？」

形勢比人強，既然電視圈的鐵則是收視率決定生存，收視率高的人，聲音自然就大。新聞部主管只好摸摸鼻子，趕緊調派一組人去採訪女主角的青春痘，安撫安撫女演員的情緒。

這個青青痘事件之後，爲了不再讓節目部來囉唆，新聞部配合節目宣傳的程度更澈底了。今後不但節目部的新戲要當新聞發，新戲的收視率要當新聞發，劇中女主角、甚至女配角長青春痘也當新聞發。新聞跟著節目走，新聞部幾乎快變成「節目部的新聞組」。這比起美國ABC電視台伺候迪士尼，絕對有過之而無不及。

二、電視魔戒，致命的吸引力

很多讀者都看過一部奇幻電影《魔戒》，它是近代電視史上最雄偉的善惡鬥爭史詩。故事中的一只魔戒充滿神奇力量，它蘊藏著無限能量，可以輕易的奴役眾生，誰掌握了魔戒，誰就可以掌握全世界。故事的主軸是敘述一支魔戒遠征隊，這個遠征隊的任務就是摧毀魔戒，不過在毀滅魔戒的過程中，魔戒的神奇力量不時對遠征隊成員產生誘惑。

電影中的主角小哈比人，面對魔戒的同時也面對了誘惑，小哈比在戰勝敵人之前，則必須先戰勝自己。在這個雙重作戰的過程中，有忠誠、有背叛；有懷疑、有堅貞；有勇氣、也有怯懦。不過小哈比人堅持「善」的意志，他們人小志氣高，他們抵擋了魔戒的誘惑，最終完成了摧毀魔戒的任務。

魔戒的故事是許多戲劇的原型，仔細回想，許多電影故事都是善惡對立、怯懦與勇氣激盪、堅貞與懷疑矛盾……。不過，電影裡的世界最後一定是邪不勝正，但是眞實的世界呢？爲了爭奪法力無邊的魔戒，卻經常是「道高一尺、魔高一丈」，魔鬼經常打敗好人。

回想眞實的媒體世界，多像《魔戒》電影。「老三台」時代，當年的電視台有著巨大影響力，它的言論方向可以誘導民眾的意識型態，說得入骨一點，就是可以掌握老百姓的投票取向。這樣的媒體蘊藏著強大能量，在台灣，「老三台」的功能像極了魔戒，政府若是擁有它，就能驅使民眾照著政客的想法去思考。

而當年的黨外人士、自由派學者，以及我輩充滿自由意識的記者，我們就像魔戒遠征軍，曾經高舉著「黨政軍退出三台」的大纛，曾經爲摧毀「電視魔戒」高聲嘶吼。但是遠征軍的成員裡有人受不了誘惑，一旦得到魔戒就背叛盟友，取得政權之後，就迫不急待的成爲電視魔戒的主人。

我曾經寫過幾篇文章投書媒體，用「電視魔戒」的觀念來譏諷時政，但卻引來陣陣風波，連自己的工作與飯碗都受到波及。這更讓我感覺自己像個小哈比人，面對身軀龐大、心地邪惡的政府半獸人，我有懷疑、有膽怯，但是我沒有背叛，沒有背離當初魔戒遠征軍的信念，那就是摧毀電視魔戒，把媒體的自主權還給廣大民眾。

魔戒一：扔掉魔戒，釋放電視台，饒了觀衆

時時刻刻搞選舉的台灣，「打開電視，非藍即綠，你煩不煩？」

作爲電視新聞製作人我都煩了，更何況是觀眾。

打開電視，談話性節目一天比一天多，電視台找來與自己政治光譜接近的來賓座談。表面上是聊政治，談話中卻多半在搞挑撥，擺明了是藍綠政治人物，藉著電視節目相互攻擊政敵。

我愈來愈覺得，看新聞節目，就像在網路上玩格鬥遊戲。遊戲中，我們必須不斷的標識敵我，進行殺戮，才能得分；在談話性節目中，我看到類似的畫面，節目不斷的尋找敵人、給他們貼上標籤、然後進行言語格鬥。

玩多了網路遊戲，容易造成人際疏離。看多了新聞節目，更讓人覺得身邊敵影幢幢。

有沒有發現，現在搭乘計程車，我們不太敢和計程車司機談政治；久沒見面的親友，最怕跟他們談的就是選舉。因爲，在新聞節目的催化下，原本應該色彩豐富的台灣，一下子彷彿只剩綠和藍兩種顏色。在和別人交往談話前，你必須像玩網路遊戲一樣先標識他們的顏

色，先弄清楚他們是敵是友，才能決定究竟該結盟還是該格殺。

全台灣很多人都被電視台清晰的顏色給折磨，如果你愛看某台的女主持人，人家會說你挺藍；你轉台看某台的男主持人，人家又說你變節挺綠。其實絕大多數的台灣人都是不藍也不綠，只是看了顏色鮮明的電視台，使得你我陷入敵友難辨的集體焦慮，因爲你不知道，下一個交談的對象究竟是什麼顏色？

觀眾若不想陷入非藍即綠的焦慮，大可以關掉電視。但電視是我的工作，是我奮鬥了十幾年的戰場，過去我認定新聞應該是客觀、公正、中立，我以爲這是新聞圈的普世價值，不過擺在台灣這種非藍即綠的二極對立，這樣的堅持卻顯得唐突可笑。

握著選台器轉來轉去，我發現多數電視台都做了決定，老闆們已經在政治光譜上選邊站。同業們則是忙著替自己上色，變形蟲一樣的扭曲自己，爲了一份薪水，各自效忠不同顏色的主子。

我之所以花時間敘述電視台的現況，是因爲電視新聞的影響力超大。但就因爲它的影響力大，有權力的人更想操控它，才會搞成現在這樣電視節目天天進行藍綠大對抗。

大家都討厭電視台替政治服務，但是政治干擾電視已是常態。年輕朋友也許很難想像，戒嚴時期的老三台，它們受政治箝制的情況有多嚴重。就以阿扁總統爲例，有兩件和他切身的往事他應該還記得……

民國七十三年，當時的阿扁總統還是台北市議員，他第一次上電視講話就是在台視新聞。在那個一年要查禁二十本黨外雜誌，黨外人士說話都像戴口罩的戒嚴年代，黨外的陳水扁市議員，他能夠在最強勢的新聞頻道開口說話，對當時的民主運動或新聞自由都算是一項突破。可見得即使在戒嚴時期，還是有記者與媒體秉持新聞良知，爲台灣的民主自由默默付出，不過，這樣的付出與新聞尺度的突破卻給電視台帶來災禍。

新聞播出後，新聞局一通關切的電話，公司從採訪記者、採訪組長、主播、新聞部長官全部受到警告。

寒蟬效應很快在小小的電視圈擴散，好長一段時間，電視記者都自我設限，心中都設立了一個小小的警總，自行過濾所有可能有爭議的政治新聞。爲了政治的原因，陳水扁市議員好久以後才能在電視上露臉。

還有在民國八十三年，陳水扁第一次競選台北市長，老三台領導人懍於政治正確的認知，對候選人陳水扁的報導篇幅一直比較少。陳水扁的競選團隊還監看三台新聞，統計候選人出現的秒數，用錙銖必較、秒秒精算的心態召開記者會抱怨媒體不公。撫今追昔，這種被政治力干預的往事，如今高坐廟堂的阿扁總統是否記憶猶新？

陳水扁總統連任之後，他的氣勢扭轉了媒體的情勢。老三台基於黨派利益的考量各自派任總經理，新一代有線電視頻道的負責人，也許基於自己的政治理念，也許基於頻道經營的現實，很多人也像老三台一樣選擇「對」的一邊。媒體在西瓜效應的環境下，讓電視台老闆必須服膺政治正確。

至於媒體本應該公正、客觀的天命，很多媒體人早就拋到九霄雲外……，電視台換了新主人，卻依舊沉淪於政治力干預的宿命。

在電視台換主人的同時，也許你發現了，媒體的影響力眞是愈來愈大，卻也愈來愈像電影《魔戒》，擁有魔戒，就能掌握台灣。難怪朝野英雄人物機關算盡，人人都搶著當魔戒主人。這才造成電視台努力選邊站，電視節目只剩立場、不論是非，言論市場非藍即綠的亂象。

但是我得提醒魔戒的擁有者，權力使人腐化，更大的權力更易讓人心神喪失。擁有電視台之後，「黨政軍退出三台」的承諾，正隨著權力膨脹恐怕永遠難以兌現。

如果電視台眞是一只「魔戒」，那麼它無窮的能量廣被大眾。特別是官股佔了七十五%的華視，它的無線電波本來就屬於大眾，如果大家還珍惜它的影響力，就不該讓它變成輔選有功人士的政治酬庸。應該讓華視保有公正、客觀，而不要逼它選邊站，讓華視成爲眞正的公共資產，單純的扮演好第四權的公平角色，也讓觀眾在深藍與深綠的兩極之外獲得喘息。

魔戒的擁有者該懂得放手，免得深陷權力的泥淖不可自拔，就像電影《魔戒三：王者再臨》，咕嚕死命抓住魔戒不放的下場，就是與魔戒一同喪身於熔熔岩漿；執政者若抓住媒體死不肯放，最後就是大家一起陪葬。

魔戒二：甩不掉電視魔戒，歷史永遠重演

不管藍綠誰當家，執政者都不會輕易脫下「電視魔戒」的指環。而媒體負責人咧，觀測政治風向是活下來的必要條件。舉兩個「媒體變顏色」的例子，讓讀者認清楚，只要執政者「起乩」，電視台一定配合「變色」的本質。

時間是民國九十三年七月六日中午，備受爭議的華視總經理江霞她上任的第七天。有一百多位「××市扁友會」的支持者到華視參觀，華視很隆重的在大廳搭起舞台，江總在舞台上慷慨激昂的說：「你們今天來給我支持，中午我們就一起來看看，看這則新聞華視要發多長？好ㄚ不好！」江總隨即舉起右手高喊起來。

「好！好！」扁迷們隨著江總的手勢擺動，彷彿又陶醉在選舉的激情裡，只差沒在華視大廳喊出：「當蒜！當蒜！」

新聞部緊臨著大廳，坐在編輯檯聽聞這過程，我心裡想：「不過就是一般的參訪嘛，按慣例，最多發個三十秒吧，以前的總經理和董事長甚至還限制新聞部發這種馬屁新聞咧。」

但是，我想得太天真了。

這個公司參訪活動，不但被指示要發成配音新聞，公司高層更是極度重視。

12:31，是它原本被排播的時間。

12:15，編輯檯接到公關室的關切電話，明確要求提前播出。但是新聞播出有一定流程，至少得等到新聞影片製作完成吧，沒有影片就不能播。

12:20，電話又來了：「午間的主編是誰？」

編輯檯上的編輯還沒搞清楚狀況，只說：「帶子還沒做好……」

「我要主編的姓名！」電話那頭顯然失去耐性。

編輯還想解釋，電話那頭又補了一句：「還有，告訴我，晚間主編是誰？」

編輯檯上的人都覺得奇怪，根據過去的經驗，公關室不會這樣無禮的指揮新聞部。不但要提前播新聞，還要午間、晚間的主編姓名，嚇得編輯們都去幫忙催促記者趕快交帶。

12:24，新聞影片進副控室，也不管它是不是合乎邏輯，立刻播出。

新聞部在慌亂中播出這麼一則參訪新聞，當天如果看到新聞的人也許會覺得奇怪吧，扁迷們參觀你家公司有什麼新聞價值？非得花五十七秒來交代，還指定在 12:30 前要播出。這對新聞人來說，直感覺荒謬與可笑，而這一切的慌亂皆因樓上的兩通電話。

這個打電話的事件，我們把它定名為「0706電話事件」。遺憾的是，「0706電話事件」不是單一個案，以後的每個星期五，都有扁迷或李友會參觀華視。華視細心的安排各鄉鎮的扁友會代表，在這個固定的時間到華視參訪，同時也上上鏡頭聲援阿霞姐。

「0706電話事件」，讓電視台新聞部噤若寒蟬，今後扁迷或江霞的粉絲（fans）到華視參訪，新聞部再也不敢挑戰「上意」，全都乖乖的、早早的，而且長長的製作配音稿恭敬播出。事件引發的寒蟬效應是，對政治新聞異常小心，以前華視不太播政府大官的例行活動，現在，全被當作重要新聞，同仁們還會相互提醒非播不可，因爲各節新聞主編的名字，都通報到樓上長官的手裡。

具體還原這個電視台裡風暴故事，我的目的**不在挑戰深綠的經營者，而在幫助大家看清楚：政治酬庸下的電視台老總，他們才不在乎觀眾想看什麼，他們只在乎「大老闆」想要觀眾看什麼**。不過，干涉新聞的舉動，在國民黨執政時代也幹過，一起來看看下面的例子。

時間是民國七十年代，地點也是某無線台。當天有一則新聞是，總統府秘書長馬紀壯將奉派爲駐日代表。當時A台的總經理以經營見長，在媒體圈享有非常高的令譽，而當時的A台新聞主播，則是以堅持新聞專業、硬脾氣出了名的新聞人。

馬紀壯發布駐日代表的當時，電腦在台灣還不發達，主播唸的稿頭都是記者的手寫稿。爲了這則駐日代表的人事新聞，總經理親自到新聞部，他請新聞部主管找出記者的手稿，他沒有修改稿子，而是在記者的手稿上加了一句：讓我們祝福馬紀壯代表駐日「馬到成功」。

A台總經理雖然沒有改變新聞排序，但是關切這則人事新聞的動作卻非常突兀。不過，在當時還沒有解除戒嚴的政治氣氛中，我們硬骨頭的老牌主播還是照樣唸了老總的手稿：「祝福馬紀壯代表馬到成功！」

用今日的眼光來看，什麼「馬到成功！」，這絕對是干涉新聞。官派總經理親自來爲人事新聞添稿加料，撰稿記者哪裡還有膽量去質疑這項政治酬庸。

回顧這段發生在解嚴前的新聞秘史，對照阿霞姐掌控媒體的激情演出，讓我有很深的感慨。阿扁總統曾說：「寧要媒體言論自由，也可以不要國家安全。」但看看政府實際的媒體操作，我懷疑，未來的媒體還有言論自由嗎？

扁政府初掌政權的時候，是先操控台視、民視開闢帶狀政論節目，從事「單面向的綠色政治宣傳」。二〇〇四年，華視有了擁護執政黨的政論節目，再加上新聞局一步步勒緊電視台證照審查的繩子，可預見的未來，執政黨以強悍手段操控媒體的手段，將與戒嚴時期國民黨掌控三台的做法相同，甚至更加嚴重。

「人類從歷史上學到的唯一教訓，就是學不到任何教訓。」回顧老三台牆頭草一般的政治性格，更驗證了舅舅說的：「老三台新聞，就是『飼瞎眼老鼠咬布袋』，戕害民主而已。」

國民黨時代操控媒體的技倆，到了阿扁政府手上一再重演。搞選舉的時候，大家高喊：「黨政軍退出三台！」一旦掌權，執政者又會把媒體當成打擊政敵的工具。

電視媒體果眞就像執政者手上的魔戒，擁有指環，執政者的說法可以被美化、意志可以被貫徹、控制人民的力量可以被無限放大。這也難怪藍綠陣營，不管誰執政都想掌控媒體。

至於身爲小哈比人的我們，既然現階段無力摧毀電視魔戒，也只能忍辱含悲等待黎明。

魔戒後續：點燃一把野火之後，吃豆花等著被消費

上面的兩篇文章一見報，我的手機就響個不停：「旭峰，你眞帶種啊，居然敢爆江霞的料！」新聞同業們紛紛來電要求專訪，他們要派SNG車到家裡來直播，希望我再揭密多爆一點料。不過，我回絕了所有的採訪邀約。

因爲我確認「爆料」、「扒糞」都不是我文章的重點，要求執政者抽出干預新聞的黑手，留給新聞人一個自主空間，還給新聞人一點起碼的尊重才是投書的主旨。我可以諒解同業的曲解，其實，這也再一次驗證，進入SNG世代的台灣新聞，只要表相不要眞相，根本沒有人要想弄清楚眞相，大家只想到爆料。

細看自己的投書內容，很清楚的，我檢討的是執政黨的媒體政策。但是刊載我文章的報社編輯太聰明，他嗅到新聞的衝突點，把我檢討華視的部分拉出來做成大大的新聞標題，並且把華視另一名女性主持人在停車場按了江霞喇叭，爲此而遭到撤換的新聞擺在一塊。版面的衝擊性突然變得非常大，讓大家誤以爲我是專門炮打江霞。其實，我也檢討了國民黨時期

的無線台呀，爲什麼大家只看到我檢討江霞，還是他們把我看成了去給貓掛鈴鐺的老鼠，只是替大家出口氣而已。

回絕採訪之後，我的心情是忐忑的，爲什麼一篇新聞諍言會變成了扒糞爆料？我很清楚新聞的後續發展，一定會揪著華視的八卦窮追猛打，我擔心有人會因爲我的投書受傷。發表文章之前我已經離職，從來不怕也不必怕江霞，但我害怕傷及華視新聞部其他無辜的夥伴。

台灣，眞是一個言論自由的詭異險境，媒體本來應該監督政府的，要盯緊有權作決定的人。但是在這裡，媒體卻像是執政黨的保鑣，更精確的說，像執政黨的言論打手，放著監督政府的正活兒不做，卻老喜歡跟在執政者老大哥的身邊搖旗吶喊，敲鑼打鼓的追趕落水狗，專門修理無權的政治人物或社會的邊緣人，只因爲這些沒權沒勢的人善良可欺，所以就軟土深掘。

搞新聞十多年，負責新聞操盤也逾十年，我很清楚，我就是今日新聞圈的落水狗。過去我操作新聞，輪迴到今天成了落水狗，那讓新聞來消費我吧。

想開了反而好，過去我常跟記者講：「只要不死人，漏掉的新聞再找一條獨家補回來就好，沒什麼大不了！」今天……反正也不會死人，就讓媒體來吧。

我提了一大桶豆花坐在電視機前，心裡想著：「我吃豆花，不代表我滿臉豆花，我倒要看看大家怎麼消費我？」

先看各台的跑馬字幕，選台器轉來轉去都一樣，幾家新聞台都以顯著的標題寫著：「華視前晚間新聞製作人爆料，華視新聞跟著『上意』走」，這種寫法還算是客氣的。不客氣的就直接把我的名字，以及我對華視的批評全都打成字幕來跑；再看看播出的新聞內容咧，雖然包括我在內，被點名的相關人等都沒有出面，但新聞台還是有本事撐了將近八分鐘，儼然就是藉著我的文稿，把已經備受批評的華視再狠狠刮一頓。

當然，也有效命於執政黨的電視台，找來深綠的御用學者把我臭罵一頓，說我是「泛藍媒體紅人拒絕改革」，說我是「離職員工挾怨報復」……。

看著電視裡那個被御用學者罵爲「泛藍媒體紅人」的劉旭峰，我直覺得好笑，我什麼時候變成「泛藍媒體紅人」了？感恩不明就裡的御用學者抬愛，眞讓人有種滑稽的感覺，我無意間在媒體點燃的一把野火，竟然是燒在政治的瓦斯鋼瓶上，還造成一場小小氣爆。

我期待的媒體改革，竟被御用學者批評爲拒絕改革。眞想請教這些私心自用的御用學者，用你們禿掉的腦袋想一想吧！你們是拿什麼標準在看問題？「難道乖乖的插播江總的參訪新聞就叫做改革媒體？」、「難道指正新聞遭到干預就叫拒絕改革？」不必爲了在電視上表現忠誠，就扮演媒體警犬的角色，追打落水的同類給執政黨看嘛！這徒然糟蹋「學者」兩字的名器。（對不起啊，得罪了愛狗人士，用警犬來形容御用學者恐怕辱沒了你家的愛犬，但一時間，想不到更貼切的形容詞，歡迎讀者來信指教。）

坐在電視機前，自覺好笑，我有點兒像無心放火的小孩，不小心點燃一把野火之後，卻忐忑不安的坐在電視機前關心火勢。只看到不相干的路人甲乙丙丁，一邊說風涼話、一邊罵我。

電視遙控器轉來轉去，一整天下來我的新聞沒有斷過。恍惚間，我也不知道他們罵的那個劉旭峰是不是我？因爲我從來沒有拒絕改革。離開華視，只是暫時對媒體環境失望，對華視、特別是對華視的朋友們完全沒有怨懟。

看著電視不斷重播我的垃圾新聞，面前的一桶營養豆花快吃完了，卻看不到任何人對新聞被干預提出自省；沒有看到有人聲援按了霞姐喇叭就被撤換的女主持人；也沒有人質疑屬於全民所有的華視公共電波被濫用，更看不到媒體人跳出來自我批判。

多懷念解嚴前後的年代，在那個還看得到希望的年代，媒體人對自己是有期許的，當時媒體的主流價值就是批判主政者與自我反省。但是這些古典的價值於今蕩然無存，我們混口飯吃的這個行業，正大步走向道德沉淪與自我墮落。

再細看一次我的投書，我堅信：媒體人如果沒有一丁點硬骨氣，讓主政者看穿了你的軟弱，執政者就會用權位、用置入性廣告把你吃得死死。

只可惜，我們熟悉的電視台，多數人爲了一份薪水，只能無意識的捍衛執政者手中的魔戒。不論那一個黨派執政，布袋裡的老鼠永遠是老鼠，永遠習慣替執政者吹捧化妝，卻惰於對執政者批判針砭，歷數十年而不變。

所幸，民眾不全是傻瓜，由於政治新聞被操弄得太明顯，不公正的電視台就不會有死忠的觀眾。台視，那個當年的新聞王國，它不當老大已經很久了；華視新聞的收視率也從原來的「4」跌到「1」點多，跌幅之大，可能遠遠超出主政者的想像，再想操弄華視新聞成爲統治者手中的「魔戒」，它的魔力已經大不如前。

從收視率的歷史軌跡證實，當新聞愈被政治力操弄，收視率就會愈低。此刻的無線電視台作爲一只魔戒，顯然垂垂老矣，它的效力是愈來愈微弱了，它被主政者利用的價值也愈來愈低。

可惜，歷史的教訓猶如狗吠火車。人類從歷史上學到的唯一教訓，就是沒有學到任何教訓。

很抱歉，沒有營養的我，讓電視消費了一整天，浪費了觀眾很多時間。但是沒關係，哈哈哈，坐在電視機前的我，已經吃完一桶有營養的豆花。

三、找到媒體的力量，喚起觀衆的感動

媒體就像利劍的雙刃，可以傷人也可以自傷。記者雖然曾經被捧作「無冕王」，但是在激烈的競爭中，記者現在被人批評是社會的亂源。同業之間我們甚至互相取笑，現在的無冕王已經成了「無臉王」，有時候還眞覺得沒臉去面對社會的指指點點。

記者這個行業眞像流水一般，水能載舟，亦能覆舟；就像一把手術刀，它可以當作是犯罪的工具，也可以是醫生手上的救命利器。記者這個行業，本身並無善惡之分，關鍵在於自己的心態是要載舟還是覆舟。

我們看過太多覆舟的負面新聞，容我向讀者報告一個新聞載舟的故事。

爆料的新聞證人，慘遭歹徒報復

在台灣，你相信一個新聞對象被電視台報導之後，他的住家當天晚上就遭歹徒丟汽油彈威脅恐嚇，全家人生活在被報復的陰影底下嗎？這聽起來像電影情節，但它卻是台灣發生的

眞實故事。故事的主人翁是住在南投竹山鎭的何深淵先生，而負責報導的電視台，正是我當時服務的公司——華視。

一九九九年我擔任華視晚間新聞製作人，當時我正在製作「巨輪下的冤魂．橫行的砂石車」系列專題，我到處尋找砂石車受害者的故事，透過砂石車受難者家屬楊進得兄弟的協助，我找到同樣也是受難者家屬的何深淵。

初見何先生是在一個下午。何先生精瘦的身材、蓄著長長的鬍鬚，從布滿紅絲的雙眼中，可以看出前一夜沒有睡好，但炯炯的眼神中透露著一股忿恨。我吃驚的看著眼前這名瘦黑的中年男子，在忿恨的臉上隱隱然寫滿悲傷。還沒開口，何先生就說：「你們能來最好，晚上我帶你們去看他們盜採砂石。」

原來，何先生知道我要來採訪，已經連續兩個晚上，獨自一人埋伏在濁水溪畔盜採砂石的現場，並且先勘查好出入的地形和路線。

我很好奇何先生爲什麼要這麼「熱心」？

陪同採訪的楊進得兄弟則透露，何先生的個性非常拘謹，我們可以叫他「何爸爸」以拉近採訪距離。

「何爸爸，你爲什麼這麼了解砂石車？」我試著接近採訪對象，但是何爸爸沒有多說什麼，沉默的整理他唯一賴以營生的釣魚池，而是楊進得兄弟告訴我何爸爸的故事：

「兩個多月前，何爸爸讀竹山高中一年級的女兒『阿秀』，在上學途中被一輛超速又超載的砂石車撞死。何爸爸難過的不只是痛失愛女，更叫他心寒的是，撞死他女兒的砂石車司機，根本是個連續殺人犯，因爲司機在不到一年的時間內連續撞死了兩個人。前一次，司機在雲林撞死一個阿伯，司機賠錢判了個緩刑就結案。但是砂石場沒有記取教訓，還是包庇司機，讓這麼一個粗心的司機荒唐上路。至於第二次的肇事，則讓何爸爸的女兒『阿秀』賠上寶貴的性命。國小都沒畢業的何爸爸，這兩個多月來都在自力救濟，何爸爸曾經自製白布條抗議砂石車，曾經自費夾報控訴砂石場違規超載，曾經撒雞爪釘刺破砂石車的輪胎……但是一切的作爲就像螳臂擋車，砂石車超載依舊，『阿秀』的沉冤也還是未報。」

聽完何爸爸的喪女故事，夜晚已經來臨。何爸爸開來破舊的小轎車，在夜色中載我去拍攝砂石盜採的現場。我瞥見小車的後座放了一支球棒和一把大鐮刀，狐疑的問：「你打棒球嗎？」

何爸爸只酷酷的說：「防身用的，溪底有壞人。」

小車載著我們悄悄駛向濁水溪畔。有何爸爸的帶路，我們很快找到一個制高點。居高臨下的地勢，我們看到月夜當空的濁水溪底燈火通明，砂石車一輛接著一輛川流不息，怪手一鏟一鏟把砂石往卡車的車斗裡倒，裝滿一車又一車，然後捲起煙塵消失在朦朧夜色中。這一幕幕盜採的景象，都被我用高倍夜視鏡完整記錄下來。

隔天上午，告別了何先生，我立刻飛回台北，處理這則夜間盜採砂石的獨家新聞。雖然我很小心的掩飾消息來源，我沒有讓何爸爸在鏡頭前曝露身分，但是萬萬沒想到，當晚播出這則盜採砂石的新聞後，何先生遭到了報復。

新聞播出後的第九個小時，第二天清晨，我接到何爸爸的來電。他冷靜的告訴我，他在濁水溪畔的釣魚池遭到歹徒攻擊，何爸爸本人也遭到三名歹徒圍攻，他是依靠轎車裡的球棒和大鐮刀，奮力與歹徒周旋的結果只受到輕傷。不過，魚池裡的魚群被毒死了，他棲身的池畔工寮也被汽油彈給燒掉了。

知道新聞證人遭攻擊，我第一個反應就是：「必須保護這名證人，我不容許他再受到任何傷害。」

向公司說明情況，我約了楊進得兄弟之後，立刻趕到南投何爸爸家。一進何家，映入眼簾的，不是何爸爸挨揍後的愁苦，反倒看見他深情的另一面，外貌粗獷的何爸爸正趴在書桌上寫信給阿秀。

何爸爸跟我說的第一句話是：「我女兒是冤枉死的……我要報仇。」

第一次聽何爸爸親口談阿秀，我覺得心中一股悸動。何爸爸坐在阿秀房裡的書桌，看著書桌上阿秀的黑白遺照，然後幽幽的說：「砂石車駕駛一年內撞死兩個人，那個駕駛根本沒有學到教訓，才會造成我們阿秀冤枉死，我眞是不甘心。」

我這才知道，只有國小程度的何爸爸每天都寫信給女兒，藉著書寫來表達對阿秀的思念。不過由於他識字不多，何爸爸幾乎是邊查字典邊問人，實在不會寫的字，還用注音符號來代替，兩個多月下來，他給女兒寫下七十多封情深款款的信。但是這些信都鎖在阿秀的抽屜裡，因爲黃泉路上沒有地址，這些信永遠也寄不出去。

「我一定要報仇！」說這句話的時候，我再次看到何爸爸眼中令人不敢逼視的怨恨。在此同時，我看到同樣有喪子之痛的楊進得兄弟握緊拳頭，一副同仇敵愾的憤怒表情。

楊進得兄弟說，其實，早在凌晨何爸爸的魚池被下毒之前，何爸爸已經和砂石業槓上，因爲，他的復仇行動早就得罪了很多砂車業者。楊進得說，何爸爸拒絕了砂石車七十萬元的和解賠償，因爲他堅持，撞死人的砂石車司機不能只是賠錢了事，一定要接受司法制裁。

何爸爸在阿秀出車禍的現場站崗，他緊盯著來往的砂石車，只要一發現車斗過高，或者有可能超載，他就立刻撥打電話報警取締。這還不夠，何爸爸還買來長長的雞爪釘，趁著黑夜撒在通往濁水溪底的產業道路上，用意在刺破砂石車的輪胎，免得他們上路繼續害人。

只不過，這些自力救濟式的報復行動眞是狗吠火車，不但沒有實質效果，反而換來砂石車業者的集體反撲。楊進得兄弟就曾親眼目睹，十多輛砂石車一部接著一部開進何爸爸家門前的八米小巷道，何爸爸也很清楚，這些砂石車故意從大街上拐個彎進來，目的就是要向他示威。

「怎麼辦？」聽著楊進得兄弟講述自己的故事，何爸爸反而顯得沮喪：「砂石場他們打電話來說，如果我再不住手，不只燒我的工寮、毒死我的魚，還要對我的妻兒不客氣。我想替阿秀報仇，但是我又擔心妻兒受牽連。怎麼辦？」

不容許新聞證人被恐嚇，我當下的處置是，緊急聯繫警政署的朋友，請他們轉告當地警察局密切注意這起暴力事件，希望藉著高階警官對本案的關切，來保障何爸爸一家人不要再受到非法騷擾。至於電視台能做的，就是連續一個星期針對砂石車做密集報導，直接喚起觀眾的關心與注意，達到間接向警方與業者施壓的目的。

不過，我所做的只有防守，同行的楊進得兩兄弟，他們的一番話，則讓我們找到未來攻擊奮戰的方向。

楊進得兄弟發願，救人功德一件

楊進得說，他讀專科的兒子也是死於砂石車巨輪下，一輛闖紅燈的砂石車奪走他的摯愛。他也曾經痛苦無法自拔，但是他了解，就算報復了一名肇事司機，關掉了一家砂石貨運行又能怎樣？就算大多數司機都能守法，但是超載超速的砂石車還是照樣滿街橫行。每年被砂石車撞死的人至少超過百人，換言之，每年至少還要有上百個家庭承受砂石車禍的悲傷。

「真正的問題是，不要讓違規砂石車上路，不要再給它危害路人安全的機會。」楊進得兄弟的一番話，讓我對幫忙砂石車受難者有了清楚的想法。

由於見過太多砂石車受難者家庭的悽惶無助，當晚在何爸爸事件的後續報導中，我就呼籲成立一個全國性的「砂石車受難者關懷協會」。楊進得則挺身而出擔任創會會長，大家決定要以這個協會做軸心，凝聚全省上千個像何爸爸、楊進得一樣的受難者家庭。除了彼此關懷相互取暖，協會的目標是推動砂石車修法，限制違規砂石車上路危害社會。

經過華視新聞的連續報導，「砂石車受難者關懷協會」在兩個星期內就組織起來。有楊進得兄弟擔任會長全省奔走，很快就集合了兩百多位受難者家屬，大家目標一致，就是要通過修法，要讓砂石車知所警惕。

同時，協會還擬訂好作戰的戰略，先武鬥再文攻，最後的目標是修法成功。抗爭步驟包括：要攔路、要封橋、要包圍法院，把砂石車橫行全省的事實透過新聞報導凸顯出來。等到議題炒大了，社會關注了，再結合民意代表召開公聽會，對交通部施壓修法。

執行方案確定之後，楊進得兄弟聯合何爸爸與受難者家屬執行攔路、封橋、法庭抗議……等等凸顯議題的工作。在全省各地的砂石抗爭現場，「砂石車受難者關懷協會」幾乎無役不與。

那麼媒體扮演什麼角色？就是報導、報導，持續的報導，由我聯絡媒體同業加強報導。

我們不但做新聞，還在華視開座談節目，把立法委員輪番請進攝影棚，讓他們在全國觀眾的面前唇槍舌戰，把他們「支持或不支持從嚴審核砂石車資格」的立場做明確表態。

由於何爸爸和楊進得兄弟的抗議動作頗大，加上媒體的推波助瀾，很快的，砂石車議題果眞喚起立法委員的注意。在媒體的持續報導下，立法院交通委員會，在立委陳朝容、王昱婷的主導下，公聽會一個接一個召開。雖然兩名立委都受到砂石業者的關說壓力，但是陳朝容立委說得好：「今天是你我好運沒被撞到，但是我們的親朋好友、我們的明天還有沒有這種好運？這個法一定要過！」經過正反意見的多次折衝，擺脫砂石業者的壓力，終於取得修法共識。

砂石車受難者協會花了一年半就完成修法程序，修正後的法條嚴格規定了如下的事項：一、凡是連續肇禍的司機，可以吊銷駕照。二、違規超載的大貨車要提高罰金，從三千元調高到新台幣一萬元以上。

回頭看這兩項重大條文的修正，除了感恩立法院裡還有像陳朝容、王昱婷這樣的好立委之外，照楊進得兄弟的說法：「大家的努力是有代價的，算得上是功德無量！」

民國八十九年和九十年這兩年，直接死於砂石車車禍的人數都超過一百人。修法通過後，到了九十二年，死亡人數便大幅減少了一半以上，只剩四十三人不幸命喪砂石車輪下。

也因爲警察強力取締砂石車與貨車，大型貨車的違規情況也跟著收斂，車禍死亡人數從每年五千人銳減到三千五百人。也就是說，楊進得兄弟和何爸爸，他們掀起的這場公路革命，讓台灣每年減少一千五百件車禍，讓一千五百個家庭免於車禍傷亡的悲劇，的確是功德無量啊！

記者變臉，「無臉王」也能變回「無冕王」

告訴讀者們這麼一個螢光幕外的故事，同時也告訴各位我在編輯檯上的掙扎。現在的新聞充斥太多讓人生氣的政治新聞、軟趴趴的娛樂新聞，以及太多「干我屁事」的八卦緋聞。看完這種無聊的訊息，你一定覺得無關痛癢。

初看到何爸爸和楊進得兄弟的故事，我也可以拿收視率當藉口：「何爸爸這種小人物誰認得呀，他們的故事沒收視率啦！」但多虧華視主播李四端的扛鼎支持，當我向他說明受害者家屬企圖修法的公益目的之後，只要是砂石車抗爭，他都盡量排播。這雖然一度讓華視新聞成爲最常播放砂石車抗爭的無線電視台，但是轉念一想，爲了爭取社會公義，就算天天都是砂石車又有何不可。

至於在收視率方面也得到回饋，由於華視對小人物付出眞心而且持續的關懷，砂石車受難者的眞實故事並沒有嚇跑觀眾。因爲**小人物的故事才是最眞實的生命故事，新聞報導不就是要**

帶給觀衆真實、清楚、有深度的內容嗎？做為媒體人，如果連報導真實的最基本勇氣都沒有，那麼無冕王才真的會變成無臉王咧。既然無臉見人，乾脆記者也別做了，拿出記者起早趕晚的精神去送報紙賣早餐，對社會的貢獻還會大一點。

人生本是一連串的意外組合而成，多半時候我們都是被命運推著走。縱然有時候想獨善其身，甚至安貧樂道，但世道多歧，常常連這麼一點小小的願望都不見得能夠達到。何爸爸和楊進得兄弟，他們何嘗不想守著摯愛的子女過日子，等到百年之後，再由子女送他們上山頭。但命運就是愛作弄人，兩位白髮的父親要爲黑髮的子女送終……

不過，何爸爸和楊進得兄弟拋開個人的不幸，把對子女的小愛轉化爲對社會的大愛。他們勇敢的跳出來對抗擁有龐大砂石利益的業者，這種小蝦米對抗大鯨魚的故事，實在令人動容。

枉死了兩位少男少女之後，何爸爸和楊進得兄弟推動修法，讓台灣每年減少一千五百位輪下冤魂，如果這算是一件功德，媒體也稱得上是因緣的推動者。從這個角度來看，即使此刻的媒體經營之路依舊黯淡，但是你我都知道「與其詛咒黑暗，不如點亮光明」的道理。

當年的華視做了一件「對」的事，也許光明只限於一隅，但是我希望它能像火炬般再次傳遞，縱然大地依舊蒼涼漆黑，但是媒體還是可以帶來一線光明與溫暖。

記者手上的攝影機，它可以是揭發隱私的狗仔鏡頭，當然也可以是申張正義、報導眞實的放大鏡。只要有心求好並且堅持下去，記者，此刻的「無臉王」，還是有機會重新戴上「無冕王」的皇冠，找回作爲記者的光榮。

記者工作很辛苦，誰人知？

讀者們一定同意，當前台灣媒體的經營環境和表現已經跌到谷底。這幾年批評電視記者的言論排山倒海，有部分沮喪的記者已經不再以這個職業爲榮，容我節選幾則記者在網路上的抱怨，也許讀者可以體會到電視記者的心聲。

一位署名「二萬八」的記者說：「我的月薪只有兩萬八千元，他們說，社會亂象是媒體記者造成。但是被報導的人自己就沒問題嗎？被狗仔盯上的人不需要反省嗎？大家不要粉飾太平，搞祥和的假象。社會是病了瘋了，但是社會責任要月薪兩萬八千元的記者來負責，我們有這麼大的能耐嗎？媒體這麼亂，一切以收視率掛帥，媒體老闆難道不要負責嗎？」

另一位署名「無臉王」的記者說：「記者已成了廉價勞工，公司去年的年終獎金只有半個月，記者辛苦一整年卻無法得到等量的回報。記者不必把自己看成無冕王了啦，我們充其量不過是個廉價的打工仔。不是有個調查說，記者的職業評價只比妓女高，讀了那麼多年書，現在只能和妓女相提並論，眞是無顏見家鄉父老，『無冕王』應該改名做『無臉王』

了。既然我們只比妓女高一級，妓女需要爲社會負多大的責任嗎？報紙幹嘛一天到晚罵我們？」

還有一位署名「在學生」的同學說：「聽畢業學長學姊說，電視台記者工時很長，經常要工作十二個小時以上，很晚才下班。公司主管又常罵人，部分攝影和文字記者彼此間又有敵意，工作氣氛很不好。加上長官都要求做八卦和羶色腥的醜聞，理想都沒了，工作整體評價又差，很少有人能夠長期待下來。」

看到這樣的網路留言的確讓人感慨，看看現職記者和大傳科系的學生對記者用了哪些形容詞：「無臉王」、「妓女」、「廉價勞工」。如果媒體的從業人員，對工作都沒有一絲榮譽感，那麼社會給記者的評價又怎麼會高呢？

我原本以爲這只是一小撮失敗者的網路抱怨，但是撰稿的此刻回想，平常在公司行走所見，除了光鮮亮麗的主播群以外，多數記者不是無精打采、就是過度亢奮，好像人人都罹患躁鬱症。

有線電視在台灣不過短短十二年，曾幾何時，電視記者已經自嘲是「錢少、事多、沒榮譽、壓力大」的一群廉價勞工。電視螢幕上，年輕的面孔快速取代老面孔，記者如同潮水，一批一批來、一批一批走。在我們還來不及認識他們的能力之前，在我們還等不到新記者發揮潛力之前，很多人已經像候鳥一般短暫停駐，然後悄然離去。

記者之於電視，變成一種公式：來，是偶然；去，是必然。待不久，成了電視記者的常態。無奈，更像傳染病，在媒體圈流行。

停止抱怨，走出無奈

對工作的抱怨與無奈不是媒體人的專利，任何時代、任何行業，作爲員工永遠抱怨：「薪水太低、老闆太摳、環境太差、沒有前途……」不過，能夠停止抱怨走出無奈的人，就是職場的強者。想像一棵勁草在疾風中挺立，也許從宏觀的角度來看，一株小草捱過颱風沒什麼大不了，但是就「草」的一生來說，在生命的那個片刻它曾經奮力活過，就可以無悔的面對那段過去。

作爲菜鳥記者，我曾經徬徨無奈，也曾經批評長官是豬頭，但是我和沮喪者最大的不同在於：我知道，路要靠自己走出來，不能向威權低頭。

記憶深刻的是一九九四年二月，當時我還在台視跑司法新聞，那時候在報紙的角落有一則不算大的報導：涉嫌殺害汐止吳銘漢夫婦的三名死刑犯，十八歲的青年蘇建和、劉秉郎和莊林勳，高等法院雖然宣判他們死刑，但是檢察總長陳涵兩度爲他們提起非常上訴。

對於老三台，特別是收視率與影響力都獨居龍頭的台視來說，當時電視台一慣的立場就是不要去挑戰司法，尤其是對法院的判決，電視台更是絕少報導。不過，當我仔細了解案情之後，作爲一個司法菜鳥我都能發現，整個案子有太多疑點，包括嫌犯疑似遭到刑求逼供、殺人的凶器與屍體兜不攏……等等重大疑點都沒有獲得解答，法院就判定三個年輕人死刑。我反覆自問：「這對於三條年輕的生命公平嗎？對記者來說，眞相在哪裡？」

我不是辦案人員，我當然沒有能力判斷誰是凶手，但是身爲記者，我覺得我有責任去弄清楚眞相是什麼？至少去釐清可能的眞相究竟是什麼？於是我擬定了一系列的採訪計畫：從死刑犯的專訪，罹難家屬的專訪，法醫、辦案員警的專訪，以及律師和法官的專訪……，我只希望公司能夠突破「不碰判決」的採訪慣例，給我播出這系列報導的機會。

但是當我提出這個採訪計畫，毫不意外的，長官說：「這個案子很不討好，已經進入司法程序就別碰了吧，去找更有衝擊性的話題新聞。」

我很清楚作爲新聞龍頭的壓力，因爲當時的台視新聞對社會有一定的影響力，一旦報導方向有絲毫偏頗，很可能就會重擊司法形象。在那個處處不與政府對抗的年代，媒體若是打擊了司法的公信力，對新聞部、甚至對公司都會帶來不可測的難題。長官勸我：「不要自找麻煩了，這種案子弄不清楚的！」

「就是因爲它不清楚，我才要弄清楚。」作爲菜鳥司法記者，我不知道哪裡跑出來的勇氣，竟然說：「我會盡量公正、平衡，我只是想知道眞相！」

與長官的溝通沒有交集，下班後，我依然不放棄，寫了一封長信給長官，我希望採訪計畫有敗部復活的機會，依稀記得信裡的一句話是這樣寫的：**身為一個記者，如果因為害怕麻煩、害怕得罪當道而失去追求真相的勇氣，那麼還當記者做什麼**？

如今想來，當年給長官的那封信，實在失之魯莽輕狂。還好，人不輕狂枉少年，若沒有年輕時的輕狂與勇氣，也不會去做挑戰長官的傻事。所幸，長官看完信之後沒有發牌氣，只是笑笑說：「你想去採訪就去吧，不必拐彎抹角的罵我，我也想知道眞相。但是記住：新聞一定要做到平衡，這個案子還有被害人家屬的心情要照顧。」

得到長官的首肯，滿懷著熱情，我利用正常的採訪之餘加班蒐集資料，還透過關係安排採訪。做一件不被長官看好的採訪，說實在，身心的壓力都很大。不過，當三名死刑犯在囚牢裡的鏡頭首度在台視晚間新聞曝光，我的壓力完全釋放，因爲文稿的內容我已經盡量做到公正、平衡。對三名死刑犯來說，我只是點亮了一盞燈，藉著當年台視新聞的影響力，「三名死刑犯」的話題很快在全台灣炒熱。

一盞小燈燒成了燎原大火，愈來愈多媒體陸續加入報導行列。而在媒體的持續報導下，「三名死刑犯」成爲全台最有名的死刑犯，緊接著，有人權團體加入聲援，有律師免費辯護，讓這件死刑案獲得更多審判的機會，以及更多找出眞相的機會。

這起案件纏訟十二年之後，劉秉郎、蘇建和與莊林勳終於在二〇〇三年一月十三日宣告無罪。十八歲入獄的三名青年，十九歲時第一次被宣判死刑，到了三十歲無罪釋放。容我引用辯護律師的話：「殺害吳銘漢夫婦的凶手是王文孝，他已被軍事法庭槍決，眞凶早已伏法。『三名年輕的死刑犯』只是遭到警方刑求逼供，他們不是共犯而是命案之外的受害者。」

對於法院的最終判決，我不是辦案人員，直到今天我仍然無法百分之百斷定誰是眞正的凶手。但是作爲一個記者，起碼我做到了盡量追求眞相。

回首前塵，我不確定血液裡是否流著「反動」的基因，要不然怎麼老喜歡挑戰威權？說不出爲什麼我要爲死刑犯找眞相，說不出爲什麼我要偷渡在野黨的新聞長度，也說不出爲什麼我要執著於砂石車的採訪，更說不出爲何要掀出江霞干預新聞，只能說：「打抱不平，發奸鋤惡是記者本色吧。」

這樣的本色依然不見容於今日的媒體環境，看看媒體人懍於老闆與收視率的壓迫，只能把報導的重心擺在緋聞、八卦與凶殺。年輕的電視記者不再輕狂，除了憧憬著有朝一日坐上主播檯，工作理想多半蕩然無存。

看著許多年輕朋友人未老，心已老，一如清朝詩人龔自珍自況的：「避席畏聞文字獄，著書只爲稻梁（糧）謀。」我想與年輕的同業們共勉，我們是不是可以不要那麼快就向現實低頭，如果我們停止抱怨，拿出勇氣向長官提出自己有興趣的採訪計畫，即使受到嚴厲的挑剔，那又何妨？各行各業不都有挑戰嗎？

面對挑戰，我們不能只是忍氣吞聲，或者乾脆丟下辭呈走人，因爲只要年輕的記者們都跳出來挑戰權威，多報導一些振聾發聵的新聞，一旦通過挑剔與挑戰，年輕人就可能幹掉長官。

年輕的朋友們，救救自己吧！不要只是被動的接受指派去跑八卦。也救救觀眾，讓看電視新聞也能成爲一種享受。

第 4 章

從編排，談收視必勝密招

「電視新聞要怎麼編排是一門技術！」我這麼說也許有人不認同，有些人會說，新聞就是新聞，新聞只有大新聞、小新聞、好新聞與爛新聞、國內新聞以及國外新聞的差別，新聞編排跟技術有什麼關係？

容我強調技術的重要，因爲新聞的編排與收視率有直接的關聯，本書的最後一章，就是要呼應第一章所談的收視率。收視率好，電視人在公司裡的地位是神仙、是老虎，相反的，收視率敬陪末座，電視人在公司的地位就是狗都不如，老闆很快會趕你走路。

一、心理建設：電視是要給人看的

從編排的角度來看，我把新聞分成「冷」與「熱」兩大類。冷熱分配的恰當，一如陰陽得以調和，觀眾就不會轉易轉台離開。

電視是一個影音媒體，最強調聲音和畫面的效果，所以一些政治的、國際的、環保的、科技的……凡是沒有畫面的新聞都可以歸類爲「冷新聞」；而「熱新聞」則包括，八卦緋聞、人情趣味、暴力衝突……凡是可以搶佔觀眾視線的動感新聞，觸動人心的眞情故事，都可以歸類爲熱新聞。

讀者回想一下，我們好像都習慣了先從「熱」新聞開始往下看，當畫面性十足的新聞漸入尾聲，到了後面新聞愈來愈「冷」，你就會想轉台。譬如，看到什麼新發明的藥物啦、看到環保署推動電動車啦、或者看到國際的新聞綜合啦，你心裡一定會想：「喔，新聞快結束了，可以轉台了。」

是什麼因素讓觀眾有「新聞快結束了」的判斷？告訴各位，這就是冷新聞給觀眾想離開的感覺。

新聞一定有冷有熱，每天「熱」新聞的數量有限。而有些「冷」新聞的資訊對觀眾也蠻重要，重點是如何把「冷」、「熱」新聞的比例做適當的調配，千萬別等觀眾冷過了頭，你再想去救也救不回來。

冷熱新聞的調配和電影劇情安排很相似，愛看好萊塢大片的讀者不彷仔細回想，好看的電影一定每隔三～五分鐘就給你來個高潮，五～十秒就一定會變換鏡頭，它透過劇情或畫面的張力鎖住觀眾的目光，免得讓你覺得無聊。

沒有人會懷疑娛樂可以創造經濟，電影是娛樂、網路是娛樂、KTV是娛樂、兒時扮家家酒遊戲也是爲了娛樂，只有在愉快的氣氛中，我們才會全神貫注。所以囉，看電視也是一種娛樂，更多人還把它定位成休閒活動，即使冷新聞可以提供常識，但電視需要的是大量的熱新聞。因爲，電視的本質是一種娛樂，在編排的技巧上就不可以無聊。

大學時期，我在台北藝術大學學習編劇技巧，教授最讓人深刻的忠告是：「要達到劇情的高潮不難，最困難的是讓觀眾維持期待，不要讓觀眾覺得無聊。」

對電視的編輯來說，一節新聞的安排就是編輯思考邏輯的展示，它的順序就是編輯說故事的次序。故事說得好，觀眾不會跑；故事說得太冷，觀眾就會轉台，所以千萬不可以讓觀眾無聊。

就我個人的觀點，電影《星際大戰》系列雖然靠著周邊商品幫製片賺了很多錢，但它卻是個無聊的作品。它的第一集很棒，人物造型以及武器道具都讓人驚艷，但是第二集和第三集卻叫人頭腦昏沉，甚至還有人在電影院裡呼呼大睡。這是因為，多數觀眾有興趣的是人物的故事、是劇情的推展，但是大導演卻耽溺於化妝、武器這些冷畫面上頭。了無新意的人物造型和飛行器反反覆覆的一再重現，第三集裡，光是飛行器起降的畫面就超過二十次，這些與劇情無關的特效鏡頭太多了，所以，到了電影尾聲，縱使主角「安納金」和「歐比王」師徒的打鬥再怎麼精采，也救不回觀眾欣賞的熱情，我看見很多人都在戲院裡睡著。

新聞的編排要時時刻刻想到觀眾，了解觀眾對冷新聞是有臨界點的，超過這個臨界點，觀眾就會轉台。這個章節將從電視人的角度出發，先從心理上武裝自己，做好心理建設，再運用編排技巧去引導觀眾喜好，讓有心於電視事業的朋友邁向成功。

要生存，先餵飽AC尼爾森的觀衆

二十多年前，我在台北藝術大學學習寫劇本的時候，教授出了一個古怪的題目，他要同學們用最簡短的句子，寫出一則最吸引人的故事。教授還規定，故事的內容必須包括：王公貴冑、男女間的性愛情事、神秘與陰謀……等等元素。

同學們的答案五花八門，包括：「一對豪門兄妹上床，後來才發現他們不是親兄妹」、「富家女友結婚了，新郎卻不是我」、「公主偷情，駙馬爺殺妻」……同學們發揮創意，答案也千奇百怪，但是**得到最高分的同學，他的答案是：「皇后懷孕了，但不是皇帝播的種。」**

不知道讀者會不會給這個答案最高分，但顯然的，讀者會想知道皇后懷的是誰的孩子吧？爲什麼她要懷別人的孩子？戴綠帽的皇帝會不會殺人？皇位還會不會傳給皇子？

也許你覺得八卦，但是這樣的故事情節絕對吸引人。這種懸疑的劇情，還曾經運用在台灣的廣告界，紅極一時的網站廣告——「名模懷孕了，她懷了誰的孩子？」這是一個要觀衆上網找答案的懸疑廣告，很多人對漂亮名模未婚懷孕很有興趣，果然吸引超過十萬名網友上網找答案，大家都在猜，讓名模懷孕的究竟是富商、律師還是健身教練？

可見這類和「人」、「性」相關的話題，本身就具有先天的話題性。如果再加上一點點陰謀和懸疑，這種故事對觀眾絕對產生致命吸引力。

以二〇〇五年五月一日喜劇明星倪敏然在宜蘭上吊爲例，一位專門把歡笑帶給觀眾的諧星，他卻選擇以悲劇的方式結束一生，這對生命眞是嚴重的反諷。諧星倪敏然的死已經夠吸引人了，特別是，他的死還牽扯進女藝人夏褘，紛擾的耳語指出，發生婚外情的倪敏然是被夏褘逼死的，還有謠言指出他們不但感情牽扯不清，還有演出版權的金錢糾葛。名人的猝死扯上了錢、權、性……這讓倪敏然的死亡成了十足的娛樂新聞，它具備所有吸引觀眾注意的元素：男女情愛、死亡（驚悚）、陰謀、錢財……等等戲劇元素。

這類故事會給人一種「偷窺的快感」，因此引人入勝。雖然當時不斷有人投書報紙批評倪敏然的新聞太多，多到讓部分觀眾反胃，也讓採訪記者想嘔吐。但是從AC尼爾森的收視調查來看，各新聞台的收視率飆高，比平常多出兩三成。

收視數字反映的是：「觀眾想看倪敏然！」至少家裡裝有AC尼爾森收視率調查器的觀眾想看，而且看的人比平常還多。事實上，很多平常不看新聞的觀眾，在倪敏然事件的熱頭上，還特別轉到新聞台來看八卦和緋聞。

作爲媒體的操盤手，我們不必懷疑AC尼爾森觀眾的收視水平，因爲水平一定是非常普通，我這麼說會不會太客氣、太鄉愿？若有不服氣的AC尼爾森觀眾，歡迎你來信共同討論，我很希望知道你是誰。

對電視台員工來說，他們只需要了解，收視率等於廣告業務，等同公司的收入，也等於是我們的薪水。觀眾可以選擇關掉電視，但是新聞操盤手唯一的選擇卻只有創造高收視，否則，在操盤手的這個角色上就是失職。

若不想服務AC尼爾森的觀眾，就不要待在電視媒體，別玩這種收視率的生存遊戲，大可以進入學校去教書，在那裡高談闊論新聞理論。但是在這個章節裡，我只談如何創造收視率？新聞應該怎麼編排？以及，新聞應該如何採訪調度？

電視贏家秘訣：攤開節目單，二十四家分店都要賺錢

開店做生意，圖的是賺錢。花錢買電視頻道，當然也是爲了賺錢。電視賺錢得靠收視率，因爲電視台廣告現在賣的是CPRP，廣告收入的簡單公式是：

廣告收入＝總收視率點數×每個收視點價格

所以對電視台來說，總收視率愈高，每個收視點數的價格愈貴，整體廣告收入也就愈多。對頻道經營者來說，他要關注的不只是18:00~23:00 prime-time的主時段，他更應該

把眼界放大，關心全天二十四小時的收視率總數。

有些電視台的主管會抱怨：「哎呀，我的 prime-time 收視不錯，但是全天總收視卻總是輸給別人。」其實，全天總收視點數不如人，不能只是怨天尤人，經營電視台就跟開店一樣，業績不佳就要去找出問題。

解決問題的第一步，就是把頻道全天的節目單攤開來，電視台二十四小時都在播節目或新聞，就要把二十四小時當作二十四家分店來經營。一般來說，18:00~23:00 是電視台的黃金時段，這四個小時就好比台北市忠孝東路四段的黃金店面，由於人潮比較多，店租比較貴，收視率好是應該的嘛！

至於黃金時段以外的其他時段，雖然收視人口不是最多，業績也不會是最好，但是這裡的收視率若是輸給別台，一樣會影響總體營收。所以，別認爲冷門時段，就不必負責收視率，就像忠孝東路的服飾旗艦店雖然賺錢，但是開在屏東縣內埔鄉的服飾分店，它也沒有賠錢的權利。

每一個分店、每一個時段都要有賺錢的能力。開店想賺錢就是訂下營業額目標，用營業額來評斷績效，即使是偏僻的屏東分店也得要賺錢，要不然總公司就得更換店長或關掉分店；電視台也一樣，必須訂下合理的收視數字當作目標，即使是冷門時段，也得想辦法讓它有收視率。如果某個時段的收視率明顯比別人差，就得針對那個時段做檢討改進。

我會把新聞時段分成晚間主時段、以及非主時段兩大塊來討論，因爲在操作的策略思考上，它們有很大的不同。

主時段比精緻，其他時段比速度

一般來說，晚間主新聞時段的觀眾，比較希望看到整理過的訊息，這段時間的內容與編排，要比的就是「精緻」；晚間新聞以外的時段，觀眾可能要看的是訊息，那麼要比的就是「速度」。

譬如，白天發生了民航機在空中故障，起落架不能正常放下。這時候，新聞台一定會立刻派出SNG車，到機場以及飛機跑道附近做全程 live 直播。舉凡民航機空中盤旋的畫面啦、消防車和救護車在現場待命啦、航空公司的應變啦、家屬的焦急啦……一直到飛機平安落地，只要和民航機相關的訊息都要儘快告訴觀眾，講穿了，就是要求「快」求「速度」。

但是到了晚間新聞，觀眾可能只關心「5W1H」。這件飛機迫降的新聞就必須經過整理，只要告訴觀眾什麼時間？什麼地點或空域？什麼人？發生了什麼事？爲什麼發生的？再加上飛機上或地面的人情故事也就足夠了。不必再包山包海的，什麼瑣事都告訴觀眾，因爲觀眾一定會轉台。

收視率的好壞不只是老闆的面子問題，更是每家電視台近千名員工的生存問題，而影響收視率的主要原因不外乎：主播、內容、編排順序、進廣告時間以及頻道的企業形象。請讀者先假設自己是電視台的員工，融入員工的情境裡，我在以下的章節中將一一說明。

二、主新聞時段編排法：把觀衆餵到飽，餵到撐

18:00~20:00，正常情況下，一般家庭的成員會陸續回到家裡。電視台一般都假設，在這段時間看電視的觀眾，都是白天在外頭上班、上課，晚上才回到家裡的正常人，這些觀眾最可能看電視新聞的時間就是 18:00~20:00。

這兩個小時的重要性在於：收視率總和比較高。時間上，它雖然只佔全天的十二分之一，但是收視率卻經常佔全天總收視的四分之一。也就是說，這兩個小時的單位產值是其他時段的三倍，電視台爲了搶收視率，都把這兩個小時當作收視的主戰場。記者一天中，採訪到最好的、最精華的新聞也都會在這兩個小時裡精銳盡出。

就以倪敏然的新聞做例子，既然觀眾想看，晚間新聞就該從各種角度把倪敏然的相關新聞

全端出來，至少要做滿三十分鐘來滿足觀眾。而當案情進入高潮，譬如倪敏然的告別式啦、夏禕從日本返台的記者會啦，這是平常不看電視的人都會打開電視的時刻，所以兩個小時可以考慮全都播放倪敏然新聞，觀眾絕對是照看不誤。

如果當天沒有其他的大事，新聞台甚至可以考慮在收視離峰時段，把倪敏然的告別式或者夏禕的記者會當作特別節目，稍事剪輯後拿來整段重播。放心，就當它是綜藝節目，觀眾還是愛看得很。

作爲媒體操盤手，不必太在意報紙的批評，因爲投書報紙的人，他們和大多數觀眾一樣，都是一邊看新聞一邊罵，請注意，他們是看了新聞才罵人，只要觀眾看新聞，操盤手就賺到收視率。

面對這份養家餬口的工作，只要我們想到，觀眾愈罵你，就代表你愈有收視率。想想《台灣龍捲風》、《台灣霹靂火》……等等系列連續劇，有那一齣戲不是觀眾罵得愈慘、收視愈高嗎？

「送你一桶汽油和一支番仔火」的台詞，曾經從台灣頭紅到台灣尾，甚至有歹徒模仿劇情，眞的拿汽油和番仔火去縱火，這種荒誕不經的黑道流氓劇情被觀眾罵到臭頭，但是它創造的收視率卻打破紀錄。如果你還待在電視這個行業混飯吃，就不必爲這份工作的狗仔特性自責，「偷窺」雖然不道德，但窺視的欲望卻是人類的天性。

對於電視新聞，人人可以發表意見，不必因爲觀眾罵你就過度自責。因爲觀眾不想看的時候，他只需要做一個簡單動作，就是轉台或者關掉電視，「生命自己會找到出路」嘛！

操作電視請你要堅信，會投書報紙罵你的人，多半都是平常不看電視新聞的人。有一天他若是看了電視，一定是有特殊的事件吸引他，「文人相輕」自古皆然只是於今尤烈，這些文化菁英身上流著的血液就是批評人，看過電視之後他們肯定會罵人，罵完之後咧，這群電視候鳥又會飛走。

我倒不是說做電視就笑罵由人啦，但是做人做事，眞的不必把自己的耳朵掛在別人的嘴巴上，想想看，喜愛批評的文人學者，有哪位辦報紙成功過？空有理想沒有市場的學者，我們就尊敬他們是社會的良心好了，他們脫離庶民生活的高瞻遠矚就供奉起來吧！至於電視的經營成敗還是要電視人自己負責。但有一點切記，一旦學者的理論成爲社會的主流價値，那就跟著做改變嘛。改變並不可恥，幾千年前老子就說過：「道可道，非常道。」變，是宇宙必然的規則，只是時機要對，先行者總是孤獨。電視的先行者相形之下就很可怕，因爲你的收視率若是很孤獨，那就像文人辦報，有很多人都得失業。

製作電視新聞絕不能曲高和寡，想想看，在播倪敏然新聞熱的那二十多天裡，總體開機率提高了三成，這三成平常不看電視新聞的觀眾，從收視率的角度來分析，他們其實也關心倪敏然和夏禕的八卦呀！要不然怎麼會打開電視？而且重點是，他們多半會從頭看到尾，即使邊看邊罵，還是把它全部看完。

既然觀眾愛看八卦，記者就八卦有理，你是對得起這份薪水的。

所以，有心從事電視新聞工作的朋友，或者已經身陷收視率泥淖的同業，不必爲了「該不該採訪倪敏然？要不要做太多夏禕？澎恰恰自慰光碟的新聞能不能做？」這類非市場問題而傷腦筋，你不必天人交戰，反而更應該確認，八卦緋聞就鋪天蓋的去做吧！從倪敏然的死因、他的最後身影、他精采的演藝生活、他的最後一日，乃至於他的愛恨情仇、緋聞女主角夏禕何在、是夏禕逼死他的還是他「死纏」著夏禕、他生命中的三個女人，以及演藝圈的朋友、他的精采演出片段……都可以拿來做。只是千萬別做假新聞，別把觀眾當白癡，因爲早晚會被揭穿。

但是一口氣連播三十分鐘，主播唸得很累，觀眾可能看得也累。這時候，可以另外請編輯剪幾個MV版本作穿插，不需要記者配音，只放配樂或者當事人的口白，讓觀眾和主播的耳朵休息休息……然後回來繼續看八卦。

這些MV怎麼做？你可以，第一、把倪敏然的演出片段做成集錦，他的說學逗唱就足以擄獲觀眾的注意；第二、把藝人們的反應輯成一塊影帶，可以包括：張菲的落淚、余天的傷心、高凌風的痛罵……等等，輯成一則不配音的新聞；第三、倪敏然的書也可以單獨拉出來走一則新聞，把他對生命的看法、對演藝生涯的期許……，用音樂襯底，讓觀眾一窺諧星的內心世界。

倪敏然的死亡紀事，沸沸湯湯的炒了二十多天，天天都有超大篇幅的報導，天天都有SNG連線，這在台灣演藝界可說是前無古人哪，連綜藝界的大哥大張菲都當著媒體感慨：「倪敏然死後有這種大場面，不知道，以後我（死後）有沒有這樣的哀榮？……」

其實，綜藝界的大哥、大姐們不必擔心，人嘛，都有旦夕禍福。未來，沒人拿得準，以後張菲、吳宗憲、胡瓜、小燕姐……等大明星終有跟上帝喝咖啡的一天，蒙主恩寵是遲早的事。只是想要有「大場面」的各位大哥大姐要保佑，希望到時候台灣還有那麼多新聞台，從年代、東森、中天、民視、三立到TVBS大家都還活著，那麼大哥大姐們的哀榮，電視台站在提高收視率的立場，一定會比照倪敏然的告別式辦理。大做、多做，滿足AC尼爾森觀眾的收視需要。

沒有肉味兒，新聞才會收手

當倪敏然自殺的消息鋪天蓋地、瀰漫全台的那三個多星期，一位朋友問我：「眞受不了，倪敏然的新聞你們有完沒完，到底還要播多久？」

我對朋友說：「電視圈的致勝格言是：『**觀眾想看的，就讓他們看個夠、看到噁心、想**

吐，但是在觀衆轉台之前要懂得收手！』然後在收手之後，還要再換個觀衆想看的主題繼續吸引他們。」

從實際的電視操作來看就是如此，譬如說，觀察收視率之後如果發現，觀衆要看「倪敏然和夏禕」，那你就別怪新聞台要繼續播夏禕。你也別怨，倪敏然的公祭要搞得像國喪在全台灣聯播。你也別覺得奇怪，夏禕臉上長個青春痘，電視台幹嘛都要去搶拍，這一切的一切都只爲了一個理由：因爲觀衆愛看嘛。

電視新聞從來都是一窩蜂，留意八卦緋聞的讀者也許還記得，二十世紀初，有一對A台的男女主播搞不倫戀。一開始兩位男女主角都沒說實話，否認的謊言在電視上說了一遍又一遍，不過被八卦媒體一挖再挖之後，謊言曝了光，緋聞才像連續劇一樣天天上演。

「男女主播不倫戀」牽扯到性、謊言和性愛錄影帶，電視肥皂劇裡該有的元素一應俱全。若說當時全台灣觀衆都爲「主播不倫戀」瘋狂，那一點都不誇張，當期的八卦雜誌才上架，嗜好名人緋聞的民衆就人手一本，連平常只看財經雜誌的朋友們，都爭相傳閱主播的醜聞，一時間雜誌還洛陽紙貴賣光光。買不到雜誌的民衆就盯著電視新聞來滿足偷窺欲，當時上班族之間瀰漫著一股氣氛，好像不知道「主播不倫戀」就不敢上班。因爲除了罵老闆，若不講主播戀的八卦，就沒有人和你有共同話題。

「主播不倫戀」的新聞熱潮持續了兩個多星期，事後拼湊這起不倫戀，歸納起來只有一個「笨」字。你想想，一位清秀的已婚女主播，愛上同一家公司的帥氣男主播，雖然男方未婚，但劈腿傳聞早已傳遍公司，男女主播同在一家公司裡，女主播竟然還執意交往，這不是笨，那是什麼？

做爲電視主管，「感慨」只能留待下班。下班之後可以高談闊論媒體的社會責任，要媒體導引社會風氣，要媒體提供多元知識，要媒體做觀眾的心靈導師。但是上班時間，創造收視率是你必須而且必要的工作。

習於批評電視的多半是中年以上的老人家，或是思想仍停留在上個世紀的思想老人。他們還停留在七點鐘準時打開電視新聞的年代，還停留在電視裡不准出現腥色羶的年代，還寄望電視新聞寓教於樂的年代。

但是拜托你們張開眼睛看看，二十一世紀的台灣，電視頻道早已經不是稀有資源，上百個頻道充斥。人民想得到資訊，網路裡千奇百怪啥都有，這時候還冀望電視台扮演牧民的角色那是不切實際，這樣的要求應該向人民出資的公共電視台提出，應該要求公共電視台做出好看的節目來吸引觀眾，讓觀眾遠離學者口中的惡質商業台。至於商業電視台咧，還是以存活爲先決條件吧！因爲萬一公視打敗商業電視，員工的資遣費還是得由電視台支付。

幸好，觀衆的忘性比記性好

媒體對名女人、明星總是情有獨鍾，撒鷹放犬天天跟在他們身邊，就是希望能夠從名人身上搞點八卦和獨家。

二〇〇三～二〇〇五年，這兩年當中，台灣第一名模是誰？答案是林志玲。

說實在的，做新聞十六年，我沒看過像林志玲這麼受電視歡迎的女明星，只要是林志玲的相關新聞，不管她是代言、主持、校園演講，甚至墜馬受傷……媒體幾乎照單全收。

她在中國大連意外墜馬傷了美胸更讓媒體瘋狂，各家電視台、報紙都派出記者跨海到大連採訪。林志玲的受傷新聞襲捲全台，媒體對她的重視超過同時間侵襲台灣的強烈颱風。只要和林志玲沾上邊的新聞，「收視點」都相當不錯。

雖然我也曾聽過智識分子的不耐煩：「難道台灣只有林志玲一位女明星嗎？爲什麼每天報來報去都在報她。」

站在媒體操盤手的立場，只要林志玲還有收視率，當然要卯足力氣去做。我眞想回嘴說：「你們若是討厭，就不要看嘛！」其實我眞正的意圖是：「你們若是不看林志玲，收視率一下跌，我們就不會再做林志玲了嘛！」

很多人，特別是上了年紀的菁英階層，不知道是不是太習慣以前的老三台，所以總喜歡在晚上七～八點看新聞，總希望一小時就要看完所有新聞訊息，於是賦予電視台過多的社會責任。我聽過老學人對電視新聞的堅持：「緋聞八卦可以播，但是得丟到夜間新聞；殺人放火也可以播，但是也得丟到夜間新聞；名人明星的新聞也可以播，不過也得丟到夜間新聞。」

如果緋聞和社會新聞都被丟到夜間新聞，我懷疑老先生們的作息時間一定大亂，爲了緋聞八卦，很多人都會晚睡覺的啦。而且林志玲之類的新聞都不准播，那麼晚間新聞還能播什麼？大概只剩下令人生厭的政治新聞了。

其實，我可以體會菁英分子對電視新聞愛之深、責之切的心情。但是我並不擔心電視新聞眞的有膽量走火入魔，因爲好的電視人多半是電視裡的變形蟲，我們永遠找得到觀眾，只要觀眾不看某類題材了，收視率一下跌，我們就會換個口味，想其他的方法刺激收視。

所以觀眾的喜好牽動電視人的喜好，主從關係永遠由市場機制來決定。你我不必替觀眾過分擔心，因爲，台灣觀眾多半有明顯的「新聞健忘症」。

「你不相信嗎？」

我問你：「不倫戀的男、女主播叫什麼名字？」

「倪敏然的女兒叫什麼名字？」

「夏禕的經紀人是誰？」

「『削凱子』女主播的芳名是啥？」

「『蠻牛』千面人害死幾個人？」

「藝人賈靜雯的老公是誰？」

哈、哈、哈，這些曾經吸引無數觀眾的熱門新聞，你也無法全部答對吧！

所以，算了吧！不必過度誇大電視新聞對社會的危害，不必把品味低落的責任全部推給電視台。因爲，認眞想想，自詡爲社會中堅的菁英，很多人對台灣的危害更讓人失望，有些職棒球員打假球，有些司法貪官把公權力當成恐嚇取財的工具，還有金檢局長被檢舉成了禿鷹，總統府的有力人士還涉及高雄捷運弊案，理都理不清……。

政治人物咧最是荒唐拜金，有人驕縱自己的孩子，年紀輕輕還不會賺錢就讓他開積架名車，訂婚的時候由專機下聘，結婚的時候，還要送他六十萬元的伯爵錶。更有荒謬的財經官員，明明知道老百姓已經窮到前胸貼後背了，他自己緋聞弊案傳聞滿天飛，卻還能夠步步高昇，坐領納稅人高額的稅金。

要說這些混球是台灣社會的老鼠屎嗎？恐怕還不只於此。更叫人擔心的應該是，鍋子裡的好粥所剩無幾，都被大量的老鼠屎給污染殆盡，這些既無能力又惡質的政治人物，若少了他們的精采演出，電視新聞就索然無味。所以，那些一天到晚罵電視新聞太八卦的人要自己想一想，自己是不是也提供了太多的有毒養分給媒體，然後再構陷媒體，說媒體變成了一棵大毒樹，再來驚聲尖叫：「電視新聞不能看，媒體結出的毒蘋果不可以吃。」

社會固然有純潔正直的一面，但也有邪魔歪盜的存在。所以，我們還是學著自立自強吧，學會在逆境裡求生比較實在。污濁的電視氣氛只是反映了社會的惡質，就當它是社會學的必修學分吧，被電視新聞打一劑病毒疫苗，就當是適應社會的預防針。

只是，打了預防針就要產生抗體，千萬不能光看電視不長知識。否則就會像搞出不倫戀的男女主播，即使新聞播得再多、八卦緋聞背得再熟，臨到自己身上，還是學不會處理自己的感情事。

三、非主新聞時段：採主題式編排法

若我們把二十四小時的電視台當作是一尾高單價的大鮪魚，那麼 18:00~20:00 這兩個小時，無疑是最有經濟價值的鮪魚腹，這個部位的油脂豐富、肉質滑嫩，可以賣到最好的價錢。對電視台來說，這肥美的兩個小時，雖然可以創造全天四分之一的收視率，但是剩下的四分之三收視，還是很重要，電視操盤人必須在二十二小時內補足其餘的收視。

細分這二十二小時，我們可以從其中再篩選出兩個重要時段。第一個時段是20:00~24:00，這四個小時可以創造全天總收視率的四分之一。若與18:00~20:00連接來看，18:00~24:00這六個小時，雖然時間上只佔全天的四分之一，但是這四之之一的時間，單位產值最高，可以創造全天總收視的二分之一。所以20:00~24:00的編排策略也是非常重要。

第二個重要的時段是12:00~14:00，別小看這兩個小時的單位產值，它也可以創造全天十分之一的收視率，這兩個小時也很重要。

看到這一堆數字，也許讀者已經昏頭轉向了。不過，我要強調的是，新聞操盤者必須全盤了解自己的每一家分店，我已經在18:00~20:00主新聞時段之外，另外抓出兩個次重要時段。電視台若想創造好收視，就必須把重兵也布署在這幾個次要時段上，集中火力發動攻擊。

首先，我們應該先確立各時段的特色。比方說，我們若把午間時段定位成即時新聞，一切以「快速」爲要件，那就是有什麼播什麼？只要「快」就是好；至於晚間十點的夜間新聞，我們則可以把它定位成睡前新聞，只告訴觀眾他們應該知道的要聞大事、新聞話題、緋聞和八卦。至於其他小型的殺人放火、車禍意外，那些雞零狗碎的小新聞，觀眾睡前可能根本不必看了。

次要時段的新聞編排，可以考慮採用「主題式編排法」。

所謂「主題式編排法」就是整節新聞只有一個主題，但是你不必讓觀眾一次全都看完。一次看完，主播播得很累，觀眾看得也累，不轉台才怪。

就以倪敏然的自殺事件來舉例吧，編排的觀念上，就要把「倪敏然自殺」的新聞當作主軸，至於其他新聞就圍繞著主軸作穿插。比方說，這一天倪敏然的新聞總共有十五則，那就大致切成三大塊，每塊播出五則，長度大約十分鐘。其他的新聞，像是大車禍意外啦、政治新聞的花絮啦、生活醫藥科學新知啦……這些不屬於主題新聞的部分，就用穿插的方式播出。讓觀眾感覺到，隔一段時間就可以看到主題，每次看到主題就有新鮮的感觸，還以為我們的主題新聞很多咧。而且冷、熱新聞交錯，只有掌握好節奏，也有助於穩住收視。

一小時新聞扣除廣告時間，大約還有五十分鐘可以播新聞，如果能有一大塊新聞當主軸，那就容易編排出既有主題又好看的新聞。當然，這一切的努力還是爲了吸引AC尼爾森的觀眾，搏得好收視。

見砂石車快閃，看政治人物快轉

政治新聞在台灣很不討好，原因很多，可能與政治人物經常性的搖擺不定、經常性的說謊被揭穿、經常性的沒有作爲有關。政客的朝野內鬥，導致國力內耗、人民相對變窮，更是害慘了台灣的民眾，難怪多數觀眾都不喜歡看到政治人物。

由於我長期關注砂石車新聞，加上我對政治人物的看法負面，用一句話來簡化我對政治新聞的看法，那就是：**「馬路上，看到砂石車，快閃；電視上，看到政治人物，快轉。」**

我觀察到AC尼爾森的觀眾，由於他們看不懂政治人物在搞什麼碗糕，更氣憤政治人物的胡搞瞎搞，只要看到無聊的政治新聞就會轉台。所以囉，編排新聞的時候就要弄清楚「民之所欲」，一般沒有觀點只有場面的政治新聞能夠少排就少排，能夠錯開排就別連在一起。

即使是基於與政治人物建立良好互動而不得不播，或者爲了消耗新聞時間而不得不播，我的經驗是，政治新聞不要連續播出超過四則。我們可以跳著排，播兩則政治，就必須再穿插幾則其他類新聞，否則，觀眾受不了政治人物說謊的嘴臉，會像躲避砂石車一樣，很快就轉台。

政治重大事件，當特別節目播出

一種新聞該播多長？其實見仁見智。但是有一個準則可以當作參考，那就是，如果一個新聞事件，連麵攤老闆娘和機車行老闆都關心，那就別懷疑，趕快指揮記者和編輯大做特做吧！

譬如「九二一地震」發生時，全台震動，所有市井小民都在談論地震的時候，你認爲其他新聞還有播出的空間嗎？全台灣當然只有一條新聞，那就叫做地震。

這種災難性、社會性新聞要大做特做的判斷不難，難就難在政治新聞的判斷。

政治新聞雖然人人討厭，但是政治新聞如果有大地震的分量，也就是說，如果連一般國中程度的小市民都感興趣，那又另當別論。譬如：兩千年宋楚瑜的興票案，造成總統選情鉅變；二〇〇四年陳水扁總統肚皮上挨了兩顆子彈，大選結果與民調相比是豬羊變色；二〇〇五年連戰在北京的國共會談，這更是歷史性的一刻。

上述這些極重要的歷史事件，新聞操盤人必須清楚的判斷它的重要性以及可看性，千萬不能把它當作一般性的政治新聞。因爲連檳榔西施和機車行老闆都在看的時候，這絕對是重大事件，就像「九二一地震」，可以考慮把它們當成特別節目做完整播出。

以國民黨主席連戰二〇〇五年四月三十日在北京爲例子，連戰當天上午是在北京大學辦公樓發表演說，北大辦公樓曾經是美國總統柯林頓、俄羅斯總統蒲京……等十多國元首發表演說的地點，中共特意安排連戰在北大辦公樓演說，對連戰的尊重，以及這場演說的重要性不言可喻。連戰當天下午還會見了中共總書記胡錦濤，「連胡會」更是重要的歷史事件，因爲這是國共對抗，國民黨離開大陸五十六年之後，國民黨領導人首度與中共領導人見面。

這兩個重要新聞雖然是典型的政治新聞，不過它們不但重要，而且觀眾也會想看。你可以派個工讀生在電視台轉播的時候去街上轉一圈，你就會發現，連檳榔西施和機車行老闆都在看。所以「連戰的北大演說」、「國共的會面過程」不但要全程播出，而且還應該錄影重播，就把它當作是特別節目，讓白天看不到的觀眾，有機會在晚上十點鐘再看一遍。

這樣的投資是值得的，從事後的收視率來分析研判，觀眾的確暴增。

讀者也許會有疑問，難道整天都只播連戰「北大的演講」，其他新聞都不要了嗎？也不盡然。

當「連戰演講」和「連胡國共會面」在進行時，當然是全程SNG直播。但是當新聞不再即時，到了晚間主新聞時段的時候就不必全程錄影轉播了，可以參考上一篇文章「非主新聞時段」的編排法，用主題式編排來穿插因應。

不過要小心，在「非主新聞時段」編排法中，連戰的新聞是主題，要把它當作是「熱」新聞來看待。其他的非連戰新聞則視爲「冷」新聞，選材要小心。因爲連戰的主題新聞雖然夠熱，但是其他的冷新聞如果一口氣排太多還是救不回收視率，所以像小車禍、小火災、自殺之類的社會小新聞，連排都不必排了。碰上大新聞的時候，對新聞的嚴選並且果決的說：「NO！」不但可以滿足觀眾的需求，在提振收視率上也會很有幫助。

特別值得一再提醒的是，「新聞操盤人該怎樣判斷觀眾的喜好？」

千萬別問你的編輯群，她們雖然年輕，但至少都有大學以上的學歷，她們基本上都不屬於AC尼爾森的目標觀眾，聽她們的建議往往會失準。你可以觀察電視大樓附近的商家小店，譬如像是麵攤老闆、檳榔西施，如果連他們都打開電視看連戰，那麼多播連戰準沒錯。

如果你還是拿捏不準政治新聞該播多長？給你的最後建議是，你至少要有緊急應變的能力。當你發現其他電視台都在播連戰，甚至連廣告都不播、連錢都不賺的時候，你千萬不能向業務部妥協，絕對不可以播廣告，否則觀眾會全部跑掉，收視率絕對慘跌，你跟業務部都是輸家。

所以囉，除非電視台老闆下條子說：「我們不要收視率。」要不然，收視率的責任還是要由新聞部概括承受，還是先顧好自己的本業再說。

至於廣告要怎麼辦？還是可以播呀，只不過要稍微經過處理，可以在螢幕上使用「大小框」的方式來處理，也就是大框播廣告，小框播新聞，這是很簡單的技術，只要先和業務部溝通好，找導播組設計固定的鏡面即可以了。如此一來，在重大新聞發生的時候，就算新聞當中要進廣告，觀眾也不至於立刻轉台。

政治新聞是收視毒藥，小心！

不過，在野黨主席訪問大陸不見得都能吸引觀眾的目光，我們就以二〇〇五年親民黨主席訪問大陸爲例，這趟訪問在收視率上並不討好。

親民黨主席宋楚瑜，他是在連戰訪問大陸後的一星期登陸，雖然他也是首度訪問大陸，但是對台灣觀眾來說，這只是在野黨第二大黨的黨魁大陸行。或者說，這是泛藍領導人第二次登陸，對於喜新厭舊的台灣觀眾而言，第一次的驚奇與第二次的漠然是可以預期的。

「二號」宋楚瑜的大陸之行沒有吸引太多人關切，到了「三號」的新黨主席郁慕明訪問大陸，那更是乏人問津。雖然郁慕明也獲得中共最高領導人接見，但是新黨受媒體注意的程度，遠遠不如名模林志玲在大陸墜馬受傷。本來跟著新黨到北京的記者團，一聽到林志玲墜馬，記者團立刻拋下新黨飛奔到大連採訪林志玲。觀眾對政治新聞的冷漠，直接反映在宋楚瑜、郁慕明出國參訪的偏低收視率上。附帶一提的是，阿扁總統到中南美洲參訪邦交小國，由於次數也太多了，雖然記者還是得派去採訪啦，但基本上也是屬於冷新聞，觀眾都是轉台以對，收視率不會好的。

不過，回想國民黨主席連戰出訪大陸的時候，數千名支持者與台獨主張者在機場對打，雙方發生激烈的流血衝突；但是當宋楚瑜主席訪問大陸的時候，只見警力綿密戒備，送機的人已是門可羅雀；到了郁慕明訪問大陸，多數觀眾可能壓根兒不知道有這回事，足見觀眾對頭一回發生的新聞很注意，但是重要性會隨著發生頻率而遞減。

這就像多數觀眾會記得，第一個登陸月球的太空人叫做阿姆斯壯，但是第二個、第三個，甚至登陸失敗而喪命的太空人也很多呀，他們歷經的困難不會比阿姆斯壯輕鬆，但是除了阿姆斯壯，誰還記得哪個太空人的名字？

當政治事件變成常態，電視台的操盤者就得特別留心不要流於惰性，如果只是想依循慣例，只想著要和操作連戰新聞一樣，想以超大篇幅來詳細報導，恐怕與觀眾的期待就會產生落差。

好吃，就吃乾抹淨，一點兒不留

讀者也許很好奇，或者說很氣憤，爲什麼電視新聞常常會把同類型新聞、甚至同一則新聞播得又臭又長？似乎一天裡只有那麼一、兩則新聞，其他的訊息都不見了。

告訴各位一個秘密，電視新聞的大廚們也很想擺出滿漢全席，但是象拔、熊掌……這些珍稀素材難尋，好的新聞題材不多，每天若能有一條新鮮的肥魚就偷笑了。只要能逮到一個好題材，有經驗的新聞大廚巴不得變出十道美食，讓觀眾把整條魚吃乾抹淨，最好連骨髓都吸乾，希望用活魚換到收視率。

舉例來說，兒童乘車安全很重要吧？如果記者拍攝到幼稚園的娃娃車超載，規定只能坐九個人的小車卻擠上十九名小朋友的精采畫面，碰到這種與觀眾生活經驗接近的新聞，新聞台的主管不必懷疑，就是圍繞著超載的主題猛攻，從各種角度大做特做，一定會有人看。

製作的方向可以是：先從這輛車嚴重超載的娃娃車講起，再做它隸屬於哪家幼兒園？為什麼要超載？為什麼政府都不管？超載的路線上都沒有警察發現嗎？警察為什麼沒有處理？擠成沙丁魚的幼兒受得了嗎？孩子們的爸媽能接受超載的事實嗎？只要觀眾有興趣的好題材，新聞台就應該鋪天蓋地的多做。

「難道不擔心同類型的新聞太多，觀眾吃不下、消化不良嗎？」

其實新聞操盤人不擔心觀眾消化不良，比較擔心的反而是觀眾根本沒味口。事實上，台灣就這麼丁點兒大，每天能夠引起觀眾興趣的新聞實在不多，觀眾若是沒味口，開機率就低，開機率低，收視率就低。

一旦發掘到觀眾感興趣的新聞素材，二話不說：「就是多做！」

只要素材有那麼一丁點肉味，有那麼點兒油水，新聞主管就該指揮記者大做特做，鼓動觀眾打開電視、打開收視的味口。

就好比觀眾喜歡吃活魚吧，廚師只要確認這條魚是新鮮的、觀眾愛吃的，那麼一尾活魚單是紅燒，太浪費了！當然可以把它「三吃、五吃」，只要好吃，活魚拿來蒸、煮、炒、炸……十吃都沒關係。

就像藝人澎恰恰被偷拍了自慰光碟，還被黑道和女藝人勒索了四千六百萬，這種腥羶的影劇八卦，觀眾會不會想知道究竟發生什麼事？好吧，就當讀者是正常觀眾不愛看吧，但是你放心，AC尼爾森的觀眾們一定有興趣知道澎恰恰爲何被偷拍？誰拍他？誰向他要錢？誰都從中暗槓？以及澎恰恰爲何得了憂鬱症？

澎恰恰的新聞會一遍又一遍，播得又多又長。就像一條活魚，只要賣相好就拿來十吃吧！不懂得珍惜好食材的大廚反而應該接受再教育。

「活魚十吃」，會不會導致偏食？同類型新聞做太多，會不會多樣性不足？答案當然是：「YES！」

挑食不好，容易頭暈、貧血、營養不良；獨沽一味的新聞，也容易流於偏頗、看多了噁心。

但是開餐廳的一定要有招牌料理，播新聞的要找到報導主題。餐廳的招牌料理賣得再多，老饕們點菜的時候還是會指名招牌菜；同類型的好看新聞即使再多，放心，觀眾還是會盯著電視黑盒子。

活魚十吃雖然變化不多，但至少比滿桌青菜、蘿蔔與生薑片要好吃。挑食的觀眾雖然容易造成常識上的貧血，但是放心，對收視率卻是很補。不想變成電視白癡的觀眾，自己會去看書、看其他有益身心的頻道。但是你的工作若是服務AC尼爾森觀眾，勸你先認清市場，除非市場機制改變，對電視人來說，收視率是檢驗你工作成敗最重要的指標。

四、鑿壁借光法

如果你是一位綜合台的新聞主管，當新聞收視不好時，失敗的主管可以找理由說：「哎呀，都怪我們隔壁的新聞台把觀眾吸走了。在它們的旁邊真倒楣，觀眾只看新聞台的新聞，都不來看我們綜合台的新聞。」

聽到這樣的抱怨，這應合了閩南語俗語所謂的「自己嘐生，牽拖厝邊」，你自己的收視不好卻去埋怨別人搶了你的收視，這樣對嗎？想想辦法嘛。

還記得「鑿壁借光」的成語故事嗎？就是跟隔壁有錢人「融資」借光的例子。

故事是說，古代有個窮書生名叫匡衡，他白天忙著種田營生，到了晚上想讀書考功名。但是匡衡家裡窮得沒有錢點油燈，入夜之後，匡衡家裡烏漆抹黑根本沒辦法讀書。

所謂「窮則變、變則通」，懂得變通的匡衡想到：「隔壁的有錢人家，入夜之後經常燈火通明，我就借他們家的燈光來讀書嘛！」於是，匡衡偷偷鑿開自家的薄牆，就著隔壁有錢人家的亮光苦讀，也許燈光不是太亮，他得了近視眼，但終於還是考取了功名。

收視率不好的時候，你可以恨天怨地怪東怪西。你也可以反向思考尋找解答，若是你能夠想到：「哎呀，我家隔壁有一個收視大金庫耶，如果能夠從金庫旁邊撈到一點黃金碎屑，那麼對於提振收視率也很補呀！」

「怎麼做？」

「簡單，不要跟它正面交鋒就好了嘛！」

當新聞台在播新聞的時候，你的綜合台不一定要播新聞去和它硬碰硬，你可以趁機消化掉一些必須消化的廣告呀。而新聞台一定也有廣告要播嘛，等到它播廣告的時候，觀眾手上的選台器一定會轉來轉去嘛，這時候，你自己的綜合台千萬不要進廣告，反而要拿出最精采的內容，來吸引從新聞台游離的觀眾。

一進廣告，三成觀衆跑掉

在台灣的電視節目，廣告是維繫電視台生存的命脈，進廣告是必要的。不過，你有沒有這樣的習慣，一看到廣告就想轉台？相信你的答案是肯定，而且你的習慣和多數觀眾相同，觀眾們一看到廣告多半也會想轉台。

根據AC尼爾森的統計，播節目與播廣告之間，收視率的平均落差大約爲三成。當然，播新聞、播連續劇或播綜藝節目，不同的內容對廣告收視率還是有差別的，通常收看連續劇的時候，即使進廣告，觀眾轉台的情況比較少，但是新聞一進廣告，觀眾跑掉的情況就很嚴重。平均起來，我說平均，一進廣告就會有三成觀眾轉台。電視人好不容易建立的收視，一碰到廣告就銳減三成，你是電視人一定覺得很嘔，然而就廣告商的立場，他們願意承認的收視率是落差三成之後的廣告收視率，也就是說，電視人辛苦打拚的節目收視率，平均要以七折賣給廣告商。

廣告，對電視台來說眞是又愛又恨，沒有廣告就沒有收入，廣告太多又影響收視率。所以，廣告要怎麼排，是一件高度技術的工作。

如果你看到一種收視曲線圖，它呈平均的大鋸齒狀排列，那很可能是進廣告的時間有問題。

當一節收視平穩的節目，假設它一個小時必須播滿十分鐘廣告，可是卻出現平均型的大鋸齒狀收視曲線，很可能就是編輯在排廣告的時候出了問題。編輯很可能是在這一小時的節目裡，固定在十五分、三十分、四十五分和五十八分各自進了兩分半鐘廣告，才會穩定的走成大鋸齒的曲線。這樣的曲線在收視率上是很吃虧的，因爲當你一進廣告，觀眾就跑了。

要怎樣把觀眾留下?理論上，只要你的新聞內容夠好，廣告一結束，觀眾就會轉台回來。但實際上，各家電視台新聞的內容其實大同小異，誰也不敢說：「我們家的新聞絕對吸引人。」

保險的作法就是，盡量晚一點進廣告，讓觀眾能留多久算多久，以期在收視率的生存遊戲中，讓收視數字好看一點。既然內容沒有太特別的競爭力，這時候就可以考慮，把廣告壓縮到三十五分以後再播出，這樣的收視數字會好看很多。因爲在新聞播出的時候，觀眾轉台的機率比播廣告時要少很多，前面三十五分鐘不進廣告，收視曲線的走勢會比較好看，平均收視率也會比較高。這指的是強勢的新聞頻道，如果你待的是弱勢頻道，那麼思考方式就要反其道而行。

因爲收視競爭是「台」與「台」之間的競爭。除了要注意廣告編排技巧，由於新聞台是擺在同一個區塊，轉台只是選台器的上下動作，對觀眾來說頻道忠誠度愈來愈低，看哪一台其實都差不多，這時候更要注意競爭對手進廣告的時間，尤其是相鄰電視台進廣告的時間。

操盤手要了解，**當你進廣告時，你的競爭對手如果還在播新聞，那麼理論上，它就可能搶走你的觀衆**。所以你若是留心收看電視新聞，你就會發現，競爭激烈的電視台常常是一起進廣告，深怕自己進了廣告就便宜了對手。譬如二〇〇五年，收視競爭最激烈的三家電視台是東森、中天和TVBS-N，這三家新聞台的競爭不只在新聞內容上，連進廣告的時間都會相互比來比去，因爲，誰也不想讓進廣告這檔子事拖累自己的收視率。

主播有問題？那就破斧沉舟：換掉

新聞台不可能二十四小時的收視率都維持高檔，但是當你發現如下的異常狀況就得特別當心。那就是，當整點新聞的開機率很高，播出之後，收視率曲線卻一路往下滑，這是怎麼回事？

小心，很可能是你安排的主播有問題。

一般來說，如果新聞品質若有一定水準，在rundown的編排上也沒有太大的紕漏，而收視曲線卻出現「逃亡潮」，那麼問題眞的很可能出在主播。也就是說，這個時段的觀眾群可能不喜歡這一類型的主播，或者這個主播根本沒有觀眾緣，才會發生觀眾習慣性的轉台過來，但是看不到十分鐘就轉台走人的現象。

「觀眾喜歡什麼樣的主播？」這很難回答。就像帥哥美女的標準，每個時代、每個人的眼光不盡相同，可謂言人人殊。但是你可以稍微思考一下，每個時段的觀眾其實對主播可能各有不同的需求。

譬如說，晚間新聞時段，觀眾已經習慣看大牌的、有權威性的主播播新聞。於是各家新聞台多半會把台內最有權威感的主播擺在這個時段，方念華、張雅琴、李四端、盧秀芳……

各台的第一把交椅都坐鎮這個時段，應該不至於發生大錯誤。出問題的多半是晚間新聞以外的時段。

譬如說，晚上十點的新聞主播應該是什麼類型？這很難回答。但是思考一下，「在台灣，到了晚間十點還在看新聞的是什麼人？」

鄉下種田的歐巴桑、歐吉桑可能早已上床睡覺，儲存明日下田的體力。這時候看新聞的人，可能多半是都會型的上班族。上班族在忙碌與應酬一天之後，他們躺在床上看電視，會想看什麼樣的新聞內容？會希望由那一類型的新聞主播來告知他們這些內容？

我想，觀眾可能不想看太多殺人放火、自殺或者搶超商的新聞吧，觀眾可能想多知道一些台灣或者世界發生的大事、有趣的事或者新知識吧！

這樣的新聞內容，觀眾可能會需要稍有權威感，起碼讓觀眾感覺舒服一點的主播，讓大家看完這節新聞之後可以舒服、安心的睡覺。但如果電視台安排了只有外貌不見深度，只聽得到標準國語卻音調高亢的主播，光聽到她的聲音就睡不著。這也許不是主播的錯，她的聲調就是這麼高，她就長成這個樣子，這是遺傳問題，是老天爺賞不賞主播這碗飯的問題。只不過，大半夜的，你還給觀眾看這種精神過度亢奮的主播，是不是不符合這個時段觀眾的需要？反而是新聞操盤人自己該深思。

台灣的觀眾大概是全世界最沒有耐性的一群，觀眾若是不愛看，他們的反應很簡單，那就是轉台嘛。所以碰到這種開機率高、卻一路走滑的收視曲線圖，最簡單的方法，就是趕快跟AC尼爾森公司拿觀眾資料，確認這個時段的收視主力是那一種類型的觀眾？這類觀眾想要什麼？又能夠接受什麼樣的內容？

上述的疑問找到答案之後，就可以確定需要什麼類型的主播。如果是主播的「型」有問題，破斧沉舟的方法就是——更換適合的主播。

五、收視是可以操控的

電視，這個擺在房間裡的小盒子，它本來只是家電的一部分，想看就開、不看就關。但是身爲電視人，最近我卻經常出現夢魘，做著同一個噩夢，夢見電視盒子一個個飛出觀眾的房間，穿越門窗，循著第四台鋪設的電纜線路鑽回電視台。這些小盒子只要發現電視台員工，立刻變身成爲大枷鎖，就像鳥籠框住小鳥一樣，牢牢的框住電視人。

從噩夢中驚醒，我清楚，框住電視人的鳥籠，其實是由每天收視率曲線編織而成，這些平時看起來光鮮亮麗的電視人，一旦被關進收視率的鐵籠裡，再神氣也只不過就是一隻隻小小的金絲雀。

鳥兒們平時看起來靈巧，但事實上多半是因爲神經緊張，牠們機伶的外貌只不過是習慣性的躁動。只要收視率一有變化，不論是變好變壞，金絲雀就會躁動亂竄，但是不管怎麼飛，金絲雀就是飛不出收視率織成的牢籠。

終結金絲雀逃亡的妄想吧！多數電視人還是得在電視這個行當裡謀生。就如同每一行都有每一行的壓力，每個人有每個人無形的枷鎖，這些枷鎖必須自己去解脫，不是這個章節能夠討論的範圍。

回到現實，我們繼續談如何贏得收視率。

觀察收視率，特別值得一提的現象是，當你的新聞內容足夠吸引人，而且前一段節目的收視率也很高的時候，千萬要注意，不可以輕易進廣告。這種靠著不進廣告來增強競爭力，藉以操控收視率，最有名的例子發生在華視新聞。

前段節目好，以逸待勞

二〇〇二～二〇〇四年，華視有一個頗受歡迎的日本卡通節目「哆啦A夢」，它非常受到小朋友喜愛，收視率也是一級棒。「哆啦A夢」是排在華視晚間新聞之前播出，當時我在華視晚間新聞當製作人，碰到這種前段節目收視高的情況，身爲製作人，簡直做夢都會笑。

這時候編新聞有什麼原則？守住三十六計當中的「以逸待勞」就可以啦！

當「哆啦A夢」結束時，趁著觀眾還沒轉台，千萬不要急著進廣告，反而應該把一天當中最精采、小孩子不排斥的新聞緊接在「哆啦A夢」之後播出。這看似簡單的一招，卻讓華視晚間新聞穩坐無線、有線兩年的收視冠軍，不過「以逸待勞」也不是一蹴可成，它是在困厄中想出來的辦法，是有一段故事的……

二〇〇二年，有線電視新聞台的發展雖然已經很蓬勃，但是僅就晚間七點到八點這一個小時的新聞來看，無線台當中的華視和中視，這兩台的收視率一般都有4左右的水準，差不多各有擁有八十四萬的收視觀眾；而有線電視最好的TVBS-N咧，收視率只有1上下，也就是差不多二十一萬人在收看。而六家新聞台，它們七點鐘的晚間新聞全部加起來的總收視率，只接近無線三台的三分之一。三台晚間新聞對廣告的貢獻度非常高，簡直是「老三台」的廣告命脈，所以競爭關係益形緊張。

特別是二〇〇二年六月，當時三台收視的基本態勢是：中視暫居領先地位，收視率大約是4．2上下；華視居次，收視率在3．9上下；台視則是穩定的屈居第三。這其間中視、華視還常常互有領先，包含週六、日，中視贏的天數大概是華視的兩倍，而台視，遠遠拋在後面敬陪末座。對當時的中視和華視新聞操盤人來說，「被台視給超越」幾乎是想都沒想過的夢魘。

但是這個夢魘在二〇〇二年九月三日某個奇怪的星期二發生了，華視晚間新聞居然被台視給超越。雖然當天華視只小輸給台視0．15個百分點，但是它打破了長期的排名均勢。

在收視率的生存遊戲中，我個人把它叫做「台視超越事件」。上午十點，一拿到這不可置信的收視率後，我發覺低氣壓籠罩著整個新聞部，公司裡人人噤若寒蟬。

「怎麼會這樣？怎麼會這樣？」很多員工都在咬耳朵，「怎麼辦？怎麼辦？」我聽到大家竊竊私語，都擔心天王主播李四端發脾氣，今天的日子會很難過。

但是李四端當天卻出奇的冷靜，平靜的看完收視數字和曲線圖。他看看我，然後苦笑著說：「終於被超越了……」我看得出他是在壓抑自己的情緒，我很識趣的離開辦公室，不過我們彼此知道，該是出絕招的時候了。

我立刻去找新聞部經理潘祖蔭，當天中午李、潘和我三人在李四端的辦公室做成決議，為了挽救收視率，我們決定把晚間新聞和一直維持高收視率的「哆啦A夢」卡通緊接在一起，也就是要讓看完「哆啦A夢」的觀眾來不及轉台，緊接著就收看華視晚間新聞，讓新聞承接「哆啦A夢」原有的高收視率。

怎麼做呢？我們把原本接在「哆啦A夢」後面的廣告抽掉，把這段一百秒的廣告抽四十秒插到卡通影片裡播，還有六十秒廣告則塞進七點四十分以後再播，讓「哆啦A夢」一結束就進華視晚間新聞。

這樣的操作對絕大多數的觀眾來說，可能不知道我在幹什麼，但是我的目的就是要做到讓晚間新聞提早一分半鐘播出，而且是緊接在高收視的「哆啦A夢」後面播出。

對電視圈這個鳥籠之外的人來說，這樣做也許沒有意義，但是對鳥籠裡的電視人來講，它卻是保住飯碗的嚴肅動作，它只有一個目的：操控收視率。

這是電視台的生存遊戲，但是我心底還是有一點小小的擔憂，因爲我和李四端都知道，觀眾愛看綜藝化、娛樂化新聞的趨勢愈來愈嚴重，華視的新聞內容如果不跟著做調整，這種機械式的操弄方式，其實只能中短期治標，並沒有辦法幫華視創造更長期的新聞品牌。

「那又怎麼樣？」我告訴自己：此刻不拉抬收視率，恐怕連存活的機會都沒有了，哪管它媒體的大方向。就收視率操作來說，這是最後一招險棋，但是不下這步棋，萬一被台視追過去，華視馬上就得「將軍」，全盤皆輸。

當晚的華視新聞眞的緊接在「哆啦A夢」之後播出，新聞一播完，我和李四端、潘祖蔭都沒有再開會。但是該做的都做了，就等著看明天的收視率吧。

隔天上午，我刻意提早進辦公室，東摸摸、西摸摸，掩飾心緒的焦躁。拖到九點半，我唸著阿彌陀佛謹愼的打開AC尼爾森寄來的收視率電子檔……

「賓果！」看到收視率，我忍不住低喊，「贏了！贏了！還大贏！」

收視率不但遠遠超過台視，還一舉打敗了中視，重登一個月來少見的收視冠軍。我立刻打電話給李四端，電話裡看不到他的反應，但是我猜一定他蠻爽的，至少新聞部的同仁都大大的鬆了一口氣。

後段節目好，坐收漁利

不過，中視也沒什麼好怨的，它雖然吃了「哆啦A夢」的虧，但是中視也曾經讓各台吃足苦頭。一九九八年、二〇〇一年，當時中視播出的「還珠格格」瓊瑤系列連續劇非常受歡迎，在台灣曾經獨領收視率風騷，不但炒熱了整個中視頻道，連帶的也讓中視新聞沾光不少，當時的中視新聞與還珠格格一樣，收視率不可一世，好長一段日子都獨佔收視率鰲頭。

「還珠格格」的魅力有多大？舉以下的例子給讀者瞧瞧。

當時中視新聞是七點五十五分結束，「還珠格格」八點才開播。可是在新聞與「還珠格格」之間，那五分鐘的廣告時間裡收視率就爆紅了，從收視曲線來看，很多觀眾是在播廣告的時候就轉台到中視，觀眾寧願一邊看廣告、一邊等著連續劇播出。更別說很多觀眾抱著「愛烏及屋」的心態，是一邊看新聞一邊等著「還珠格格」了，這也是「以逸待勞」的另一樁收視紀錄。

搶搶搶，遊戲規則大變化

華視新聞奪冠，逼得中視當老二。中視對收視率的操作其實也很靈活，中視也想出了很棒的對策。那兩年，由於中視晚間新聞之前的節目並不突出，他們無法像華視在新聞之前有個「哆啦A夢」。中視想破腦袋，想到搶收視率的手段就是：比華視提早兩分鐘進新聞。

中視原來和華視一樣，都是在晚間七點整播新聞，但是隨著「哆啦A夢」與華視晚間新聞的收視愈來愈高，中視便不斷的把新聞往前挪。原本提前一分鐘，在六點五十九分播。結果發現效果不錯，接著便兩分鐘、三分鐘拚命往前提，最多的時候大約在晚間六點五十六分就開始播新聞。

中視的這一招也非常管用，這使得部分生活正常，但收視習慣屬於散兵游勇的觀眾，在老三台（台視、中視、華視）游來游去的人就游到中視的頻道，中視打破三台新聞整點播出的遊戲規則，確實也達到拉抬收視的效果，與華視的競爭互有領先。

其實，提前播新聞的招術，有線電視早就在用了，TVBS-N、中天和東森的七點新聞愈來愈早，雖然名為七點新聞，卻早早在六點四十八分就開播，新聞台的編排與操作比起無線三台更是激烈。

六、「下駟對上駟」編排法

我請問你：「如果你要看新聞，你會看哪一台？」你可能選擇TVBS-N、中天新聞、東森新聞、三立新聞、民視新聞或者年代新聞台，因爲這六個新聞頻道被擺在同一個新聞區塊，想看新聞的人，多半就會在這個區塊裡轉來轉去。但即使在同一個區塊，新聞編排還是有策略的，最重要的策略就是：「改變遊戲規則。」尤其當大家的新聞內容都長得一模一樣的時候，更應該記住孫臏與龐涓鬥智時，「下駟對上駟」的故事。

戰國時代，孫臏與龐涓有共同的師父——鬼谷子，這對師兄弟一起拜師學藝的時候情同手足。龐涓學成先下山事魏惠王，孫臏後來也追隨師兄的腳步前往投靠。不過，情同手足的師兄弟，遇到利害相關的時候還是撕破了臉，龐涓嫉妒孫臏的才能，而且兩人對於協助魏惠王稱霸的戰略思考完全不同。孫臏向魏惠王獻策，認爲應先滅西秦，既可免於腹背受敵，更可接管西秦的邊陲資源；但是師兄龐涓卻早已向魏惠王獻策應該先滅韓、趙等國，他的戰略與孫臏是南轅北轍。龐涓爲求自保，只好封殺孫臏以免被取代，龐涓向魏王進讒言，刖去了孫臏的雙足。

孫臏在女子留夷的暗助下，以假癡不癲、聲東擊西之計，裝瘋賣傻的從魏國逃往當時兵力較弱的齊國，然後被將軍田忌引薦給齊威王。

齊王爲了測試孫臏用兵的能耐，搞出了一個賽馬的遊戲。齊王給了孫臏三匹馬，但是齊王搞的小動作是，孫臏的整體「馬」力不如齊王。這和春秋時代當時齊、魏兩國的戰力相符，魏國比齊國強大。要怎麼贏？只有改變遊戲規則。

一般人賽馬的思惟一定是：「強碰強、弱對弱。」上駟對上駟、中駟對中駟、下駟對下駟，以勢均力敵、硬碰硬的觀念來對決。但是孫臏卻以迂迴的方式與齊王賽馬，他反轉遊戲規則，改以下對上、上對中、中對下來迎戰，雖然第一盤孫臏以下駟對上駟輸得很慘，但是後兩盤卻都贏了，最終以二勝一負取勝。

難以力敵，改變遊戲規則

孫臏戰略的一大特色是：強齊、削魏、弱趙，但都不是正面迎敵，卻能以迂迴的方式扭轉局勢，幫助齊國強大稱霸，其戰略思考實在值得學習。

孫臏的用兵方式，在新聞排序時也值得參考，多數電視台都把「一小時」當作一個單元，主播播一個小時就下來休息一下。所以很多編輯爲了迎合主播，總是習慣把新聞依重要性和好看性從整點開始排起，總認為要把自認為好看的先給觀眾。

「這樣的思考有沒有錯？」

「沒錯！」

「但是當所有電視台的主編都這麼想，你還這麼編，那就大錯特錯。」

試想，孫臏與齊王賽馬，如果按照習慣從上駟對上駟、中駟對中駟、下駟對下駟來對決，整體「馬」力不如人的孫臏要怎麼贏？新聞如果也按照好看程度和重要性從整點一路往下排，那麼新聞一定也會愈播愈「軟」，等到上駟、中駟級別的新聞高峰一過，收視就會往下跌。

特別是在沒有重要新聞的日子，如果主編還制式化的按照重要性來編排，播不到二十分可能就只能排一些下駟級的新聞，像明星代言啦、家具展啦、或者地方上一些可有可無的小趣聞。觀眾不是傻瓜，一看到這類可看可不看的新聞，自然的反應就是：「哦，大概沒新聞了，可以轉台了。」

「碰到這種情況怎麼辦？」

「變，改變遊戲規則嘛！」新聞局沒有拿槍指著你，要你一定得用一個小時來思考呀，市場上也不期待你新聞只能播一小時呀，更沒有人規定主播只能播一小時；重點是，也沒有人規定一小時內，重要的新聞不能重複播出；更沒有人規定，新聞的編排順序一定要從最重要的往下排。

「沒有規則，就是規則。」戰略上，我們改變遊戲規則；戰術上，我們就可以更加靈巧。只要靈活思考，就可以得到不同的排列組合：

★打破新聞一小時的概念：可以用半小時甚至二十分鐘當作一個單元來思考，新聞就不至於越編越軟，新聞的編播也可以有不同的高峰。可以有雙高峰、三高峰的排法，把一些等級是中駟、下駟級的新聞穿插在上駟級的新聞之中，隔七、八分鐘就讓觀眾有個驚喜。試想，如果連AC尼爾森的觀眾都猜得到你的新聞會怎麼排，那觀眾不轉台才怪。

★打破整點新聞的概念：「晚間新聞」誰說一定就得晚間七點才能播？可以六點五十分播，當然也可以從六點半就播；同樣的道理，「午間新聞」也沒有人規定必須中午十二點播，十一點五十分播可不可以？當然可以；十二點零五分有第二波高峰可不可以？當然也可以，只要你能打敗目標敵人，只要你的編排能夠吸引觀眾，就沒什麼不可以。

在混亂的市場遊戲裡不必墨守成規，但卻需要一條屬於自己的內在規則。如果你要追求收視率，就不能忘記觀眾，特別是平均水平只有高中程度的AC尼爾森觀眾；但如果你的老闆有錢賠得起，他只想要有影響力，那就別忘了不斷創造議題，在自家頻道拚命打廣告片，燒錢燒一段時間之後，一定會有口碑。但千萬要提醒老闆，收入很重要，否則再好的口碑也換不到廣告商的青睞。

孫臏之所以能夠幫助弱勢的齊王打敗由龐涓領導的強悍魏軍，並且在桂陵古道設下陷阱，射得龐涓萬箭穿心，他主要的憑藉就是逆向思考。

眞實的人生要比孫臏與龐涓的故事複雜太多，人世間的善惡界線不像孫、龐的鬥爭那麼簡單，黑與白之間也不是那麼分明可見，更多的灰色地帶需要我們精進用功，學會用心去分辨。

但生命本來就會面臨不同的挑戰，怎樣編排新聞？這不過是電視人這個行業面臨的一項挑戰，更多生活上以及生命裡必須面對的困境，絕對比編排新聞要多更多。保持一顆靈動的心情面對變化，「下駟對上駟」的戰術只不過是一種贏的技巧，面對多變的人生，我們的學習永不間斷。

從棒球熱思考觀衆要什麼？

二○○三年十一月五號，這一天對於電視新聞的操盤人來說是很重要的一堂課。當天有亞洲棒球錦標賽中華對上南韓，兩隊搶二○○四年奧運棒球賽的入場券，兩隊從上午十一點纏鬥到下午兩點半，中華隊在第九局還以4：2落後，第九局打成平手，延長賽以5：4戲劇性的逆轉勝南韓。同一天的另一件新聞界大事，是蔣宋美齡在美國紐約的追思禮拜。

這兩件大事，反映在隔天的收視率調查上非常有趣，新聞界認爲的大事沒人看，觀眾有興趣的球賽卻有三個頻道同時播出。最叫新聞人警惕的是，觀眾已經用他們手中的遙控器投票，明明白白告訴我們：觀眾要看高質感的體育競賽，而不看新聞人自以爲重要的政治回憶。

先講蔣宋美齡的追思禮拜吧，蔣宋美齡，這位走過三個世紀，中國近代史上極有分量的女人過逝後十天，各界在紐約大教堂舉辦追思活動送她最後一程，讓她真正走進歷史。對台灣的新聞界的前輩來說，這是一件大事，有線、無線各家電視台卯足全力，出動了大批主播和工程人員赴美採訪轉播。保守估計，一家電視台的花費就超過台幣兩百萬元，但是反映在收視率上，無線電視台只有０．８，有線電視台更是低到只有０．１４。

這個數字對觀眾來說也許沒有意義，但是我可以跟各位挑明了說，這個數字只有平日收視的一半，對廣告的實際收入來說更是減少了一半的鈔票。也就是說，**新聞界自以為的大事，觀眾不見得愛看，花了電視公司大筆鈔票的媒體人，所創造出來的業務居然是負成長**。

但這不表示類似的重大新聞不要做，而是電視人必須了解觀眾要什麼？蔣宋美齡的追思活動當然可以做，但毋需大張旗鼓花大錢，做做專題式的新聞，讓電視公司有個好口碑維持形象就好。若是堅持花大錢搞越洋SNG直播，從經營的角度看，那就是錯誤投資。

另一個研究的課題是「亞洲棒球錦標賽」。它的重要性在於，台、日、韓三國的觀眾都熱愛棒球運動，三國都各有自己的職棒球隊，加上比賽地點又是離台灣不遠的日本，當然備受一般觀眾矚目。

爲了這場比賽，中視、台視和緯來體育台，三家電視共同分攤二十一萬美金同步轉播球賽。十一月五日，比賽的高潮出現在上午十一點到下午兩點半。檢視這段期間的收視率，很弔詭的是，一向有收視優勢的無線台：中視和台視，收視只有1．1左右，這兩台加起來的收視總和，卻正好是緯來體育台的收視數字。

由此可以看出，在非prime-time時間（23:00~18:00），愛看體育活動的人，他們就是習慣到平常去看的體育頻道，譬如像緯來體育台或者ESPN。而中視、台視雖然有無線台的優勢，但平常的收視群還是以軍公教上班族爲主，這時候跑進來「插花」，因爲你的觀眾群要上班上學，收視率反而不如體育台。

但是到了晚上七點鐘，上班族回家了，中視和台視把下午的球賽拿出來剪輯重播則換到不錯的收視。中視播了兩小時，平均收視率是2．2；台視只播出二十五分鐘的比賽精華，平均收視是3；而緯來體育台完整重播，收視率只有1．2。

這是什麼道理？這就是台灣觀眾收視的輪廓。晚上六點以後，多半就是上班族掌控電視搖控器的時候，要有好的收視率就要先了解顧客的脾胃。觀眾只想知道比賽的結果，所以比賽結束後，大篇幅重播精華片段，絕對比完整重播比賽過程要吸引人。以晚間七點的收視率來看，也難怪台視＞中視＞緯來。

但是進行中的球賽則又不同了，觀眾在乎的是比賽結果，所以勝負未定之前，現場直播當然要比重播要有收視率。觀眾對球賽的喜惡程度，反映在接下來兩天的收視率上。

十一月六日，中華對上日本，比賽是從台北時間下午五點半打到晚上近九點。這場比賽的重要性在於，打贏日本就可以拿到二〇〇四年進軍奧運的門票，但是中華隊的表現很差，被日本隊一路壓著打。到了晚上七點，到了第五局吧，已經以0：5輸給日本，五分的差距，幾乎是勝負已定，球隊氣氛低迷，很多球迷在七點就認定中華隊輸定了而紛紛轉台。比賽結束，中華隊眞的以0：9慘敗。

十一月七日南韓對上日本，比賽時間同樣從下午五點半打到晚上九點。這場比賽的重要性在於，日本如果打贏南韓，中華隊一樣可以進軍雅典奧運，也就是說台灣的奧運門票，要靠日本隊勝出才拿得到。所以即使是日、韓之戰，台灣只能做壁上觀，但比賽結果卻攸關中華隊晉級，還是吸引觀眾的目光。晚間七點，日本以2：0暫時領先南韓，但中間還有高潮，日韓兩隊各自又得了一分，日本終場以3：1險勝南韓，中華隊則是靠日本贏球打進奧運。

但是這兩場比賽的收視率咧？兩家無線台加起來才等於緯來體育台。十一月六日中視是

2．7，台視是3，而緯來體育台是6．2，最高的收視還一度到8；十一月七日中視是2．3，台視是2，而緯來體育台是4．6。

這樣鉅細靡遺的說明三天球賽的過程和收視率，是要再次驗證一件事，台灣觀眾眞是熱愛高質感的棒球比賽，不要以爲觀眾只懂得社會新聞和緋聞。

新聞人要貼近觀眾，我們自以爲蔣宋美齡的追思禮拜很重要，但是觀眾根本懶得收看。觀眾要看體育競賽！

從收視率的變化，我歸納出三點重要結論。

戰略一：無線台不要和體育台綁在一起轉播球賽

原因很簡單，無線台打不過有線的體育專業台。

談到轉播棒球，路上隨便街訪一位球迷：「你看哪一台？」「緯來體育台或ESPN吧！」這是任何球迷的標準答案。再問他們原因：「平常就在看了呀，他們平常就在播了。」

觀眾的論述，具體反映在前述的收視率統計上。

這次的球賽轉播，是由中視主導與日本電視台接洽。不過，中視爲了節省開支，把台視和緯來體育台也綁了進來，三台各自出資七萬美金買到轉播權。台視、中視這兩家平常沒有轉播球賽的無線電視台，臨時的「插花」演出，顯然得不到觀眾的青睞，所以台視＋中視＝緯來體育台，這樣的結果並不讓人意外。

再從收視的人口結構來看，台視、中視和華視這三個「老三台」的觀眾，和有線電視台觀眾的輪廓雖有重疊卻不盡相同。老三台，以軍公教上班族爲主力；有線電視台，則多半是年輕族群和非上班族群爲主。

有了這個體認，三台當中任何其中的兩台若一起播球賽，其結果就是瓜分固定的收視大餅，兩家電視台搶食同一塊大餅。反而是體育專業台，可以藉著球賽，從三台吸收上班族或年輕人的目光。

從收視率的大戰略角度來看，以後要投標球賽，要注意如下的重點：

1.無線台只能有一家直播球賽，否則只會瓜分自己的收視。同樣的，有線台若要確保收視，不管和誰合作，體育專業台也只能有一家直播。

2.如果業務上可以負擔，老三台應該盡量不要和體育專業台合作競標，因爲看球賽的觀眾會習慣到體育台，這一定會搶走老三台的觀眾。若一定要合作，可以逆向操作，一家無線台同時與兩家體育台合作，也可以和新聞台合作，這樣不但可以固守無線台的觀眾，更可吸收新聞台年輕族群的市場。

戰略二：沒標到轉播權的電視台就好好播新聞

二〇〇三年的亞錦盃雖然只有中視、台視和緯來體育台有播出的權利，但最有趣的是，各家新聞台卻拚命製作周邊新聞來強調亞錦盃的重要。就經營戰略上來說，這眞是很蠢，「別人在吃麵，你在旁邊喊燙。」就像在不斷地提醒觀眾：「快快快，快轉台，去看別人家的棒球賽直播！」

這在戰略上犯了大錯誤，就球賽市場來說，沒拿到轉播權就是居於劣勢，就是球賽市場的第二品牌。而第二品牌的競爭策略就是：「別人有的，我不一定要有，但是我一定要有別人所沒有的。」

新聞台在無法取得球賽直播畫面的情況下，應該去思考製作更多更能吸引觀眾的新聞，而不是要求記者站在電視前面，不斷以電話連線的方式報導球賽進度。這種「偷跑」的作法，電視台主管以爲自己賺到了，殊不知，這些動作根本就是在「趕跑觀眾」。本來不特別想看球賽的觀眾，在你的誘導與提醒下，他們就會轉台去看體育台的現場直播。

細看十一月五日、六日和七日三天的收視率，有線新聞台在直播時段的平均收視率掉了三成，全都流到緯來體育台去了。主管的戰略錯誤，就算記者、導播和後製人員再怎麼努力，其結果也是輸掉收視戰爭。所謂「將帥無能、累死三軍」，球賽轉播就是最好的寫照。

所以，沒有標到球賽轉播權怎麼辦？那就認眞做新聞吧。

以「老三台」爲例，三台當中唯一沒有球賽直播權的是華視。當時我在華視服務，本來還擔心觀眾會全部跑去看球賽，但這個擔心顯然是多餘的，因爲並不是所有觀眾都非看棒球不可，台視、中視的同步直播，搶到的只是部分看球賽的觀眾而已，不看球賽的人反而都轉台到華視來，這三天的收視率比平常還高出許多咧。

更何況，並不是每個人都對棒球直播有興趣，站在觀眾的立場想，還是有人喜歡看新聞的。所以，如果你沒有球賽轉播權，那乾脆好好播新聞，反而可以在市場上同中求異，吸引不同的觀眾。

戰術上：球賽若是張好牌，節目安排就要重新組合

拿到球賽直播權的電視台，就應該好好思考如何運用手中的這張「好牌」。以十一月五日的中視爲例，中視當天的節目安排雖然很有彈性，把三個半小時的球賽修短成兩小時，從晚間七點就重播精采的「中韓大戰」，但是從觀眾的角度來看，這樣的安排明顯犯錯。

如果中視眞的認爲球賽有賣點，就應該搭配節目來安排。比如說，中視六點到七點的收

視率一直都不好，何不乾脆把球賽從六點開始播，播一個半小時。到了七點半，再播一小時新聞。到了八點半，晚間新聞結束之後再播連續劇。這樣做的好處是，拉抬原本弱勢的六點到七點時段。而由於七點到七點半期間，剛巧又是球賽最精采的部分，正好可以壓制一向領先的華視新聞。

若能做這樣的戰術調整，中視頻道一整天的氣勢都會打起來。中視連續劇還可以藉著新聞的高收視，進一步壓制其他電視台的八點檔連續劇。如此一來，十一月五日晚上，從六點到十一點半，中視肯定可以在「老三台」的收視率上全面領先。十一月六日和七日也可以循此模式，更機動的調整節目時段，創造更好的收視率。

七、欣喜：新媒體・新思惟

有好長一段時間，對於一般性的電視新聞興趣缺缺，自認爲可能是條老狗，變不出新把戲了，一度對新聞工作意興闌珊。多少次午夜夢迴，對未來感到強烈的絕望，但是科技的火種重新點燃我對電視的熱望，我感覺到媒體將有翻天覆地的改變，而這股改變將由科技來帶動。

科技已經深入民眾的生活，數位相機、數位攝影機、3G手機、甚至PDA已是很多人的生活必需品。新科技可以讓媒體有劃時代的改變，未來的新媒體不該只是依賴記者去採訪，新聞的訊息來源可以更多元，媒體一定要廣開新聞資訊的入口，與觀眾做最直接的互動。可以接收觀眾自行拍攝的各種影音資訊，經過整合處理，然後送到TV、手機和網路上播出。

而且，新媒體不能只是靠廣告賺錢，傳輸的過程就必須獲利，新媒體可以開設新的節目播出觀眾的DV、接受評論甚至舉辦比賽，讓觀眾與新聞節目的互動更密切。

未來媒體：水塔變成水庫

我用「供水」方式的改變來描繪媒體未來的改變方向：

現有的TV新聞像水塔：記者出去採訪就像挑水回來灌進水塔，內容是單向的流入TV去播出。電視台只能賺廣告的錢，以及少量的置入性行銷。這個部分太傳統，只是靠內容去賺錢，經營得很辛苦。

未來的新聞供輸像水庫：訊息來自四面八方，包括記者的採訪，觀眾送來的DV、簡訊、和網路訊息……。而擴大後的編輯檯具有淨水廠的功能，它是一個處理平台，經過過濾、查證與重組之後，淨水廠處理過的影音資訊可以分別送給電視、網路和3G手機。

若是依循舊思惟，水塔的水只能供給TV，不賠錢已是阿彌陀佛。事實上，多數新聞台都還在虧損狀態，想要損益兩平不知還要經過多少年？

電視是一種傳統產業，但是媒體的新趨勢是確定的。新的媒體事業，從上游開始就必須結合TV資訊、網際網路和電訊（手機、PDA……），把水塔的餅做大變成水庫。經過編輯平台，類似淨水場的處理之後，再以TV商品、手機商品和網路商品的型式推出。

內容能換錢，新獲利模式勝出

電視台在成立之初就應先設想獲利模式，前述的每一項商品搭配整合行銷都應該獲利。但傳統上，從「內容」只能換到廣告。但觀念一改，內容若能加上電訊的傳輸，從傳輸的過程就可以獲利；內容若加上活動，不但可以經營社群，更可以從活動中獲利。未來的媒體事業，最需要的就是行銷概念的內容，它可以轉換給手機、網路與電視一起使用。

過去，搞行銷營運的人和搞內容的人多是平行線，新聞部與業務部的短暫交會其實是「交辦」，也叫做業務配合。業務同仁對新聞部來說，一直只是個不得不配合的單位。但無可否認的，這是個行銷的年代，若能夠把新聞和業務緊密結合，一定可以產生更具創意的運營模式。

很多事情只要念頭一轉，做法就會不同，效果也會不同。譬如說，過去我們把業務部交辦的配合稿當作是一種負擔，多半都是找最沒有戰鬥力的記者隨便去拍拍，回來也是擺在最不重要的時段隨便播一播。對新聞部來說是不得不採訪的雞肋，對被拍攝的企業主也不會有什麼好感。

但是轉念一想，如果認眞的把業配新聞看成正經嚴肅的新聞，那麼派出去的記者就應該是最有戰力的好記者，把一則業配新聞當作是財經的好新聞，讓觀眾看不出它是業配新聞，而是一則好看的產業新聞。這種做法在財經雜誌上已經相當成功，《商業周刊》、《今周刊》對企業的報導，很多讀者可能根本看不出來它就是廣告稿。對讀者來說，有內容的報導可讀性很高；對廣告主來說，我被包裝得那麼好，多棒呀，廣告多下一點。

雜誌廣編稿的成功模式，轉換成電視台的做法可以是，派出專任的好記者去跑業配新聞，電視台可以專門設計一個單元，譬如叫「產業最前線」或者叫「產品最新知」，在固定的時段播放業配新聞。而且與業務部配合，一播完新聞立刻進同類的廣告。好比說，我前一則新聞是播在地人的咖啡——雲林古坑咖啡，我後一段廣告也許就可以安排某某咖啡廣告，不但觀眾覺得很順暢，廣告主也會覺得受尊重。又好比我前一段播超好吃麻辣牛肉麵大王的新聞，一進廣告，我就播冰涼的雪糕廣告，吃完麻辣牛肉麵後吃雪糕，多麼順理成章。

新聞內容如果能和業務行銷做結合，對公司的營收是如虎添翼，這是公司CEO必須確定的戰略思維。戰略一確定，新聞和業務兩部門就去負責戰術執行即可，收視率不會往下掉，廣告錢潮還能滾滾而來。

譬如，以前在華視新聞部工作，我們舉辦過「尋找無尾熊大王」的活動，全台灣的無尾熊收藏品愛好者，都可以向電視台報名，由電視台評選出數量最多、品質最佳的觀眾，電視台就送「無尾熊大王」到澳洲免費旅遊。未來如果把類似無尾熊的新聞變成電視台活動，做整體包裝，民眾可以把自己拍攝的DV上傳，觀眾可以傳簡訊投票，新聞節目也可以去找贊助，內容還可以換到廣告。

而觀眾上傳的動作不但可以創造流量，簡訊可以和電訊公司拆帳，猜對的觀眾還可以參加抽獎，我們可以讓觀眾以玩耍的心情在每一項活動上娛樂自己，我們更可以讓電視台在每一項活動內容上都獲利。而這種整合行銷的思考方式，是個別的新聞或業務人員不會去想的。

又譬如，在前面的章節裡提到的「砂石車故事：南投何爸爸」，在未來的電視台可以做成「何爸爸的抉擇」活動，我們可以把新聞轉化成活動，讓觀眾來幫何爸爸做決定，看他是應該繼續獨力抗爭，還是忍痛收下賠償金，或者參加受難者協會共同對抗砂石業。我們可以開放觀眾自行拍攝DV表達意見，然後在新聞或節目中播出；我們也可以接受簡訊投票，讓觀眾幫忙何爸爸做決定；我們還可以在網路部落格把何爸爸變成電視公司的一個社群、一個網路 party，上述三種操作方式，經由觀眾的互動參與，觀眾可以表達公民意見，電視公司則可以名利雙收。

這樣的思考模式，是跨部門、跨領域的思考方式。重要的是，它可以立刻生出錢來。更重的是，它不同於新聞舊有的操作模式，讓我爲自己以及被收視率所苦的同業們，找到一個可以繼續待在這個行業的新理由。

後記

看完《收視率萬歲》，你對新聞的採訪、編輯和經營應該有深刻的認識。但是做爲本書的作者，我卻有深深的感觸，原來，一個成功的電視台多半要靠販售「恐懼」和「眼淚」才能取得好成績。

出版前，曾和一位朋友談到寫這本書的動機，朋友勸我別出書，朋友說：「你還在媒體圈工作，幹嘛檢討媒體呢？就好比還在坐牢的囚犯，怎麼可以自曝監獄黑幕？」

朋友的擔憂一度讓我猶豫不決，但是轉念一想：「反省與慚愧才是媒體人繼續向前走的動力。」佛教經文裡也說：「慚恥之服，無上莊嚴。」又說：「慚與愧能使一切言語行爲光潔。」有慚愧心的人，懂得自我反省才會有進步的動力。

我們都清楚，電視台不可能不要收視率，所以新聞節目通常一開始就是播犯罪、嘶吼或者抗議鬥毆。電視台就像好萊塢的賣座電影，總要不斷的強調「災難」，因爲搞媒體的都相信：「只有血腥才能領先。」

媒體迷失在莫名其妙的災難裡，迷失在別人家的事、以及與你不相干的屁事裡。這種電視現象絕不是偶然，它可能是台灣人選擇自我治療的一種手段，觀眾藉著關心「別人家的屁事」來轉移自己生活上的抑鬱，讓自己進入看電影的超現實。這種逃避，可以讓許多人暫時不必面對經濟不振、失業失婚……種種生活上的無奈。

觀眾在八卦、緋聞與口水中找到情緒出口，很多人扭動遙控器就像服用搖頭丸，藉著無聊的新聞幫自己捱過清醒時的無助。有些觀眾看名人八卦滿天飛，看政客的口水亂噴，就陷入瘋狂派對的氣氛裡，電視新聞的作用等同搖頭丸，看著別人杯觥交錯、混雜交歡，有些人以爲自己就可以躲起來當鴕鳥。

但問題是，人生的問題不會因爲參加一場瘋狂派對就獲得解決，生命的問題也很難在電視新聞裡找到答案。

我們永遠不可能在名人的八卦裡得到救贖，就如同從搖頭丸的藥效清醒之後，毒品不會把人們帶離生命的困境。長時間坐在電視機前，就像嗑藥上癮，只有讓自己一路墮落，甚至萬劫不復。

觀眾如果從電視新聞去拼湊世界，你看到的台灣很混亂、世界也是一團亂，到處充滿著凶殺、強暴、戰爭與仇恨。新聞看多了只會讓人志氣消沉……

世界確實很混亂，但未必像媒體報導的那麼紊亂。雖然多數觀眾只是想從電視上得到休閒娛樂，但電視不是電影，電視新聞更不是電影，電視新聞不該爲了觀眾的休閒而存在。

做爲書本的作者，我還是想請讀者們多看圖書、少看電視。因爲眞實世界裡還是有眞善美的故事，眞實世界並沒有新聞裡描述的那麼糟糕。

世界文學

1.	羅亭	屠格涅夫著	69 元
2.	悲慘世界	雨果著	69 元
3.	野性的呼喚	傑克・倫敦著	69 元
4.	地下室手記	杜斯妥也夫斯基著	69 元
5.	少年維特的煩惱	歌德著	69 元
6.	黑暗之心	康拉德著	69 元

POINT

1.	海洋遊俠──台灣尾的鯨豚	廖鴻基著	240 元
2.	追巴黎的女人	蔡淑玲著	200 元
3.	52 個星期天	黃明堅著	220 元
4.	娶太太，還是韓國人為好！？	日・篠原 令著／李芳譯	200 元
5.	向某些自己道別	陳樂融著	220 元
6.	從麻將桌到柏克萊	王莉民、劉無雙合著	200 元
7.	星雲與你談心	星雲口述／鄭羽書筆記	220 元
8.	漂島──一趟遠航記述	廖鴻基著	240 元
9.	那多三國事件簿之桃園三結義	那　多著	180 元
10.	那多三國事件簿之曹操登場	那　多著	180 元
11.	台媽在上海	譚玉芝著	200 元
12.	老中老美大不同	趙海霞著	220 元

幸福世界

1.	蜜蜜甜心派（1）——幸福的好滋味	韓・李美愛文／曲慧敏譯	260 元
2.	蜜蜜甜心派（2）——幸福的好滋味	韓・朴仁植策畫／曲慧敏譯	260 元
3.	蜜蜜甜心派（3）——幸福的好滋味	韓・朴仁植策畫／曲慧敏、黃蘭琇譯	260 元
4.	蜜蜜甜心派（4）——幸福的好滋味	韓・朴仁植策畫／黃蘭琇譯	260 元
5.	蜜蜜甜心派（5）——幸福的好滋味	韓・朴仁植策畫／黃蘭琇譯	260 元
6.	五歲的心願	丁埰琫原著／丁利泰改寫	199 元
7.	哭過，才知有幸福	李知宣著／金炫辰譯	260 元
8.	蜜蜜心世界（1）	齊威國際多媒體／策畫	199 元
9.	蜜蜜心世界（2）	齊威國際多媒體／策畫	230 元
10.	蜜蜜心世界（3）	齊威國際多媒體／策畫	230 元
11.	大麥村的夏天	李萬喜原著／河銀敬改編	199 元
12.	蜜蜜甜心派（6）——幸福的好滋味	韓・朴仁植策畫／黃蘭琇譯	260 元

People

1.	總裁業務員	黃志明著	260 元
2.	只怕陳文茜	陳文茜著	280 元

Smart

1.	一男一男	孫　哲著	160 元
2.	只愛陌生人	陳　雪著	199 元
3.	心的二分之一	曾　煒著	249 元
4.	無性別界面	Arni　著	160 元
5.	空城	菊開那夜著	200 元
6.	這樣愛	楊南倩著	220 元
7.	菌類愛情	孫　哲著	160 元
8.	愛在哈佛	田　旭著／黃蘭琇譯	299 元

經商社匯 15

收視率萬歲——誰在看電視？

作　　者　劉旭峰
總 編 輯　初安民
責任編輯　陳思妤
美術編輯　張薰芳
校　　對　初惠誠　陳思妤　劉旭峰

發 行 人　張書銘
出　　版　INK 印刻出版有限公司
台北縣中和市中正路 800 號 13 樓之 3
電話： 02-22281626
傳真： 02-22281598
e-mail:ink.book@msa.hinet.net
法律顧問　林春金律師

總 代 理　成陽出版股份有限公司
業務部／訂書電話： 02-22256562　訂書傳真： 02-22258783
訂書地址：台北縣中和市中正路 800 號 11 樓之 2
e-mail ： rspubl@sudu.cc
網址：舒讀網 http://www.sudu.cc
物流部／電話： 03-3589000　傳真： 03-3581688
退書地址：桃園市春日路 1490 號
郵政劃撥　19000691 成陽出版股份有限公司
門市地址　106 台北市新生南路三段 96-4 號 1 樓
門市電話　02-23631407
印　　刷　海王印刷事業股份有限公司

出版日期　2006 年 3 月 初版
ISBN 986-7108-14-0
定價　280 元

國家圖書館出版品預行編目資料

收視率萬歲——誰在看電視？
／劉旭峰 著-- 初版，
-- 臺北縣中和市： INK 印刻，
2006〔民 95〕面 ；　公分（經商社匯； 15）

ISBN 986-7108-14-0（平裝）
1.媒體社會學
541.83016　　94025317